本书由 2014 年哈尔滨师范大学优秀青年学者支持项目

（编号：SYQ2014-05）资助出版

新时期
汉语新诗研究

陈爱中 著

上海三联书店

目录 CONTENTS

第三编　诗之言语

第四编　诗之现场

诗之为诗

第一章 悖论：诗歌语言的一种阐释

诗在最初是一种泛称，等同于文学。诗学也就是研究整个文学的学问。作为西方文学的源头，古希腊文学就把诗学视为整个文学的象征，亚里斯多德的《诗学》谈论的绝大部分内容并不仅仅是诗歌，而是对整个古希腊文学创作的分析与鉴赏，大部分是对诸如"模仿""可然率""必然率"等根本性的文学问题的探讨。在古代中国，诗歌有一段时期也被视为整个文学的代表，例如《诗经》时期。《诗·大序》这样解释诗歌的起源："诗者，志之所之也。在心为志，发言为诗。情动于中而形于言，言之不足，故嗟叹之；嗟叹之不足，故永歌之；永歌之不足，不知手之舞止，足之蹈之也。情发于声；声成文，谓之音。"[1]这种对诗歌的定义显然不是有针对性的，它不仅仅可以解释诗歌，也可以作为包括诗歌在内的整个艺术整体追根溯源的根据，诗歌、音乐以及舞蹈都可以据此而论。这里，诗歌成为广义上的艺术的象征，关于这一点，黑格尔在其代表性著作《美学》中也有所论述，他一直将原始的诗歌同绘画、雕塑等艺术形式混同在一起称为艺术，在他的思想中，只有到了现代，我们所论及的诗歌概念才得以成立。

随着社会文明的发展,尤其是文字语言表述体系的逐渐成熟,诗歌的内涵开始发生分化,诗歌的概念开始从艺术的概念中脱颖而出。这种萌生,首先是以诗歌关注内容的细致化和对生活有所选择地表现为前提的。宋代的朱熹在论述诗歌的目的时说:"人或有问于予曰:'诗何为而作也?'予应之曰:'人生而静,天之性也;感于物而动,性之欲也。夫既有欲矣,则不能无思;既有思矣,则不能无言;既有言矣,则言之所不能尽,而发于咨嗟咏叹之余者,又必有自然之音响节奏而不能已焉。此诗之所以作也。"[2]尽管朱熹的这番论述同样涉及了音响节奏,但相对于《诗·大序》而言,这种论述有两方面的变化:一、"言"的区别,《诗经》时期的语言是一种口语,是在日常生活中随处可见、可用的语言,而朱熹所说的"言"则是一种独特的诗歌语言,在经过汉大赋以后,古文学被分成了古韵文和古散文两种,分别形成了表达方式、词汇组织乃至审美特质迥异的语言格局,朱熹所说的"言"则指的是古韵文范围内的诗歌语言;二、《诗·大序》昭示的是诗歌的萌生过程,"情动于衷而形于言",而朱熹的说法则很明确地将诗歌的存在目的归结为"言之所不能尽"的"感于物而动"的内涵。这二者虽然都对"言"的表意不足颇有微词,但所不同的是,诗歌在《诗·大序》里由语言过渡到舞蹈、音乐,诗意的表述发生了有效的转移,而朱熹的说法则并没有将诗意进行有效的移情,而是认为,正是语言表意的不足,诗歌的存在才彰显出价值。这里,朱熹敏锐地提出了文字表述体系成熟后,诗歌如何以此为媒介实现自我认同的问题。对此,黑格尔也有清晰的认识:"到了诗,艺术本身就开始解体。从哲学的观点来看,这是艺术的转折点:一方面转到纯然宗教性的表象,另一方面转到科学思维的散文。"[3]这里,黑格尔同朱熹一样,对原先颇为宽泛的诗歌内涵进行了框定,诗歌由最初的包罗万象转向对文字语言难以穷尽、音乐节奏难以尽兴的人类精神性实质的关怀，这种精神性实质被朱光潜视为"情趣"，对之，而黑格尔则认为："诗所特有的对象或题材不是太阳、森林、山水风景或诗人的外表形状如学业、脉络、筋肉之类，而是精神方面的旨趣。""适合于诗的对象是精神的无限领域。"[4]黑格尔在这里所说的"纯然宗教性的表象"和"科学思维的散文"显然是从文字语言的角度说的。也就是说，现代意义上的诗歌萌生后，艺术的表现内容分化为纯然宗教性的个人化精神内质，也就是诗歌所关注的内容，以及实证性的散文所包含的日常经验等，相应地，由内容的迥异而形成了迥然不同的语言表述态势。

文字的出现标志着语言的表达由最初的口头声音符号完成了向书面语的过渡，诗歌的传播终于从最初的口头传送实现了历时遗传。文字语言作为表达事物的一种符号，它是在人类口头语言被符号化后约定俗成的结果，是基于事物但又超越于事物的人类意识的产物，它是一种人类间接经验的表达媒介，无法从根本上替代或者等同于人们对具体事物的瞬间感受，而只是承载人类对事物约定俗成的公共体验，其意义的交流体现为集体规约的性质，而相对忽视独特的个人化感触。因此，作为一种通约性符号表达系统，文字语言在表达人类世俗的通约性的共同体验方面，也就是说在日常交流上游刃有余，但在表达富于个人化、精神性的、细微而复杂的人类体验上却是隔靴搔痒。尽管文字的出现为人类体验的超时空表达和传承提供了载体，但在接受者那里，这些文字符号却很可能因为被消解了具体的产生语境以及不同接受者的期待视野，而造成对文字信息发出者的"误读"。其实不光受众如此，诗人亦然，他们过于敏感的神经所带来的对世界的独特感受，在面对这种集体意义规约性的日常语言体系时往往显得手足无措。无论是《诗·大序》还是朱熹的《诗序》，它们都揭示了这样一个传统诗歌的共识。以至于,诗歌对语言失去了信心。中国传统诗歌认为诗歌要"不著一字",才能"尽得风流",陶渊明也说"此中有真意,欲辨已忘言"。由此,文字语言的弱势决定了诗歌在寻找自我诗意真值的表达中,相对忽视文字的直接表现作用而求助于象征、隐喻等曲折的文字表述功能。法国象征诗人波德莱尔说:"(写诗)不仅在于运用大都会污浊生活的意象,而且在于把这类意象提升到第一等强度——照原样去描述它,但让他代表本身之外的某种事物。"[5] "诗歌是我们所拥有的最真实的事物,它只是在另一个世界里被制造的完全真实。"[6]

但诗歌却依然离不开外在的文字语言。这一点,德国哲学家黑格尔表述得很清楚:"诗的目的不在事物及其实践性的存在,而在形像和语言。"[7] "一般说来,只有在观念已实际体现于语文的时候,诗才真正成其为诗。"[8]

二

至此,一种悖论的情景显现了,诗歌在不信任而又不得不依赖的复杂感情中看待文字语言。文字语言只不过是外在的表达媒介,它必须服从于诗歌表达的需要。但悖论的心态决定了诗歌对语言的使用绝对不是在日常交流意义上来使用语词的"词典意义",它必须对其有所抉择和有所改变,以期尽可能地实现诗意表达与文字语言间的和谐。如何抉择和改变,对诗歌而言成为一种语言策略,从而昭示出独特的语言态势,这种策略也就使得诗歌语言同小说、散文乃至戏剧对文字语言的使用走向了两途。T. E. 休姆认为:"好的诗人,通过把现存的语言仿佛当作个人的发明进行写作,达到出神入化的境界。"[9] 突出的是个体经验对诗歌语言意义的掌控,而象征主义大师克林思·布鲁克斯说:"科学的趋势必须是使其用语稳定,把它们冻结在严格的外延之中;诗人的趋势恰好相反,是破坏性的,他用的词不断地在互相修饰,从而互相破坏彼此的词典意义"。[10]这在整体上,宣布诗歌语言对日常文字语言在意义承载上乃至语词组织上的背离。这里所说的文字语言在日常用法层面上的语言形态,在黑格尔的笔下被称为"散文语言",在捷克符号学家扬·姆卡洛夫斯基的笔下被称为"标准语言"。在日常层面上,文字语言必须严格遵守使用群体约定俗成的规则,否则信息发出者和接收者之间就会因为符号所指的不一致而产生误解,也就失去了语言的基本功能。但诗歌语言不然,法国学者热拉尔·热奈特认为"与散文相比,诗的语言应该定义为对规范的一种偏离"。[11]扬·姆卡洛夫斯基同样将诗歌语言与日常语言也就是标准语言之间的关系处理为"对标准语言规范的有意违反"。[12]事实上,如果从另一个层面说,文字语言的日常形态(也就是语言组合遵循严格的语法规则和词汇意义单一化、定型化)的实现,是在大量个人经验经由量变到质变的过程,逐渐约定俗成并符号化的结果。诗歌语言作为最早诞生的语言,为日常语言形态的形成提供了大量的个人体验,这种个人体验被发抒后,天长日久,使用的人多了,也就慢慢变为公共体验,表现在符号中,也就组成了日常语言。因此说,诗歌语言在不断发掘和表述个人体验的过程中,推动日常语言的发展。

三

兴起于 20 世纪 60 年代的接受美学将未被阅读过的作品称为"潜在文本"或者"第一文本",这种文本自身具备一种诱导读者阅读的"召唤结构",在这种召唤结构的诱使下,读者对潜在文本的阅读视野经过视野融合后,最终,作品的意义在读者的阅读过程中得以生成。那么,具体到诗歌而言,诗人如何在处理诗歌语言和日常语言的特殊关系中建构作品的"召唤结构",这种召唤结构又为诗歌本身带来了怎样的意义阐释呢?

一个事实是,诗歌语言尽管是对文字语言在日常层面上的偏离,或者说是有意违反约定俗成的语言规则,采用象征或者隐喻的表述方式,但毋庸置疑的是,诗歌语言的这种偏离或者违反必须是以文字语言的日常形态为参照物的,舍此,诗歌语言无法获得自己的独立性,也无法恰切地实现意义的表达。现代主义诗人袁可嘉在《论新诗现代化》中认为:"我们必须牢记,每个单字在诗中都代表复杂符号,而非日常应用时的单一符号;它的意义必须取决于行文的秩序;意象比喻都发生积极的作用如平面织锦;语调、节奏、神情、姿态更把一切的作用力调和综合使诗篇成为一个立体的建筑物;而诗的意义也就存在于全体的结构所最终获致的效果里。"

瑞士语言学家索绪尔曾经将人类的语言表达划分为语言和言语两类,并进一步解释说:"语言和言语活动不能混为一谈;它只是言语活动的一个确定的部分,而且当然是一个主要的部分。它既是言语机能的社会产物,又是社会集团为了使个人有可能行使这机能所采用的一整套必不可少的规约。"[13]语言是人类表达的抽象规则,而言语则是语言在具体语境被使用的结果,以此譬喻,如果说日常语言是一种语言规则的话,那么诗歌语言则可以称为一种在个人经验主导下的日常语言的特殊形态。对此,扬·姆卡洛夫斯基曾有过论述:"诗歌语言不是一种标准语言。这样说并不意味着否认二者之间紧密地联系,这种联系表现如下:对诗歌而言,标准语言是一种背景,用以反映因审美原因对作品语言成分的有意扭曲,也就是对标准语言规范的有意违反。……正是这种对标准语言准则的违反,这种系统的违反,使诗歌式地使用语言成为可能;没有这种可能性也就没有诗歌可言。在一个特定的语言中,标准规范越固定,对它的违反形式就越复杂,因而该语言中诗歌的可能性也就更多。反之,这个规范的意识越弱,违反的可能性就越少,诗歌的可能性也就越少。"[14]

索绪尔曾将语言、语词间的组合关系分为横组合关系和纵组合关系,所谓语言的横组合关系是指"两个以上的词在所构成的一串言语里所显示的关系",所谓语言的纵组合关系则是指"把言语以外的词汇连接起来成为凭记忆而组合起来的潜藏的系列"。[15]语言的横向组合关系体现的是语词间的语法修饰关系,而纵向的组合关系则体现为相邻词汇的意义遴选关系。诗歌语言的建构及其召唤结构的形成大致也是从这两个角度入手的:首先,在语言的纵组合层面上,诗歌语言不改变现有的约定俗成的语词意义和语法关系,诗人尊重文字的公共体验,在众多的相近或相似的语词中,依据个人的诗意体验来选择最能切合的语词,而这个语词的选择因为融进了诗人具体情景的具体体验,因此,在语词的修饰关系上会给读者带来耳目一新的感觉。也就是说,在这个层面上,诗人往往在语词横组合关系相对固定的情况下,更多着力于陌生化语词的纵组合遴选,因此,这种表达往往是悖离日常语言的惯例的。诗歌语言的这种建构过程在中国传统诗歌中较多地表现为"练词",也就是诗人对"诗眼"的提炼。比如,众所周知的贾岛的诗句"鸟宿池边树,僧敲月下门",诗人后面的诗句究竟用"敲"还是用"推"颇费一番周折,这是因为"推""敲"的选择会改变整首诗歌的召唤结构,带来不同的阅读感受。再如王安石的《京口瓜洲》中的诗句"春风又绿江南岸"中的"绿"字,在众多可以表达的"到""过""入""满"等语词中,经过仔细甄选后才得出"绿"最能表达诗人胸臆的结论来。王国维在《人间词话》中说:"'红杏枝头春意闹',著一'闹'字,而境界全出。'云破月来花弄影',著一'弄'字,而境界全出矣。"[16]这里面的"闹"和"弄"正是因为违背了其在日常语言中的惯用用法而融进了诗人对"红杏"和"花""影"等意象的瞬间感受,因此,给读者以陌生化的惊奇,打破了惯常的日常语境下的阅读视野,诗歌语言据此而立。其次,在语言的横向组合层面上,诗歌语言则体现为对日常语言语法规则的扭曲。这是一种打破惯常语词搭配的方法,在打乱了日常语言规则的逻辑联系和语词修饰关系后,根据诗人的具体个人体验对语言进行重组的结果。关于这一点,诗歌语言有很多策略可用,比如,传统中国古诗对具体语言场景的消解,就是诗歌语言建构的成功范例。譬如李商隐的《锦瑟》:"锦瑟无端五十弦,一弦一柱思华年。/庄生晓梦迷蝴蝶,望帝春心托杜鹃。/沧海月明珠有泪,蓝田日暖玉生烟。/此情可待成追忆,只是当时已惘然。"人们至今仍在苦苦思索其内涵的确证,但往往徒劳无功。何焯在《义门读书记·李义山诗集》中认为这是李商隐为悼念死去的爱妻王氏而作的,因此说"此悼亡之诗也",而程湘衡则认为《锦瑟》是李商隐一个诗集的序诗,是他讲解自己的诗歌理念的诗歌;之所以至今为止,《锦瑟》的解读仍是一个公案,最关键之处在于诗歌在语言表达上隐藏了事关意义确证的阐释性语言,没有这些阐释性语言的修饰和限定,典故和意象就成为了一个相对独立的意义辐射点,失去了准确的理解方向,再加上读者自身阅读视野的差别,这样,诗歌在读者的心目中形成众说纷纭的意义解读也就不足为奇了。而这点,在卞之琳的《距离的组织》中则因为作者主观的阐释性语言的介入而避免了诗坛另一桩公案的出现。在这首诗的下面,卞之琳作了多达七个颇为翔实的注释来详细解释每个诗句甚至每个字的意思,并且在最后将这首诗的内涵界定为对"微观世界和宏观世界""存在与觉识的关系"的思考,并且"沿袭我国诗词的传统,表现一种心情或意境,采取近似我国一折旧戏的结构方式"。[17]卞之琳以确证性的阐释语言为《距离的组织》的意义区分提供了定性结论。我们不妨仔细看一下《距离的组织》的语言形态：

想独上高楼读一遍《罗马衰亡史》，
忽有罗马灭亡星出现在报上。
报纸落。地图开，因想起远人的嘱咐
寄来的风景也暮色苍茫了。（"醒来天欲暮，无聊，一访友
人吧。"）。
灰色的天。灰色的海。灰色的路。
哪儿了？我又不会向灯下验一把土。
忽听得一千重门外有自己的名字。
好累啊！我的盆舟没有人戏弄吗？
友人带来了雪意和五点钟。

这里的"罗马灭亡星"同"远人的嘱咐"乃至"盆舟"有什么联系？语言形态上没有表白，而"雪意"和"五点钟"更是让人捉摸不透，试想，假如没有卞之琳所作的那些翔实的注释，读者如何根据诗歌的语言表达，将《距离的组织》确证地认为是在表达对"微观世界和宏观世界"和"存在与觉识的关系"等主题的理解呢？而形成诗歌语言的这种召唤结构的，显然主要还在于，诗人对意象乃至语句之间语篇连接所作的有意隔断。至于马致远的《天净沙·秋思》所演绎的"枯藤老树昏鸦，小桥流水人家"，以及杜甫的诗句"香稻啄余鹦鹉粒，碧梧栖老凤凰枝"中对纯粹起语法作用的虚词、连词等的消隐，而直接将实词性的名词凸现在前，或者将语词的固定修饰关系打乱进行重组，这些，更显示出诗歌语言在自我构造过程中的手法多样。在这里，卞之琳的注释其实是一个败笔，因为，它不但消解了这首诗所形成的召唤结构，而且限定了诗歌语言阅

读的内涵和外延,从而损害了诗歌阅读的张力。《锦瑟》正是因为其众说纷纭才让人至今一唱而三叹,扼腕不止,而《距离的组织》却因为有了定义式的内涵而滋味顿无。至此我们可以看出,意义表述的悖论及其所带来的语言策略、所呈现的内蕴丰韵的语言阐释态势已经成为优秀诗歌文本的必经途径,一部诗歌的历史也就是诗人如何利用当时的语言媒介在经过合理的悖论使用后所诞生的文本样式的历史,也正是在这种悖论视境下的语言陌生化效果成就了一个又一个诗歌语言表述的高峰。

注释

[1][2] 朱熹:《诗序》,《诗论》,朱光潜著,《朱光潜全集》第 3 卷,安徽教育出版社 1987 年 8 月版,第 5 页

[3][4][7][8] 黑格尔:《美学》第三卷(下),朱光潜译,商务印书馆1981 年 7 月版,第 15 页、第 19 页、第 21 页、第 63 页。

[5] 转引自查尔斯·查德威克:《象征主义》,周发祥译,昆仑出版社 1996 年 3月版,第 66 页。

[6] 转引自达米安·格兰特:《现实主义》,周发详译,昆仑出版社 1989 年 3 月版,第 66 页。

[9] T. E. 休姆:《意度集》(1924),赫伯特·里德编,译文采自《现代美英资产阶级文艺理论文选》(上),刘若端译,中国科学院文学研究所西方文学组编,作家出版社 1962 年版。

[10] 克林思·布鲁克斯:《悖论语言(1947)》,赵毅衡译,《文艺理论研究》1982年第 1 期。

[11][法]热奈特:《诗的语言,语言的诗学》,沈一民译,赵毅衡校,《符号学文学论文集》,赵毅衡编选,百花文艺出版社 2004 年 5 月版,第 529 页。

[12][捷克]扬·姆卡洛夫斯基:《标准语言与诗歌语言》,竺稼译,《符号学文学论文集》,赵毅衡编选,百花文艺出版社 2004 年 5 月版,第 17 页。

[13][瑞士]费尔迪南·德·索绪尔:《普通语言学教程》,商务印书馆 1980 年11 月版,第 30 页。

[14][捷克]扬·姆卡洛夫斯基:《标准语言与诗歌语言》,竺稼译,《符号学文学论文集》,赵毅衡编选,百花文艺出版社 2004 年 5 月版,第 17 页。

[15]《符号学文学论文集》,赵毅衡编选,百花文艺出版社 2004 年 5 月版,第 18页。

［16］王国维：《人间词话》，人民文学出版社 1960 年 4 月版，第 193 页。

［17］卞之琳：《卞之琳诗选》，长江文艺出版社 2003 年 3 月版，第 58—60 页。

——原刊《当代人》2009 年第 12 期

第二章 非虚构与汉语新诗

一 问题的提出

作为西方文学话语对汉语文学影响的结果之一,"非虚构文学"是伴随着报告文学、散文纪实文学等新的文学样态的出现而逐步成为汉语文学的阐释术语的。近几年随着《人民文学》杂志开设的非虚构文学专栏而逐渐成为学术评论界的热点话题,相关的研究文章也呈井喷之势。[1]尽管如何界定"非虚构"的内涵,还存在中西文论上的分野,还有着文学领域是否存在完全意义上的"非虚构"的争论,甚至说也有人认为所谓"非虚构文学","在其宽泛的意义上,包括了传记、报告文学、游记、散文等写作样式;在狭义的范围内,国内专指美国 20 世纪 60 年代兴起的非虚构小说、新新闻报道、历史小说等新的写作式样或体裁"。[2]更具体点说,"'非虚构'特别强调了一点:这不是虚构,不是'向壁虚构',这是真的"。[3]在西方文学的视野内,不食人间烟火的诗歌自然远离非虚构文学的领域,早在古希腊时期,诗歌就因为不真实而有着被大哲学家柏拉图驱逐出"理想国"的经历,"模仿诗人通过制造一个远离真实的影像,讨好那个不能辨别大小、把同一事物一会儿说成大一会儿说成小的无理性的成分,在每个人的灵魂里建起一个邪恶的体制"。[4]柏拉图的道德评判最终让诗歌从此成为想象的虚构文学的代表。

相对应地,西方的虚构文学多指代的是那些从题材到写作意图都远离日常生活和现实的想象性文本,臆想多于写实的文学事件,"虚构文本构成它自己的对象,并不摹仿现存的事物。对此,它不可能接受现实对象的全部规定的制约;而是恰恰相反,正是不确定的因素使文本得以与读者交流,即诱导读者参与作品意图的产生与理解"。[5]但在汉语诗歌领域,"非虚构"一直是汉语诗歌的重要特质之一,因为太常识化,往往为评论者所忽略。

首先认识到汉语诗歌具有"非虚构"特点的是海外的汉学家们,代表人物有美国的宇文所安(Stephen Owen)、华裔汉学家余宝琳和日本的吉川幸次郎。他们在不改变"非虚构"概念的前提下,认为自《诗经》以来的汉语诗歌都是"非虚构"的,因为汉语诗歌在参与政治意识形态的建构和映现日常生活上,显示出较强的介入意识,与诗歌诞生的历史有着较为明晰的对应性,通过诗歌可以知人论世,可以谋生,也可以洞察历史事件。唐朝诗人杜甫之所以有着"诗史"的尊称,就是因为他的诗歌在处理与现实的关系上,能够承担历史"记忆"的使命,"三吏三别"以描述性的叙述和诗化的外形讲述着历史上曾经发生的事实,"车辚辚,马萧萧,行人弓箭各在腰"本身就是忠实于"安史之乱"的客观事件的,因此宇文所安认为杜甫的诗歌是了解历史上真实杜甫的一个途径,是可信的资料,并因此而推断出"诗的真实意义:诗是对世界的体验,是一种内在化的过程,是一种从外到内、从含混到清晰、从内在意义到反映的意义的认知活动"。[6]也就是说,诗歌的世界是现实世界经验的内在化,现实世界是真实的,这种经验自然也就是真实存在的,非虚构的,客观现实、诗歌和杜甫三者是互文的,可以互证的。诗歌还有现实的教化意义,《诗·大序》说,诗歌可以"经夫妇,成孝敬,厚人伦,美教化,移风俗"。故而说,"在中国文学传统,诗歌通常被假定为非虚构:它的表述被当作绝对真实。意义不是通过文本词语指向另一种事物的隐喻活动来揭示。相反,经验世界呈现意义给诗人,诗使这一过程显明"。[7]"被相沿认为文学之中心的,并不是如同其他文明所往往早就从事的那种虚构之作。纯以存在的经验为素材的作品则被作为理所当然。诗歌净是抒情诗,以诗人自身的个人性质的经验(特别是日常生活里的经验,或许也包括围绕在人们日常生活四周的自然界中的经验)为素材的抒情诗为其主流。以特异人物的特异生活为素材、从而必须从事虚构的叙事诗的传统在这个国家里是缺乏的。"[8]

20世纪初,汉语新诗的出现,表征着汉语诗歌发生了颠覆性的变化,是一种近乎全新的诗歌形类的出现。虽然说汉语新诗在很多方面至今尚未摆脱西方诗歌的影子,但作为特殊文体的诗歌来说,两种迥然不同的语言体系之间的诗意表达,还是有很多无法更替的本土化特性在主宰着汉语新诗的认知,这些本土化的特征才是汉语新诗的核心质素,其资源或许来自传统的汉语诗歌,或者来自现代汉语自身孕育的诗歌新质,但毫无疑问的是,运用来自西方虚构/非虚构的基于二元哲学论产生的批评术语来先验性地将汉语新诗排除在"非虚构"的文学认知范畴,这本身就是无视汉语新诗的文本现实的结论。经过将近百年的文本实践之后,汉语诗歌的这种"非虚构"传统,并没有因为诗歌形式的变迁而有所减弱,相反还产生了诸多值得关注的新质。

二 互文的诗歌:现实介入性

无论是传统的遗存,还是多灾多难的萌生环境,这些都决定了汉语新诗难以摆脱映现现实的必然历史选择。无论是"五四""为人生"的启蒙,还是救亡图存中的墙头诗、朗诵诗乃至于解放后的颂歌、新时期以来的朦胧诗,甚至是新世纪以来书写灾难的诗歌,汉语新诗的现实指向性都是非常明确的。甚至为了达到最大可能与现实的对应性,简单明了的口号诗也曾不绝如缕,政治宣传功能也曾为新诗所承担。这点,以植根于干预现实为目的的现实主义新诗不用说了,即便是被朱自清誉为"远取譬"的现代主义新诗在本质上也是认同的。

汉语新诗的孕育环境相对于传统汉语诗歌有着巨大的不同,所反映的内容自然迥异,"由于以往田园型的大自然生活空间是无限的广阔、延长,一望无穷,较能使人进入和谐、宁静与含有形而上性的天人合一的自然观的心境,故也较有利于悠然见南山、山色有无中的空灵的诗境之建立,而在都市型高度发展的紧张、动乱、吵闹的具压迫感的生活空间里,人类精神向高处升越的形而上活动状况与空间,便不能不被都市高度物质化与偏于形而下的'下降气流'压低到越来越被物质性、高速度与外动力全部占领的空间里来","如此,生活的实际感与现实性便大占势"。[9]同罗门的感受一致,现代主义新诗的孕育环境大多局限在现代工业文明里,面对新月诗歌过于寄托于自然意象的隐喻曲晦的抒情格调、远离现世的超然态度,便有虚幻和虚饰之感。现代诗人徐迟曾提出汉语新诗要有新的抒情方式,以告别这种旧的农耕文明的诗歌抒情方式,因为"二十世纪的巨人之肚腹中,产生了新时代的二十世纪的诗人。新的诗人的歌唱是对了现世人的情绪而发的。因为现世的诗是对了现世的世界的扰乱中歌唱的,是向了机械与贫困的世人的情绪的,旧式的抒情旧式的安慰是过去了"。[10]这种观点得到了穆旦的赞同,这个被誉为"站在四十年代新诗潮的前列,是名副其实的旗手之一"[11]的诗人,结合当时汉语新诗实际对徐迟的这种要求新诗增强对现实的介入性的做法做了深入的史学性解读,使之成为一个汉语新诗史的事件。

在汉语新诗史上,卞之琳曾师承新月诗人,而又以现代派诗成名,故而被看做是一个上承新月诗歌、下启现代派诗歌的"中间代"诗人,其桥梁意义涉及众多方面,诗集《鱼目集》也超越了个人特征而有了更为普泛性的象征意义。因此穆旦选择从卞之琳的创作开始,应和徐迟的宏论:"从《鱼目集》中多数的诗行看来,我们可以说,假如'抒情'就等于'牧歌情绪'加'自然风景',那末诗人卞之琳是早在徐迟先生提出口号以前就把抒情放逐了。这是值得注意的:《鱼目集》中没有抒情的诗行是写在一九三一和一九三五年之间,在日人临境国内无办法的年代里。如果放逐了抒情在当时是最忠实于生活的表现,那么现在,随了生活的丰富,我们就应有更多的东西。一方面,如果我们是生活在城市里,关系着或从事着斗争,当然旧的抒情(自然风景加牧歌情绪)是仍该放逐着;但另一方面,为了表现社会或个人在历史一定发展下普遍地朝着光明面的转进,为了使诗和这时代成为一个感情的大和谐,我们需要'新的抒情'。"并将这种"新的抒情"和理性的思辨、思想的深刻性上融合起来,"这新的抒情应该是,有理性地鼓舞着人们去争取那个光明的一种东西。我着重在'有理性地'一词,因为在我们今日的诗坛上,有过多的热情的诗行,在理智深处没有任何基点,似乎只出于作者一时的歇斯底里,不但不能够在读者中间引起共鸣来,反而会使一般人觉得,诗人对事物的反映毕竟是和他们相左的"。穆旦以承上启下的历史叙述为汉语新诗提出了一种新的质素——基于时代理性地争取光明,从而为新的抒情诗明确了写作指向,用诗来干预生活,重构诗人的现实存在感。"'新的抒情',当我说这样的话时,我想到了诗人艾青。《吹号者》是我所谓'新的抒情'在现在所可找到的较好代表,在这首诗里我们可以觉出情绪和意象的健美的糅合。自然风景仍然是可以写的,只要把它化进战士生活的背景里,离开了唯美主义以及多愁善感的观点,这时候自然风景也就会以它的清新和丰满激起我们朝向生命和斗争的热望来。

所以，'新的抒情'应该遵守的，不是几个意象的范围，而是诗人生活所给的范围。他可以应用任何他所熟悉的事物，田野、码头、机器，或者花草；而着重点在：从这些意象中，是否他充足地表现出了战斗的中国，充足地表现出了她在新生中的蓬勃、痛苦和欢快的激动来了呢？对于每一首刻画了光明的诗，我们所希望的，正是这样一种'新的抒情'。因为如果它不能带给我们以朝向光明的激动，它的价值是很容易趋向于相反一面去的。"[12]文中提到的艾青的《吹号者》一诗是运用近于白描的手法，通过对吹号兵生命过程的细写，来展现对新世界的期望，有着明了的现实象征指向：

> 我们的吹号者
> 以生命所给与他的鼓舞，
> 一面奔跑，一面吹出了那
> 短促的，急迫的，激昂的，
> 在死亡之前决不中止的冲锋号，
> 那声音高过了一切，
> 又比一切都美丽。

这种饱含情感期待的抒情方式符合诗歌干预时代的使命，这和艾青 20 世纪 30 年代以写真实为标志的诗论是相对应的，"人生有限。所以我们必须讲真话"，"最伟大的诗人，永远是他所生活的时代的最真实的代言人；最高的艺术品，永远是产生它的时代的情感、风尚、趣味等等之最真实的记录"。[13]随着艾青和鲁藜主导的"七月"诗歌的形成气候，这种"非虚构"的诗歌也在"现实主义"的名号下蔚为大观，有些诗篇也产生了较大的影响，比如臧克家的《有的人》、鲁藜的《泥土》、艾青的《我爱这土地》等等。在这个意义上,两种艺术技法差池甚大的诗派——九叶诗派和七月诗派获得了高度的一致。1949年后,汉语诗歌的这种"非虚构"特点在较长的时间内看似被所谓的革命浪漫主义和革命现实主义的理论放弃掉了,但即便在修辞上如何的曲张,受意识形态规训的20世纪50年代的"颂歌"、大跃进诗歌以及"文革"时期的小靳庄诗歌,在意象所指和题材选择上,也都呈现为单一和明晰的,和当时的社会文化思潮紧紧相连,"非虚构"的特征依然是非常明显的。到了70年代末80年代初的朦胧诗,当时看似"朦胧"的诗篇,也只是针对之前大白话的所谓口号诗而来,今天来看北岛的《回答》、舒婷的《致橡树》、梁小斌的《中国,我的钥匙丢了》等代表性诗歌,其写作意图的指向性,意象所指的明晰性都是毋庸置疑的,情感的控诉、哲理的彰显,都有着鲜明的时代背景。

深入而忠实地介入现实日常生活,可以说是汉语新诗的主流取向,多少是沿着穆旦"新的抒情"的足迹走来的。20世纪40年代是汉语新诗的成熟期,诗人袁可嘉如此评价这时期的汉语新诗,"今日诗作者如果还有摆脱任何政治生活影响的意念,则他不仅自陷于池鱼离水的虚幻祈求,及遭到一旦实现后必随之而来的窒息的威胁,且实无异于缩小自己的感性半径,减少生活的意义,降低生命的价值"。[14] 20世纪90年代以来汉语新诗对日常生活的介入方式更加多元化,或如反映诸如汶川地震等社会大事件的诗歌,或如"下半身"、女性的"黑夜意识"的真实欲望表演,或从一首诗歌里"读出其背景、生存环境、个人独特感受与体验甚至诗人自身的学养、脾性"[15] 的草根诗歌,或如翟永明《拿什么来关爱婴儿》中"有时候我们吃一些毒素/吃一些铁锈/也吃一些敌敌畏/我们嘴边流动着/一些工业的符咒"之类的直白但干预性强烈的"生态诗歌";如果说40年代穆旦的"抒情"还有点"羞涩"的隐曲修辞的话,那么这时候的汉语新诗在现实面前则直接而率真,"诗歌自古就是日常得以振拔的基本勉励。作为社会当中的语言行为,诗歌担负从社会分担的使命,……诗歌终究是诗歌,遵从秉性完善内部构造,指望外向伐阅真实发生"。[16]从此,汉语新诗氤氲出了"非虚构"的传统底色。

三 我做我说:自证的汉语新诗

干预和反映日常现实的汉语新诗中的优秀诗篇注定是要走智性、理性的路子的,以抒发生活哲学的感喟见长,以彰显某一观念为业。汉语新诗的写作是以诗人的个体化为视角前提的,因此这种智性的表达不同于传统汉语诗歌意义上的再现事件,或者如杜甫的为历史代言,而更多表现为一种个体观念上的真实,是外在现实经由诗人感觉经验内化后的真实映现。比如卞之琳那首著名的《断章》:"你站在桥上看风景,看风景的人在楼上看你。/明月装饰了你的窗子,/你装饰了别人的梦",意象之间的映照关系所产生的诸如"相对""互相关联"等具有个体色彩而又表现普泛意义的智性理念要远远超越"明月""桥""窗子"等具体意象曾有的现实或传统的意义所指。以《岁月的遗照》《1965年》著称的张曙光在多篇文章中谈到汉语新诗在经验上的非虚构性:"事件可以虚构,但经验不能,情感更不能。欣赏一首诗,我们的关注点往往在于经验是否深入,情感是否真实,而不会去关心有多少虚构的成分。但对于诗人,要做到经验的深入和情感的真实,却往往要依赖某个真实的情境,因此这就决定了他诗中的情境往往是真正存在过的而很少是假定的。正是因为诗歌更多地带有追忆的特征,这些也决定了诗歌的非虚构性。"[17]并认为应该将经验的真实性视为"诗歌的伦理"。[18]20世纪40年代以穆旦、郑敏为代表的九叶诗派,90年代以张曙光、王家新等为代表的所谓"知识分子写作"的诗人群,包括并未被归入到任何流派,并至今笔耕不辍的杨炼、多多的创作,都是遵循智性诗的路子,并逐渐成为汉语新诗写作的主要潮流。

　　一般来说,汉语新诗的智性写作和崇尚虚构、凌空蹈虚的西方玄学诗还是有很大的区别,尽管在形式上依然是采取隐喻、象征的曲折语言形式,但在内里上大多是积极介入现实的,可懂的,神秘主义的诗歌和玄学诗并未占据多大的篇幅。即便有些智性诗有晦涩的风格,但汉语新诗一直有着自我阐释的自证传统,这种带有"揭秘"意义的诗人言说,带来了诗歌阐释学意义上的"非虚构"风格,也让汉语新诗的智性色彩呈现出另一种通透的格调。比如卞之琳的那首《距离的组织》,全诗不长,连标点符号在内共 148 个字:

　　　　　　想独上高楼读一遍《罗马衰亡史》,
　　　　　　忽有罗马灭亡星出现在报上。
　　　　　　报纸落。地图开,因想起远人的嘱咐。
　　　　　　寄来的风景也暮色苍茫了。
　　　　　　(醒来天欲暮,无聊,一访友人吧。)
　　　　　　灰色的天。灰色的海。灰色的路。
　　　　　　哪儿了? 我又不会向灯下验一把土。
　　　　　　忽听得一千重门外有自己的名字。
　　　　　　好累呵! 我的盆舟没有人戏弄吗?
　　　　　　友人带来了雪意和五点钟。

　　但这首诗却有着长达 200 多字的注解,详细说明了文中诸如"罗马灭亡星""涉及时空的相对关系","'寄来的风景'当然是指'寄来的风景片'。这里涉及实体与表象的关系"以及说明"(醒来天欲暮,无聊,一访友人吧。）这行诗'是来访友人（即末行的'友人'）将来前的内心独白，语调戏拟我国旧戏的台白'"[19]等明确的意旨，当注解和诗篇出现在一个共时的空间时，注解也必然成为诗篇的必要组成部分，互相诠释，从而成为一篇标准的自证式的"非虚构"诗歌文本。另外一种比较明显的"非虚构"诗歌文本是"卒章显其志"的那类诗歌，这一类在汉语新诗中是比较多的。比如北岛《回答》中诸如"卑鄙是卑鄙者的通行证，高尚是高尚者的墓志铭"等全诗点题的哲理性话语，食指的《相信未来》最后的那段"朋友，坚定地相信未来吧/相信不屈不挠的努力/相信战胜死亡的年轻/相信未来、热爱生命"，放置在1968年的特殊语境，全诗的意义所指一目了然。

相比于这些诗歌内的自我揭示，汉语新诗的自证还有另外一个更为明显的表征，就是比较为国人接受的诸如创作经验谈、诗集的前言后记以及诗人的访谈等作者对诗篇的自我阐释。对于依然没有改变"知人论诗"的宏观阅读格局的汉语新诗来说，这些内容经常被视为诗歌文本的终极阅读，或者说是唯一"正确"的阅读。尤其是期刊上将诗歌和创作者的解读放置在一起刊发时，这种阅读空间上的一致性尤为明显地彰显出了这种自证意图。如果说20世纪80年代之前，这些还停留在"经验谈"形式上的点滴揭示，对于诗歌的学术性揭示大部分还依靠独立的诗歌评论家来承担，比如茅盾之于徐志摩，谢冕、孙绍振之于朦胧诗，等等。那么到了90年代，诗人则不再信任独立的诗歌评论家的阐释话语，不满于独立的诗歌评论对诗歌的"误读"，"今天中国的'诗歌批评'（文学批评）百分之九十五压根儿没碰到诗本身。它们充其量只能被称为蹩脚得吓人的翻译，在讨论着不知是谁的问题！"[20]因此开始赤膊上阵，写出了大量自我阐释的文章来厘定诗歌的意义，而独立的诗歌评论往往也迷失在诗人的这种自我阐释的圈套中。创作兼事评论，几乎是 20 世纪 90 年代以来，汉语新诗普泛性的现象，如果愿意，可以列一个长长的书单，将活跃在汉语新诗领域里的诸多方家"一网打尽"。

接受美学代表人物伊瑟尔说："文本的相对不确定性允许文本的实现有一定的选择范围。"[21]汉语新诗的自证传统恰恰在很大程度上消解掉了这种"选择范围"，很多诗歌文本也就成了意义单一的"非虚构"文本。诗人自我言说的出现，就将所谓的虚构文本现实客观化，从而消解了读者的阅读"选择权"和参与性，减少了文本意义层次的丰富性，培养出一批思想被"奴役"的读者，无法参与到汉语新诗的阅读建构中。创作与评论之间缺乏必要的信任，诗歌圈子内遍布意气言辞的"战火硝烟"，这些都使得独立的诗歌批评家越来越远离这个领域。以至于今天在很大程度上，相对于小说、散文来说，汉语新诗成为了圈子化的同仁行为，尽管可以用诗歌的贵族化本色、先锋性特质等词汇做开脱，但当汉语新诗不停地哀叹被边缘化的时候，圈子内的反思色彩还是缺乏的，陷于局中而不自知。诗人萧开愚曾经意识到汉语新诗这种尴尬的局面："唯独四眺，汉语诗歌少了证在的影子，缺乏与写作共计成长的内部批评之外的独立批评，文本像剩女孤居原始的待完成阶段。独立批评不睬呼唤，诗歌连好坏甚至未获大致甄别的条例，部分作者以为苦写一生就享受了诗人的命运，批评的公德之一，是把将才华用错地方的人吓退。"[22]如果真的没有了专业的"悦己者"，汉语新诗的命运也就难有良途了。

注释

[1] 据中国知网的检索，自 1980 年董鼎山在《读书》第 3 期上发表《所谓"非虚构"小说》开始，到 2015 年初，有三百多篇研究"非虚构"文学的文章，其中 2010 年以来的研究论文就有两百多篇，占据三分之二的篇幅，但从"非虚构"的角度谈论汉语新诗的，几乎是"尚付阙如"。

［2］王先霈,王又平:《文学理论批评术语汇释》,高等教育出版社 2006 年版。

［3］李敬泽:《关于非虚构答陈竟》,《杉乡文学》2011 年第 6 期。

［4］柏拉图:《柏拉图全集》(第 2 卷),王晓朝译,人民出版社 2003 年版,第 628 页。

［5］［德］伊瑟尔:《阅读活动:审美反应理论》,金元浦等译,中国社会科学出版社 1991 版,第 32 页。

［6］［7］宇文所安:《中国传统诗歌与诗学——世界的征象》,陈小亮译,中国社会科学出版社 2013 年 6 月版,第 44 页,第 16 页。

［8］吉川幸次郎著,章培恒等译:《中国诗史》,安徽文艺出版社 1986 年版,第 1 页。

［9］罗门:《罗门论文集》,中国社会科学出版社 995 年版,第 71 页。

［10］徐迟:《诗人 Vachel Lindsay》,《现代》4 卷 2 期。

［11］袁可嘉:《诗人穆旦的位置》,见《穆旦诗文集》第 2 卷,人民文学出版社 2014 年 6 月第 2 版,第 353 页。

［12］穆旦:《慰劳信集——从〈鱼目集〉说起》,《大公报·综合》香港,1940 年 4 月 28 日。

［13］艾青:《诗论》

［14］袁可嘉:《论新诗现代化》,生活·读书·新知三联书店 1988 年版,第 5 页。

［15］李少君:《关于诗歌"草根性"问题的札记》,《诗刊》2004 年第 12 期。

［16］［22］萧开愚:《中国诗歌评论编者前言》复出号,上海文艺出版社 2012 年 2 月版,第 2 页。

［17］张曙光:《诗的本质、策略及非虚构性》,《文艺评论》2011 年第 9 期。

［18］张曙光:《我所理解的诗歌》,《诗建设》创刊号,作家出版社 2011 年 5 月版,第 24 页。

［19］卞之琳:《卞之琳文集》上卷,安徽教育出版社 2002 年 10 月版,第 56 页。

［20］杨炼:《一座向下修建的塔——答木朵问》,《一座向下修建的塔》,凤凰出版传媒集团、凤凰出版社 2009 年版,第 227—228 页。

［21］［德］伊瑟尔:《阅读活动:审美反应理论》,金元浦等译,中国社会科学出版社 1991 年版,第 32 页。

——原刊《诗探索》2016 年第 1 期

第三章 汉语新诗的语言表述空间略论

20 世纪初,现代白话取代传统文言成为汉语诗歌的表述媒介,诞生了后来称之为汉语新诗的诗歌形式。现代白话是以西洋现代语法为主要语词组织方式,在汉语传统词汇的基础上,大量融合来自西洋、日本等域外词汇的语言表达系统。这种语言表述系统的更迭体现为本体的意义,其对汉语诗歌的影响非同一般。那么,现代白话为汉语新诗提供了怎样的言说空间? 现代白话下的新诗语言又是如何建构而成的呢?

一

无论是弱化虚词在语句中的作用,还是简单到不能再简单的"句读"断句法,都彰显着文言无论是在语法层面上,还是在意义表达的层面上,都表现为一个尚虚而又相对散漫的语言系统,它不太注重信息传达者如何说,而过于重视信息接受者如何接受,过于强调语言表情达意的局限性,所谓"只可意会不可言传",也就是《周易·系辞》中所表达的"书不尽言,言不尽意"的困境。这集中表现在古典汉语诗歌上,名词的单纯组合可以成就脍炙人口的名言警句,如"鸡声茅店月,人迹板桥霜",甚至可以几乎完全放弃语法上的逻辑联系,语词任意组合成诗,如历史弥久、数量繁多的回文诗。

曾自嘲为汉语新诗"敲边鼓"的鲁迅道出了现代白话萌生的缘由:"欧化文法的侵入中国白话中的大原因,并非因为好奇,乃是为了必要。……要说得精密,固有的白话不够用,便只得采些外国的句法。比较的难懂,不像茶淘饭似的可以一口吞下去是真的,但补充着缺点的是精密。"[1]"精密的所谓'欧化'语文,仍应支持,因为讲话倘要精密,中国原有的语法是不够的,而中国的大众语文,也决不会永久含胡下去。"[2]汉语的这种渐趋"精密"主要表现在两个方面。首先是西方语系的标点符号取代了传统的"句读"成为意义区分的主要方式。一般而言,传统汉语在语言实践中并没有标点之说,中国文化的元典诸如《孟子》《论语》等并不采用任何表示语言表述时间和意义完成的标志,后来的所谓"句读",并不是作者创作时语言表述的特征,而是一种读者的阅读行为,并且这种句读的断句方式,会因为读者阅读视阈的不同而迥然相异,具有浓厚的个人化色彩。因此,不同的句读方式会带来理解上的偏差,而且句读的出现仅仅标志着一个完整的意义表述的实现,而其本身并不参与句子意义的表述。面对因科学而来的表述"精密"的历史需求,五四文学改革的先驱者胡适曾说"今当力求采用一种规定之符号,以求法之明显易解,及意义之确定不易"[3]。随着胡适的《文学改良刍议》、钱玄同的《句读符号》和《注音字母》以及慕楼、胡适合作的《论句读符号》等一系列文章的出现,现代白话的语法符号体系显现出了最初的雏形。1919年,《新青年》以本志编辑部的名义发表了《本志所用标点符号和行款的说明》一文,详细说明了句号、逗号等新式标点符号的用法,并以通告的形式,要求作者遵守,这标志着西式标点已经成为现代白话的语词断句方式,取代传统的"句读"断句方式。现代白话在断句上使用严格的西式标点符号,这种标点符号从作者创作语言表述的角度不仅仅要表示语言时间上的割断,而且它还介入到整个句子意义的表达,进一步明确了句子在意义表达中的单位划分。这样,与传统汉语诗歌相比,新诗语言因为采用现代白话的这种断句方式,就先天地拥有了一种表述上的界定,消解了读者因阅读视阈的不同所带来断句方式的差异。其次,语词修饰关系在语句表达上的表面化。这里面有两个方面的表述,一是内容叙述人称的出现,传统汉语诗歌囿于天人合一的哲学观,往往将叙述者隐藏于诗歌表述的背后,尽管传统描述的是个人经验,但因为在语言表述上呈现为"无我"的言说状况,在阐释上缺少限制,往往模糊叙述者和阅读者之间的界限,使个人经验混同为普遍经验,为读者提供了丰富的想象空间,增加了语言表述的张力。在新诗的语言描述上,"我""你"等表示叙述人称的词汇往往被作为诗歌语言的主词而被凸显出来,叙述人称的出现标志着诗歌的叙述构成了一个完整的意义叙述场景,处处体现出叙述者的声音,在一定程度上限制了读者对诗歌的解析空间,读者很难忘我地融入到诗歌体验中。同传统汉语诗歌的读者的融入创造性的阅读经验不同,新诗的阅读演变为一种聆听式的阅读体验,诗人的叙述者声音始终在引导读者的阅读路向,不断地纠正读者的自我融入,叙述者的内容成为诗歌解读的唯一真值,读者的一切阅读想象都围绕这一真值展开,如《凤凰涅槃》,尽管这首诗有很多的意义理解,但创作者郭沫若在《我的作诗的经过》中说:"那诗是在象征着中国的再生,同时也是我自己的再生"[4],就宣告了读者所有与此无关的想象都成为伪阐释。另一种是受西洋句法的影响,现代白话在词义和句子意义的表述上都趋于实化和逻辑化,纯粹表示语法关系的连词、虚词等语词被表面化,动词、名词等词语的语法性质被进一步明确。并且,随着双音词的增加、纯粹表示语法关系的词汇的进一步细化,比如对"的""地""得"等用法的界定等,现代白话在语词上的表达能力得到本质性的提高,尽可能地限制了文言中为弥补词性的不足而惯用的词类"活用"技巧。叶维廉曾经评论过胡适的诗《寄给北平的一个朋友》,原文这样:

> 藏晖先生(昨夜)作一梦
>
> (梦见)苦雨庵中吃茶(的老)僧
>
> (忽然)放下茶钟出门去
>
> 飘萧一杖天南行
>
> 天南万里岂不(大辛)苦?
>
> (只为)智者识得重与轻
>
> 醒来(我自)披衣开窗坐
>
> 谁人知我(此时一点)相思情!

叶维廉认为如果去掉括弧中表示时态和人称的词语,这其实是一首用现代白话写作的古典诗,[5]从这里我们可以看出,新诗语言表述相对于传统诗歌而言侧重于阐释性的语言表述,侧重于语句表达的完整性。林语堂曾经描述过现代白话对文学的影响:"白话文学提倡以来,文体上之大变有二,一则语体欧化,二则使用个人笔调。语体欧化,在词汇上多用新名词,在句法上多用子母句相系而成之长句。此种句法半系随科学而来,谓之科学化亦无不可,因非如此结构缜密之句法,不足以曲达作者分辨入微之意。"[6]尽管笼统,林语堂在这里面还是道出了文言和现代白话在语词组织上的区别以及给文学带来的影响,所谓"在句法上多用子母句相系而成之长句",也就是现代白话在语句形式上,多使用互有隶属关系的立体层次结构,这一点表现在新诗上,尤为明显。

二

诗歌在语言表述上要想突破日常语言的范畴而实现诗意的表达，就不得不依靠象征或者隐喻等曲折的语言表述，朱自清将中国初期象征诗派的语言表述归结为"远取譬"，道出了这个诗派在语言表述上的核心特征。克里斯安·布鲁克斯将现代诗歌的表述技巧视为"重新发现隐喻并且充分运用隐喻"的过程。[7]"诗始于印象，恰似一江生活之水中的一小滴，结晶为意象。"[8]意象作为诗歌语言表述的基本要素，其本身就是一种象征或隐喻的表述。在这一点上，现代白话为汉语诗歌带来了新的语言诗学结构。

自《诗经》以来，比兴一直是传统汉语诗歌的基本写作技法，刘勰在《文心雕龙》中说："比者，附也；兴者，起也。附理者切类以指事，起情者以微以拟议。""切类以指事"表征着传统诗歌在思维方式上是一种类比思维，所谓类比思维，是一种依靠经验感悟做出判断的思维习惯，这种思维讲求的是类似场景所带来的相似体验之间的关联想象，所谓"关关雎鸠，在河之洲；窈窕淑女，君子好求"，雎鸠的嬉戏场景和男女之间的耳鬓厮磨之间并没有逻辑上的必然联系，而只是在人类的情感经验上具备相似性。因此，这种意象间的象征是比附而非理性的推理演绎，二者之间无所谓主次和从属，而是相得益彰。这种偶发性的关联想象不断在人们的体验中重复出现，历时弥久，就会由个人体验上升到集体体验，被作为一种思维惯势遗传下来，成为不容怀疑的先验语言表述为后来者所遵守，从而形成传统诗歌中所谓的原型意象。或者说，类比思维有点类似于休谟所说的相继论思维，休谟认为："当我们感知到一种事件与另一种事件之间有规则的相继发生许多次时，我们就形成一种心理习惯，期望一个事件后会发生另一个事件。"[9]

其实,不仅是类比思维,汉字语符的视觉特点也深深地影响着传统诗歌的语言表述。从字源学上说,汉字是象形文字,在接受感觉上侧重于人类的视觉以区别于拼音文字所侧重的听觉,本身就具备浓厚的绘画因子。中国传统文化中,诗歌、书法以及绘画是融合在一起的,诗歌和绘画的关系尤为密切,曾经在诗人群体中甚为流行"题画诗"这么一种诗歌形式,无论是杜甫还是李白都曾对题画诗乐此不疲,苏东坡《书摩诘蓝田烟雨图》中评价王维的诗说:"味摩诘之诗,诗中有画;观摩诘之画,画中有诗。"中国画讲求虚空,在突出静物的同时亦竭力消解它们之间的逻辑联系,以空白促发欣赏者的想象,增其韵味。画中各个静物之点处于一个地位相互平等的平面之中,相互之间没有必然的主次和从属关系。单个的局部静物可以成画,多个静物组合在一起亦可成画,从而体现出画思维的缺乏逻辑层次性。类比思维和绘画技巧的融入,决定了传统诗歌的意象语言呈现为一种平面化的态势,这种态势强调的是意象之间相互映衬所引发的意义联想作用,所谓"文必相辅,气不孤申"。但意象与意象之间,甚至语句与语句之间都可以构成相对独立的诗意表达。"无边落木萧萧下,不尽长江滚滚来"可以脱离杜甫的《登高》全诗而自成体系,"沧海月明珠有泪,蓝田日暖玉生烟"同样可以不依靠《锦瑟》的整体意境而独成佳句。

如果说传统诗歌在语言表述上采取的是一种图画式的类比隐喻或象征,允许局部或片面象征自成系统的话,那么,汉语新诗则呈现为一种整体隐喻的语言格局。在新诗,无论是语句之间还是语篇之间,都呈现为较为严谨的意义关联,相互之间呈现为一种线性的意义阐释结构,每段之间和每个语句之间都有一个逻辑秩序在支撑,有开头,有结尾,叙述结构上形成一个相对闭合的语言表述空间,局部语句无法脱离开诗歌整体的意义表述而自成系统,这同旧诗的开放性表述是不同的。

譬如艾青的诗《我爱这土地》

假如我是一只鸟，
我也应该用嘶哑的喉咙歌唱：
这被暴风雨所打击着的土地，
这永远汹涌着我们的悲愤的河流，
这无止息地吹刮着的激怒的风，
和那来自林间的无比温柔的黎明……
——然后我死了，
连羽毛也腐烂在土地里面。

为什么我的眼里常含泪水？
因为我对这土地爱得深沉……

以一只鸟的歌唱为叙述开端，中间经过"土地""河流"等意象的描述，最后揭示出诗人对土地的一往情深。这其中，诗篇的任何一个语句或语篇单独拿出来都很难获得独立的诗意表达，只能成为一个意义单一的语言表述。也就说，整体隐喻化的语言叙述昭示着在表述的自足性的同时，在表层的语词意义磁场的背后隐藏着多个意义磁场，其中诗人所要表述的诗意即隐藏其中，读者只有将诗歌作整体的关照才能够最终捕捉到个中真意。或者说，新诗无论是句子，还是表述语词本身都能找到确切的语言解读，并能表达相对独立的意思，但当这些句子联结成一首诗时，其意义表述则在整体效应上发生了转变。如朱自清的《仅存的》：

发上依稀的残香里，

我看见渺茫的昨日的影子——

远了,远了。

　　每个句子拆开来都能表达一个完整自足的意思,但并不能代表诗歌的真实意义,当这些单句组合为一个整体时,则用通感的手法,写出了时光易逝的感叹。众所周知,新诗借鉴并广泛使用了西洋诗歌表述中的跨行法,形成以行为单位而非传统诗歌中的以句为单位的语言组织形态,这样,更彰显出新诗语言表述上的整体关联。如冯至的《我是一条小河》:

我是一条小河,

我无心从你的身边流过,

你无心把你彩霞般的影儿

投入了河水的柔波。

我流过一座森林,

柔波便荡荡地

把那些碧绿的叶影儿

裁剪成你的衣裳。

我流过一座花丛,

柔波便粼粼地

把那些彩色的花影儿

编织成你的花冠。

最后我终于

流入无情的大海，

海上的风又厉，浪又狂，

吹折了花冠，击碎了衣裳！

我也随着海潮漂漾，

漂漾到无边的地方；

你那彩霞般的影儿

也和幻散了的彩霞一样！

在这首诗中，诗人将一个完整的句子拆分为两行或者三行来表示，局部取消单句表述的意义完整性，无论是语句意义还是隐喻意义都鲜明地彰显出新诗的整体隐喻化趋向。

如果仔细梳理，我们会发现新诗语言的整体隐喻结构大致呈现为两种形态，一种呈现为纯粹描述的平面结构，这一类的诗歌在语言整体上描述的大多是一种客观场景，并不将诗人所要彰显的主旨表述出来，而是在整体描述中借助特定的象征意象将其隐藏在诗歌的背景中，评论家苏汶在评戴望舒的《望舒草》时认为："我们体味到诗是一种吞吞吐吐的东西，术语地来说，它底动机是在于表现自己与隐藏自己之间。"[10]这里是说，现代新诗在清晰地完成意义的表象描述后，又要设法消解这种表象意义而引导读者藉此去捕捉隐藏在其后的隐喻意义。比如，戴望舒的《雨巷》就是一个较为典型的例子，该诗运用线性的场景发展脉络叙述了"我"同一个"女郎"相遇的整个过程，表达了自己对女郎以及"雨巷"的主观感受，但这只是一种意义的表象描述，这种表象描述所隐喻的是其背后的"爱情感伤""人生困境"以及"阴郁的时代所带来的落魄心境"等复杂而深蕴的诗歌主旨。呈现为这种整体隐喻结构的诗歌还有林徽因的《笑》、徐志摩的《雪花的快乐》等等。另外一种模态则是融诗歌主旨于语言叙述中,体现出一种层递的象征关系。这种诗歌的隐喻形式是通过对具体的象征意象的描述,有所感发,或有总结性的陈述显现于诗歌语言的表述中,叙述者的感发或者总结性叙说往往起到对诗歌隐喻的明确化作用。这一类的诗大多同某种哲学观念结合在一起,比如,"中国新诗派"诗人辛迪的《航》:"帆起了/帆向落日的去处/明净与古老/风帆吻着暗色的水/有如黑蝶与白蝶/……风吹过来/水手问起雨和星辰//从日到夜/从夜到日/我们航不出这圆圈/后一个圆/前一个圆/一个永恒/而无涯涘的圆圈//将生命的茫茫/脱卸与茫茫的烟水。"这首诗的后两节通过一种哲理性的言说将"帆""黑蝶与白蝶"甚至"雨""星辰"等关联意象所象征的内在意蕴给揭示出来,圆的永恒和生命与烟水混融在一起表达了作者对生命的超脱之感。因为将诗歌作为宣传手段而要急于表达某种理念,中国诗歌会诗人的诗以及早期的新诗大多属于这类范畴。

三

　　无论是黑格尔将诗歌视为"一种内在于意识的现实"[11]还是朱光潜将诗歌的内容归结为"情趣"的表达,传统诗歌和现代新诗对人类体验的关注并无本质性的差别。但是当把这种人类体验借助于语言媒介表述出来时,因文化内质和种族特征的差异所带来的诗歌形态的千姿百态便得以彰显。传统诗歌,尤其是近体诗以来,其语言形态大多表现为程式化的特征,表现在以下几个方面:一是字数上的程式化,尽管传统诗歌曾出现过四言诗、五言诗、律诗以及词等不同的语言形式,但相对于每一种诗歌类别而言,固定的字数是任何一个诗歌形式都必须遵守的规则,"四言诗"以四个字为一个意义单位,"五言诗"以五个字为一个意义单位,七律以七个字为一个意义单位等等,虽然词的出现打破了相对均衡的诗歌意义表述单位,但"标准的词,必须具备了下列三个特点:(一)全篇固定的字数;(二)长短句;(三)律化的平仄"。[12];二是语词选择的相对程式化,传统诗歌对语词的选择有自己的审美原则,乡间俚语,土白方言很难进入诗歌的表述中,相对稳定的典故语词成为传统诗歌语言使用最为频繁的语词范畴;第三,韵律使用的程式化,传统诗歌的韵律要严格遵循规则,《佩文韵府》《切韵》等韵书为传统诗人提供了确切的具有词典效应的工具书,在韵的使用技法上,同样有严格的要求,所谓"一三五不论,二四六分明",如果不符合作诗的规范,还要作出补救,称为"拗救"。现代语言学家王力说:"唐代以后,大约因为科举的关系,诗的形式逐渐趋于划一,对于平仄、对仗和诗篇的字数,都有很严格的规定。"[13]

新诗则不然,端木蕻良说:"在诗的世俗意义里,只落得对仗工整声韵铿锵的当儿,新诗的出现,自然应该受到启示。新诗与旧诗之间,所表现的对立性未免太大,"继而认为"中国五四运动所加给诗的最大的改变,是形式的改变。这里所说的形式包括节奏、韵脚和排列"。[14] 其实,新诗创立之初的首要动作就是用矫枉必须过正的姿态来消解传统诗歌的程式化语言表述。新诗始作俑者胡适说:"推翻词调曲谱的种种束缚;不拘格律,不拘平仄,不拘长短;""我们做白话诗的大宗旨,在于提倡'诗体的解放',有什么材料做什么诗,有什么话,说什么话,把从前一切束缚诗神的自由的枷锁镣铐拢统推翻。这便是'诗体的解放'。因为如此,故我们极不赞成诗的规则"。[15] 以《女神》奠定诗坛地位的郭沫若说:"诗之精神在其内在的韵律(Intrinsic Rhythm),内在的韵律(或曰无形律)并不是甚么平上去入,高下抑扬,强弱长短,宫商徵羽;也并不是甚么双声叠韵,甚么押在句中的韵文!"[16] 在弃置传统诗歌的程式化、规则化的语言表述征候后,在目前的语言表征中,以现代白话为表述媒介的新诗呈现为以自由和随即为特征的语言表述特征。

首先,对语言表述个体性的侧重。新诗反对派的代表胡先骕曾详细分析过写作古诗的前提条件:"故学为诗者,必先知四声之异同,平仄相间之原理,古诗律诗之性质,起首结尾阴阳开合之宜忌,题目之性质与各种诗体之关系,进而博读诸家之名著,审别其异同,籀绎其命意遣词造句练字行气取势之法,再则其一二家与己之嗜好近者,细意模仿之,久久始可语于创造也。"[17] 因此说,在传统诗歌的语言表述中,外在的语言表述规则限制了诗人个体的经验,同一个诗歌形式很难彰显出不同诗人对语言的个体理解,无论是杜甫还是李白,都无法更改律诗的语言要求,而只能让诗意的表达去归趋,《如梦令》的词牌,无论是李清照还是辛弃疾,他们都不能改变其中的字数和平仄要求,他们的区别在选词和韵律上,或者在风格上。而在新诗,此一格局则大变,徐志摩的诗歌同郭沫若的诗歌、卞之琳的诗歌不光在风格上迥然相异,在语言表述的外在形态上亦是各呈百态。而且,因为具体诗意的不同和抒发情景的变幻,单个诗人的每首诗歌都会有不同的语言审美表现,同样表述男女之情,徐志摩的《沙扬娜拉》和《再别康桥》在语言表现上差池甚大,前者呈现为自由诗的形式:

> 最是那一低头的温柔,
> 象一朵水莲花不胜凉风的娇羞,
> 道一声珍重,道一声珍重,
> 那一声珍重里有蜜甜的忧愁——

沙扬娜拉!

　　而后者则相对显示出语词排列上的匠心,比如前后语词结构的呼应,意象使用的对应性,等等。

　　其次,新诗语言表述形态的多样化。新诗从诞生时起,都是在域外诗歌遮蔽下生长的。自由诗、十四行诗、意象派诗歌以及象征派诗歌等一系列的西方诗歌潮流都给中国现代新诗留下了深深的足迹,在纵向的历史演变进程中,几乎域外的每一种诗歌形态都取得过相当的创作和阅读影响力,都是现代新诗所渴望实现的梦想,在西方诗歌发展历史中呈现为历时发展和纵向替代关系的各种诗歌文本以共时的、横向的共生状态展示在现代新诗面前,这样,现代新诗在建构自己的语言审美形态时,面临的是一种繁杂的资源景象,域外的每个诗歌潮流都会将自己独特的语言表述方式浸润到中国现代新诗语言的文本形式中,这样,新诗语言的形态必然是多姿多态的。同时,现代新诗产生的时代是个性张扬的时代,郁达夫说:"五四运动,在文学上促生的新意义,是自我的发见。"[18]在建构现代新诗语言表述的过程中,每个诗人都会根据自己对域外资源的了解而有所侧重,象征诗人李金发说:"我做诗的时候,从没有预备怕人家难懂,只求发泄尽胸中的诗意就是。……我的诗是个人灵感的记录表,是个人陶醉后引吭的高歌,我不能希望人人能了解。"[19]因此说,这种不考虑受众的接受而只顾诗意任意流泻的创作姿态,显然加剧了新诗语言表述的个体经验。徐志摩、闻一多等人受传统汉语诗歌和英国浪漫主义诗歌的影响而主张在现代白话的前提下张扬诗歌的音乐美、绘画的美,闻一多的《死水》、徐志摩的《雪花的快乐》是其理念诠释的产物;而戴望舒、卞之琳等人则受西方智性诗学的"指使"而拒绝音乐在诗歌语言表述中出场,戴望舒在《诗论零札》中则认为"诗不能借重音乐,它应该去了音乐的成分"以及"诗不能借重绘画的长处"。[20]这样充满矛盾、歧义纷纭的诗歌语言理念决定了新诗很难获得传统汉语诗歌那样的统一化、程式化的语言形态。象征诗人李金发说:"中国自文学革新后,诗界成为无治装态,对于全诗的体裁,或使多少人不满意,但这不紧要,苟能表现一切。"[21]其实,新诗语言表述的无序化和缺乏定式并不仅仅是草创期新诗的状况,而是至今为止整个新诗语言所呈现的状态,自由诗、格律诗、诗剧等等语言表述形态都曾经叱咤诗坛,但谁都未取得支配性的地位,群星闪烁,缺少太阳,也许是新诗在语言表述上同传统诗歌迥然相异的地方。

注释

[1] 鲁迅:《玩笑只当它玩笑(上)》,见《鲁迅文集》第 5 卷,黑龙江人民出版社 1995 年版,第 494 页。
[2] 鲁迅:《答曹聚仁先生信》,《鲁迅文集》第 6 卷,黑龙江人民出版社 1995 年版,第 65 页。
[3] 胡适:《论句读符号——答"慕楼"书》,《胡适精品集·问题与主义》,胡明主编,光明日报出版社 1997 年版,第 106 页。
[4] 郭沫若:《郭沫若谈创作》,彭放编,黑龙江人民出版社 1982 年版,第 39 页。
[5] 叶维廉:《中国诗学》,生活·读书·新知三联书店 1992 年版,第 227—228 页。
[6] 林语堂:《欧化语体》,见《文言、白话、大众话论战集·白话》,任重编,上海书店 1934 年版,第 8 页。
[7] 克利思安·布鲁克斯:《反讽——一种结构原则(1949)》,袁可嘉译,见《新批评文集》,赵毅衡编选,百花文艺出版社 2001 年版,第 377 页。
[8] 刘易斯:《意象的定式》,陈鲁明译,《意象批评》,汪耀进编,四川文艺出版社 1989 年版,第 78 页。
[9] 罗姆·哈瑞:《科学哲学导论》,邱仁宗译,辽宁教育出版社、牛津大学出版社 1998 年版,第 124 页。
[10] 杜衡(苏汶):《〈望舒草〉序》,见《望舒草》,戴望舒著,上海复兴书局 1932 年版,第 2 页。
[11] 黑格尔:《美学》第 3 卷(下),朱光潜译,商务印书馆 1981 年版,第 16 页。
[12] [13] 王力:《汉语诗律学》,上海世纪出版集团,上海教育出版社 2002 年

版,第 528 页,第 19 页。

[14] 端木蕻良:《论艾青》,《文学创作》第 2 卷,第 5 期,1943 年版 12 月。

[15] 胡适:《通信》,《新青年》第 4 卷,第 6 号,1918 年 6 月 15 日。

[16] 郭沫若:《论诗三札》,《郭沫若谈创作》,彭放编,黑龙江人民出版社 1982
年版,第 2 页。

[17] 胡先骕:《〈评尝试集〉续》,《学衡》1922 年第 2 期。

[18] 郁达夫:《五四文学运动之历史》,《文学》1933 年 7 月,创刊号。

[19] 李金发:《是个人灵感的记录表》,《文艺大路》第 2 卷,第 1 期,1935 年 11
月 29 日。

[20] 戴望舒:《望舒草》,上海复兴书局 1932 年版,第 59 页。

[21] 李金发:《〈微雨〉导言》,《微雨》,北新书局 1925 年版,第 11 页。

——原刊《沈阳师范大学学报》2009 年第 1 期

诗之现实

第一章　认同视域下的新时期少数民族诗歌

作为"人们意义与经验的来源"[1]，"认同"观展现为三种基本内涵，即合法性认同、拒斥性认同与计划性认同，并具体体现为自我认同，借以彰显个体角色与周围经验的关系。相比较来说，合法性认同往往是自我认同的首要考察内涵。所谓合法性认同，则是"一套组织和制度以及一系列被结构化和被组织化的社会行动者"，其结果则是"产生公民社会"[2]。由之，"我是谁""我如何表述我自己"和"自我是本质的还是建构的"等一系列哲学命题也就成了现代人生存要解决的基本问题。具体表现在汉语新诗领域，相对于主流族群的汉语叙述来说，新时期以来的少数民族新诗，随着民族文化自足性和边界意识的增强，自觉的自我认同意识在诗人创作理念和诗歌文本中成为重要的命题之一。

第一节　叙述的意义：少数民族诗歌的身份呈现

诗歌的叙述功能对于构造民族的自我认同而言，显然要比社会学的定义化分析要丰韵而具体,这种基于文字自足性基础上的叙述"必然要比单纯构造自我的现状起更大的作用"。[3]在由不同辨识度的意象和语词组织结构所搭建的文学形式中,"身份认同就是一个清晰表达的过程,一个缝合的过程"。[4]

独立审美风格的意象群。既然是自我认同,少数民族诗人的自画像,这样一种理性自觉而又身处其中的自我觉知方式,一般来说,是比较可靠的。从而在凸显个体经验认知和成长体认的过程中,实现自我意义上的反思与重构。"我是谁",以及如何区别于"他者",这是构成自我认同的"真正的起源"。[5]如此说,能否建构其独异的诗歌意象群,应该是少数民族诗歌能否实现合法性认同的重要标志。

1. 日常生活意象。一般来说,由于相对封闭的生成环境,近现代化的存在理念对少数民族诗人的整体影响相对偏弱,抒情的而非叙述的农耕文明诗歌存在方式依然占据主流。相对边缘的生存环境,又让这种抒情对象有了较为稳定的意象群。比如"牦牛""荞麦""火塘""高原""岩羊""雪山""蜘蛛""乌鸦""鱼""鹰""口弦""羊皮鼓"等。

雪山。"雪山"意象,是少数民族诗歌当中较为常见的意象之一。"雪山"一般象征着圣洁的灵魂,或是灵魂的庇护者。"雪后/那些山脉/宛如刚出浴的女人/温柔地躺在/泸沽湖畔/月光下/她们妩媚而多情/高耸着乳房/仿佛天空/就是她们喂大的孩子"(鲁若迪基《女山》),要是说普米族诗人鲁若迪基的《女山》里的"雪山"是散发着母性光辉的、赐予生命并呵护生命的女人的话,那么,彝族诗人阿苏越尔的"雪山",则是一个时间的老者,注视着"我"的一切喜怒哀乐,"在爱人的肩头雪花死去/俄罗则俄雪山/假若能得到你的庇护/我可目睹昨天/雪花纷纷扬扬"(阿苏越尔《俄罗则俄雪山》)。"雪山"作为一个象征,在藏族诗歌文本当中,有着"母体意象"的功能,通常被当作神的象征,可以给人以灵魂的指引，往往带有不食人间烟火的空灵气质，这与藏民族的圣洁、纯净的高原文化息息相关。比如伊丹才让的《雪山集》、格桑多杰的《玛积雪山的名字》、拉目栋智的《走进雪山》等。

荞麦。也是少数民族诗人所钟爱的一个意象。对于主流诗坛上充斥的"麦子"意象而言，少数民族诗人没有跟风盲从。不可否认，八十年代主流诗坛由于海子的出现，"麦子"或者说"麦地文化"一度演变为诗歌创作的复制化的现象，也是远离诗歌的陌生化主旨的重要原因。可以说，少数民族诗人对"麦子"的拒绝与对"荞麦"的集体性书写，是对主体族群"麦地文化"的抵御，从而在诗歌意象上建立起自我的文化认同。例如吉克阿尤的"被播种在荞麦地/这个词，挂在凉山的蓝月亮上"(《打工》)，鲁娟的"羊群像白云散步人间/有无风经过山岗/都不要紧/反正荞麦和马铃薯/随时蠢蠢欲动"(《我所爱的村庄》)，阿卓务林的"荞麦花开/一亩又一亩/这是夏天/早开的花早谢了/晚开的花，晚着呢/我骑马从旁路过/想起春天，想起一种美"(《苦荞花》)，苏升的"荞麦花，我看见谁的伤口/母亲在西南的天空下呼唤我的乳名"(《荞麦花，我看见谁的伤口》)等。荞麦，在少数民族诗歌当中，成为生命的象征物，也是联系少数民族族群记忆、历史、生命、文化的轴绳。同时，少数民族诗人在诗歌中，将生长荞麦的荞坡、荞麦地视觉化，荞坡将自己的清澈和甘醇，裸呈在柔美的、散发着荞麦香的阳光之下，以胎孕生命的河水，孕育诗歌。

猎人。由于少数民族多择大山、原始森林而居，生存环境的现代化程度较低，生产资料不足，且生产力发展滞后。所以，少数民族获得生存资料的方式便是走进大山与森林，依靠打猎，来维持民族的繁衍与生计。结合文本，不难看出，"猎人"形象在诗歌文本中多次出现，是少数民族对狩猎生活的那份质朴且眷恋的深情。如京族诗人赵翔的《我是猎人》，"风、树声和野性的嘶鸣/守护我被烤出汗味的梦境/守护一个夜晚的鼾声/守护一个夜晚的寂静/最后让飞溅的红色火星/发出一声激扬的呐喊/我是一个猎人/我是粗犷和剽悍的结晶"。畲族诗人雷金松的《我是猎人的后代》，"我从山里走来/我是猎人的后代/将硬弓熔冶的岁月肩在臂膀/也肩起森林里珍藏的父亲的目光/一片晨曦洒落我的头顶/我在父亲没梦见的密林里打猎"。壮族诗人落英的《一个猎人的后裔》，"也有一个下着骤雨的夜晚/他扛着猎物回家/靠近家时/不见灯火/只听见捣衣声/一瞬间湿透了他/在他未进门时/将他击倒"。

歌者。相比于"猎人"，少数民族诗歌当中"歌者"的形象，更能打动人的迤逦情思。苗族作家沈从文《边城》里，傩送就是个唱歌的好手。与沈从文一样，少数民族诗人也钟爱于在诗歌中唱出诗歌的百般缱绻。在少数民族诗歌的写作谱系上，从某种程度上来讲，"歌者"形象的塑造与打磨，正实践了少数民族诗歌诗、歌杂糅的诗学观念。如藏族诗人多杰扎西的《歌手》，"你鲜红的歌声/由皑皑积雪千年的呼吸飘出/并且紧随山鹰的飞翔/朝圣者坚定的步伐/穿越思维/穿越时空/照亮一代又一代雪域儿孙"。回族诗人高深的《向着太阳唱支歌》，"抬起头向着太阳唱支歌吧/向着两岸的群山/向着刀削的峭壁/只有最深沉而又最高昂的曲调才没有歌词/没有歌词的歌或许蕴含着更深的寓意"。除了上述几个诗人之外，还有佤族聂勒的《对歌》《古歌》《山歌》《民歌》，彝族俚伍拉且的《凉山情歌》，朝鲜族南永前的《阿里郎》，李相钰的《鸭绿江踏歌行》，蒙古族查干的《大漠畅想曲》等等。可见，"歌者"形象是少数民族诗歌所着力塑造的"自我形象"之一，诗歌中的"歌者"不光表达了对自然、大地、生命"咏歌之"的愿望，更饱含了诗人对本民族形象强烈的自我认同感。尽管少数民族诗歌是个人化的直接产物，但我们很难把少数民族诗歌中所塑造的"歌者"与"猎人"形象与民族的"自我形象"完全割裂开来。"歌者"与"猎人"形象与其说是诗人个人的内心产物,不如说,是一个民族集体的共同参与,才塑造完成的。

　　除了这些经典"意象"之外,少数民族诗歌更是为我们营造了庞大的、具有异质性的物象世界。一方面,少数民族诗歌的物象,极其细腻与感性,在这一方面,少数民族诗人发挥了其视觉感性的优势,使其呈现的物象世界波谲云诡,光怪陆离。彝族诗人吉狄马加的诗中,"它们有着彝族人的脸形/生活在群山最孤独的地域/这些似乎没有生命的物体/黝黑的前额爬满了鹰爪的痕迹"(《岩石》),因为始终与大地相连,肌肤的"黝黑"与岩石的粗粝几乎是少数民族诗歌自我描述的关键词。这种民族性格在在土家族诗人冉仲景的笔下则体现为牦牛,"牦牛的颜色和名字都是黑的/除了表达庄重/还表达了很多复杂的思想/它们闲时凝望大地/出门就背负沉重的使命/爬行在古老的驮道上/牦牛没有单一纯粹的痛苦或快感/因为它们是牦牛"(《牦牛》)。诗歌的个人经验与深厚的民族历史的沉滞与沧桑深入交融,以岩石、牦牛这一普通而又平凡之物映现历史,彰显出质朴、沉静、孤独的性格。

　　另一方面,少数民族诗歌擅于选择昆虫、鱼类、怪鸟、神秘图腾、蛊物来消解主体族群诗歌的"文化内在体系结构"[6]。阿库乌雾诗歌中这样的视觉冲击随处可见,"清芳蛾飞于条条塘火之上"(《巫唱》),"那只大红公鸡的鲜血/裹挟着朝花似的咒辞"(《狩猎》),或者是"蜘蛛无血/而蜘蛛肉丰"(《蛛经》),阿库乌雾习惯于将自己的官能调整到感受的最佳状态,去近距离地接触这些细小入微的昆虫,对其进行视觉化的处理,再将这些对细小事物的细腻感知注入诗歌,使诗歌异质性的美感淋漓尽致地凸显出来。苗族诗人何小竹的诗集《梦见苹果和鱼的安》,多使用怪异的物象、诡异的想象,怪诞但极具审美性。《雨季》里的"蚂蟥""壁虎""蘑菇",《对于巫术的解释》里的"鸡毛""牛皮""乌鸦",《鸦片》里的"蛆虫",这些物象在何小竹的笔下都很神秘,让人难以捉摸。在此可以说,少数民族诗人对主体族群诗歌意象系统的替换,是少数民族诗人为自我认同所采取的一种写作策略。从视觉上建造自己的审美空间,通过独特的意象与物象的书写,使诗中的"自我"与"他者"区分开来,以达到对"自我"建构的目的,从而实现民族的诗歌认同。安德森在思考共同体时,首先就谈到了视觉认同的重要性:"我们如果去看看那些神圣共同体怎样在视觉上被表现出来,像中世纪教堂里的浮雕和彩绘玻璃,或早期佛兰芒巨匠的画作,当会受益良多……我们所面对的,是一个几乎完全以视觉和听觉来表现对现实的想象的世界。"[7]当视觉的世界直接裸呈于少数族群诗人眼中时,诗人所选取的异彩纷呈的物象,则明显带有自我的思维的特征。最重要的一点,即视觉功能可以塑造阅读群体、少数族群诗歌的接受群体的再造想象。

可以说,少数民族诗歌中这些源自生活周边的物象,是诗人直接经验的映现,这些来自生命日常的核心要素,让诗歌有着丰沛的地域人文积累,以区别于已经被概念化、符号化了的"麦子""月亮""太阳""土地""江河"等主流汉语新诗中的意象群。

2. 原型意象。深入诗歌文本,我们发现,不同少数民族诗人运用的神话传说、图腾、文化元素都有较大的差别。诗人在选择艺术的质料时,都有意识地选取最能表现本民族特点的原始材料,有意识地与其他族群区别开来,以明晰的界限凸显自我的族群认同。彝族诗歌中,"毕摩文化"可以说是彝族诗歌创作的灵感源泉,如吉狄马加的《毕摩的声音》、普驰达岭的《毕摩之书》、吉木五乃的《毕摩的词语》等。毕摩在彝族的风俗传统中,扮演着长者、祭司、医师等重要角色,这让毕摩成为彝族诗人的精神依托,给他们以心灵的慰藉。在哈尼族诗歌中,"梯田""寨神树"在他们的作品中不止一次地出现,深刻表现了本族群的文化特征,艾吉的《我梦见自己变成梯田》、哥布的《祭寨神》等诗歌,诗人从哈尼族独特的文化里汲取养分,来浇灌种植着诗歌的土壤。与彝族的"毕摩文化"不同,在哈尼族当中,"摩批"是重要的精神象征,而在佤族的诗歌中,"毕摩"和"摩批"都不复存在,取而代之的是"摩巴"。这种差别在少数族群诗歌当中,看似一字之差,却象征着各少数族群之间的文化上的细微之别。从各少数族群诗人所选取的原始神话、民间传说、民间故事、口头文学的资源来看,这种文化认同上的差别更为显著。彝族诗人将创世英雄支格阿鲁、甘嫫阿妞当作一个文化符号镶嵌在诗歌文本之中,除此之外,彝族诗歌习惯于将本族群的传说故事写入诗歌,来营造诗歌的诗意氛围。吉狄马加诗中就将大量的本族群的传说故事用作题记,比如《母亲们的手》《最后的传说》《唱给母亲的歌》等,用彝族的凄美传说,这是诗人的文本策略,也一定出自于缜密的考虑。李骞的《彝王》则是一首采用了"彝王"传说来创作的组诗,诗人将诗歌中的"彝王"形象塑造得高大、尊贵且勇武。"彝王"在一定程度上表达了诗人对本族群文化的向往。在佤族诗歌当中,"司岗里"的神话也不断出现,比如伊蒙红木的诗集《云月故乡》,诗人热衷于从神话传说里来寻找创作素材,以重拾族群的集体记忆。对土家族诗歌而言,民间歌谣、民间文学、史诗传说对土家族诗人创作的影响则见微知著。例如王世清的毕兹卡史诗,这首诗受创世神话的影响不用不说。土家族另一位重要诗人冉仲景的诗歌,则明显浸润着族群文化的滋养,如《梦幻长江》,史诗化的创作倾向,更大程度上来源于土家族的民间文化传统。景颇族诗人晨宏的诗作《宁贯瓦》,描写了景颇族的创世英雄"宁贯瓦","本想留下点什么/生命却就要你离去/化为辉煌/让后来的人们读懂/一个穿越历史的沧海桑田/从北方来的民族",晨宏的诗歌并不显宏大,而是具有强烈的抒情意味,但这并不能掩盖晨宏的传说型的"大诗化"写作基调。

少数民族诗歌通过"仪式观"的符号体现，来确立"自我"的文化认同。"文化认同与自我限定密切相关"[8]，在美国学者弗里德曼看来，"确立和维持文化认同或族群性的条件紧紧地捆系在个人的认同建构的方式上"[9]。弗里德曼指出文化认同是族群性个人认同的关键，就这一点来说，郑晓云与弗里德曼看法相似，"民族性的实质，就是一种文化区别于另一种文化，而区别于另一种文化的这种文化产生于民族这一人们共同体"[10]。这一讨论又回到了赫尔德对民族的看法上来了，赫尔德与安德森、霍布斯鲍姆等不同的是，赫尔德注意到了文化、语言等因素对民族塑造的影响。正因为民族认同与文化认同是鱼和水、唇与齿的关系，所以把握少数民族诗歌的"自我"需从文化认同上入手。但问题在于，少数民族诗歌并不是一门民族学或者是文化人类学，诗歌也毕竟属于审美的范畴，那少数民族诗歌又是怎么去对文化进行认同的呢？对此，不得不说的是，在少数民族诗歌"自叙述"的过程中，"文化符号"的反复书写对"自我认同"所起到的作用与效力。从少数民族诗歌的文本来看，"葬礼"、"节日"的"仪式"符号的书写，意义就在于强化这种对自我文化的归属感与认同感。基于此，少数民族诗歌也有某种传播的意图，用詹姆斯·W.凯瑞的话来说，这就是传播的仪式。"传播的仪式观把传播看作是创造（created）、修改（modified）和转变（transformed）一个共享文化的过程……传播的仪式观其核心则是将人们以团体或共同体的形式聚集在一起的神圣典礼。"[11]

毫无疑问，"葬礼"是少数族群诗歌着墨最多的文化符号。从某种意义上来讲，一方面，"葬礼"涉及族群风俗、文化、信仰等多方面的文化信息。另一方面，"葬礼"总是与"死亡"嫁接起来，少数族群诗歌描写、刻画"葬礼"的场面，则深刻入骨地体现了少数族群"自我"的"生死观"。倮伍拉且在《死亡》中写到"火葬"的风俗，"死亡飘扬在火葬地的烈焰中/死亡升起在/赞美诗里"。彝族人崇尚"火",这种"火崇拜"包含着彝族人对"火文化"的认同。这种文化元素,通过诗歌表现出来,可以看出,隐藏在少数族群诗人的内心深处,那份对"死亡"的敏感。他们通过对"葬礼"的书写,表达他们对族群文化与族群生存的未卜前景的担忧。或许,我们只有在这一意义上,才能理解多杰群增写到的"我理解了葬仪为什么要成为节日/理解了死亡为什么要被歌颂/理解了演出这一幕惨剧为什么/唯在高原这端"(《天葬》)。哈尼族诗人哥布在谈到"葬礼"时,说道:"死亡是通往祖先的世界、连接历史的一种方式……葬礼就是这样一种让人惊心动魄的仪式。"(《空寨》《哈尼人断想:神》)哈尼族看待"葬礼",则是对祖先与神的崇拜的一种方式。由于各个族群的文化元素各不相同,所以诗歌中描绘的丧葬仪式也大相径庭,比如:彝族"火葬"、藏族"天葬"、苗族的"悬棺"等。何小竹的《巴人哭丧舞》中,苗族"悬棺"的仪式被何小竹诗性化,"死者之棺已升入天际,山峰透明如乳"。比起其他任何一位少数族群诗人,何小竹可谓是对"葬礼"情有独钟,《葬礼上看见乌鸦的安》《葬礼上看见那红公鸡的安》等,更是何小竹对生命的凝视与思考。

"节日"也是族群文化的重要表征。有的族群形成了自己独特的节日传统,如火把节、泼水节、那达慕、雪顿节、藏历新年等。倘若"节日"的仪式是一个族群文化的集体汇演的话,那么少数民族诗人对族群"节日"的书写,也就是对本族群文化"狂欢化"的展现。彝族阿鲁果果的《彝火情结》、阿卓务林的《黑色的土地》、土家族冉仲景的《集体舞》、傣族波爱皓的《泼水——祝福》、傣族女诗人柏桦的《水的盛宴,欢乐的节日——泼水节》、哈尼族哥布的《苦扎扎》等,在对族群节日的书写过程中,注入了自己对本族群文化的深沉情感,对"节日"这个文化符号的认同,是少数民族诗歌的重要书写对象。

最后，"地域认同"同样是少数民族诗歌写作的关键。"地域认同"的诗歌书写，较为边缘化、空间化、分散化。相对于主体族群的聚居分布，少数族群的聚居地一般分布在祖国版图的边缘与四周。这就形成了西南边陲、蒙古草原、藏地高原、关外东北的分布格局。瑶族诗人黄爱平的《瑶山泉》《大瑶山》《五岭》，寄托了瑶族人对瑶山的血水之情。"群山不可重复，瑶山不可重复/庄严而卑微的情感/一半是真实，一半是虚幻"（《大瑶山》）。普米族诗人曹翔的《家乡的泸沽湖》《雨悄悄来临》，"如今，家乡的泸沽湖/猪槽船/拼凑得越来越大/载着来自城市的喧嚣/穿梭在湖面的人流中"（《家乡的泸沽湖》），在对"女儿国"、"泸沽湖"描绘的同时，表达了对现代性的担忧。彝族诗人对大凉山、小凉山的情感更不用赘述，在诗歌的聚合作用下，形成了大小凉山现代诗群。黔南的水族诗人湄子则在黔南漫长的雨季中，"有张有弛，形成一种生命之弹性"。[12] 由此来看，少数民族诗人对"地域"的认同，与其说是对土地、故乡的眷恋，不如说是对地域文化的坚守。

综上所述，少数民族诗歌，在"身体认同""视觉认同""文化认同""地域认同"当中，完成了"自我身份"的自叙述。由此，我们可以说，少数族群诗歌的"自我认同"是建立在对本族群形象有着深刻认知，拥有着独特的感官世界且对本族群文化与地域有着强烈归属感的一系列诗歌叙述之上的。

第二节　反思的自我与内在的深度

从弗洛伊德到拉康、福柯，再到德里达，"主体的消解"在解构主义的指认中，慢慢演变成毕尔格口中的"主体的退隐"，书写了一部"持续的灾难史"[13]。这里面自然有新时空内容下认识论变迁的必然,但表象大于实质,在及物的哲学面前,只是换一个角度来看问题而已。对于认同意识来说,坚持探讨主体性的确立和规范依然是谈及相关论题的前提。鉴于此,吉登斯思考"主体"时,认为"主体"必须拥有"反思性的高度觉知"。[14]"自我认同"并非既定的、先验的,而是存在于持续性的反思活动当中,有较强的"反思的能动性",这在另一个哲学家查尔斯·泰勒那里,被表述为自我叙述的"内在深度","主体"是具有"内在深度"的"主体","我们是有内在深度的生物;有部分尚未探明的和隐秘的内在性质"。[15]可以说,反思性与内在深度的提出,为我们考察少数族群诗歌的"主体性"提供了理论资源。

少数民族诗歌在经历了"十七年时期"向"新时期"的转向之后,少数民族诗人意识到"主体性"建构的重要性,并在创作中自觉回归,带有强烈的"寻根意识",在反思自我形象时,不约而同地往族群文化与历史传统、历史意蕴当中回溯。但与此同时,少数民族诗人又保持着高度的警醒,以现代性来审视、反思族群文化与传统,把自我投射在反思的镜面之中。

对"陌生的自我"的反思。即"我"是真正的"自我",还是后殖民主义理论家弗朗兹·法侬意义上的有着"白皮肤、黑面具"的"他者"? 这一体认的悖论之处,使很多少数民族诗人陷入尴尬的境地。在很多诗中,主人公"我"可以清晰地意识到"我"应该如何,但使"我"感到两难的是,"我"背离了故土,放弃了族群的生活方式,甚至对本族群的文化、语言文字漠然置之。让诗人倍感焦虑的是,在现代化高度发展的今天,少数族群的自身现代化与少数族群文化的消亡成了不可避免的孪生现象,于是,"被殖民"的心态在诗歌中便屡见不鲜。"汉字,纷纷爬上岸/首先占领我们的口腔/再顺势进入我们的体内/与本土文字争噬五脏/

等到饭饱酒足/便涂脂抹粉/从我们的口齿间转世。"(俄狄小丰《汉字进山》)俄狄小丰看到的不光是诗中的"我们",已经自然而然地把汉语当做日常生活的交际用语,更是注意到汉字进山带来的一系列问题,汉字进山意味着族群的现代化,而现代化也在逐渐摧毁族群的文化与信仰,使"我们"被"他者"化,从而丧失了"我们"原本应该坚持的东西。所以说,在另外一首名字叫《时代病人》的诗中,俄狄小丰写道:"人,无缘无故地失去自己/据说血肉与骨骼发生了矛盾。"(《时代病人》)走出山寨,背离故土,少数族裔操着汉语走进城市,却越来越感觉到对"自我"的陌生,这种与"自我"的疏离感,曾在诗歌中被多次反思。"在城市宽厚的街道上/在密密匝匝的人群里/我寻找着牧人的眼睛/我寻找着忧伤和快乐的渊源/当一辆辆漂亮的车流/从身边匆促而过/像一群发狂的野马群/孤独便从心底淌溢"(聂勒《牧人的眼睛》),聂勒诗中的"我",在城市中挣扎,孤独感、压抑感时刻烤灼着"我"的灵魂。身处城市的包围之中,由于"我"产生了对"自我"的认同危机,所以"我"需要寻找"牧人的眼睛"。"高楼像竹笋一样生长/世界这么大/人是这样多/我像夏天的雨中/掺杂的一粒冰雹/一下子就消失了"(哥布《留宿在城市高楼》),在城市中,哥布也有一种对"自我"的陌生感,在他的笔下,哥布直白但颇有意味,"一下子"表示了速度,即"我"快速地淹没在这个世界当中,这无疑饱含着诗人巨大的恐惧感。壮族诗人黄承基在《文化快餐》中写道:"直到这舶来的词无孔不入/我们别忘了/有人在文化里面行窃。"回族诗人高深《关于我的民族》一诗中也有这样一句:"她失去了舌尖/失去了故土/失去了羽毛/失去了记忆与符号。"

需要注意的是,如果要探讨少数民族诗歌的这种"反思性写作"的根源,则须回到族群文化的整个文化背景之下。书写族群文化的责任与使命,让少数族群诗人在创作时,自觉将本族群文化当做诗歌背后的幕布。可是,仅有对本族群文化的认同是远远不够的,没有"反思性",那就更谈不上"主体"。因此,少数民族诗歌只有在自我审视、自我问诘并自我反思之后,"主体性"才有被谈论的资本。"我承认血腥的械斗就发生在那里/我承认我十二岁的叔叔曾被亲人送去抵命"(《达基洛夫故乡》),吉狄马加的诗,始终带有冷静的审视与自省,族群文化野蛮、落后、前现代甚至血腥的劣根性,在其诗中被指认了出来。壮族诗人黎国璞在《圆的反思》中写道:"我凝视/先人留下一个个圆圈之谜/在深深的敬仰中/也带着淡淡的愁雾:/莫非这古老的崇拜/变成古老民族腾飞的包袱。"圆代表着先人的伟大智慧,也象征着本族群文化的光辉,但在今天,"圆形崇拜"的落后性被诗人昭然揭示。"值得炫耀的是大烟、鸟笼和女人/我时常从梦中惊醒,看见我/衰败的帝国,踬曲在奢侈上/拥着女人,喷云吐雾/熟视无睹地任凭血色黯淡下去/仿佛混热的战火,从里到外/渐渐毁灭。"(《女真哀歌》)巴音博罗作为满族的后裔,有着高度的先王意识。不可否认,满族的确有着浓墨重彩的光辉历史,但巴音博罗看到更多的是本族群文化的劣根性,这是巴音博罗的痛感之所在。"不知道为什么要征服异族/挣脱了锁链又套上了锁链"(《为马背上的民族噙泪而歌》),在这首诗中,舒洁批判的是蒙古文化中战争、祸乱、戕害的征服欲。可见,少数族群诗人在向本族群文化认同的过程中,"反思"始终没有缺席。少数族群诗人在深挖本族群文化传统的同时,这种自省的态度让少数族群诗人不仅思考本族群文化的过去,也将思考延伸到了未来,即"我应该如何"或者说"我应该向何处去","我"到底是固守本族群的文化,还是应该与"他者"展开积极的对话? 白族诗人栗原小荻的《血虹》向我们展开了一幅宏大的诗歌音像,以"苔阿媛"与"达尔辘"的爱情线索,暗示了族群文化的未来走向,"自我"与"他者"可以做到"相依/而又不失/相异"。这样的洞见与反思是少数族群诗歌中最为难能可贵之处。

如果说，在以上的这些诗歌当中，都市作为现代化的象征被作为一个对立面，象征着"他者"的始终在场。那么，如何正确处理"自我"与"他者"的关系，就成了少数民族诗歌反思的肯綮和要害。

霍尔将"他者"作为"自我"的参照物，确定了"他者"对"自我"的深层意义。"身份是通过差异与区别而不是从外部建构的。"[16]从某种程度上说，对"自我"的认同，就是如何区分"自我"与"他者"，如何进行差异表述的问题。从这方面来看少数族群诗歌，归根结底，就是诗歌语言的问题，这是少数民族诗人的反思点所在，也是建立自身主体性的焦点与重心。少数民族诗人为了传播与发声的需要，势必借助主体族群的语言形式，即汉语，来进行自己的文学创作实践。但他们又要在汉语的表述中凸显自身的异质特点，以识别"他者"的存在，从而建立起对"自我"的反思。这种写作的难度就在于如何构成主动、积极的转述方式。阿库乌雾清醒认识到汉语中潜在的语言权力，因此，采取了新的构词法，试图建构新的诗歌表述系统。"雨蛇""刺界""人病""骨鸣""镜梦""人鸟"等大量具有独特美感的词汇，繁殖在其诗歌当中。虽然有时显得佶屈聱牙、艰涩生僻，但表达法则与修辞程式的调适的确在一定程度上改变了"他者"化书写的窘境。阿库乌雾一方面打破了汉语的习惯性思维，使得汉语的构词思维被彻底打破；另一方面，阿库乌雾采用了怪异的组合方法，将本族群语言的神秘感，通过"跨语言"的陌生化手法表现了出来，极大地延长了受众群体的感受时间。从诗句象征方式的表现上看，少数民族诗歌采取了"延异"的文本策略，例如阿苏越尔的诗："雪花像神灵手中的一把野草／在一座城市的山上小心翼翼地生长。"（《雪之子》）在这首诗中，少数族群诗人在书写"雪花"飘落的过程，一反常态地将"雪花"向下坠落的过程，替换为"雪花"如"野草"般地向上生长的过程。再比如"伤口上还留着蹄声的回响"(《夜色》)、"寒风中渐渐露出村庄的骨头"(《村庄》)、"大好时间里沉淀的双眼/像一对再也打捞不起的死鱼"(《怀抱群山》)。可以说,这些异质化的诗性语言,是从族群语言的源泉中汲取营养的,将汉语再激活,以摆脱"他者"的惯性思维,在解构"他者"的同时,完成"自我"认同的意义生成。我们可以这样说,少数民族诗歌"主体性"写作,就是对语言进行的"反思性写作",这种反思在真切地表达少数民族诗歌经验的同时,也提高了汉语的表现力,实现了诗歌是语言预言者的根本使命。

综上所述,少数民族诗歌以"反思"建立起"主体性"的骨骼,则需要查尔斯·泰勒提出的"内在深度"为其注入肌理。泰勒把"自我"看成了不断叠加的过程,并追问日常生活在"自我"的道德图式中有什么地位。显然,泰勒关注"自我"的生长性,他并不将"自我"看成是先天本质主义的,相反,他把"自我"理解为后天建构出来的人性概念。"我们先不要把身份看作已经完成的、然后由新的文化实践加以再现的事实,而应该把身份视作一种'生产',它永不完结,永远处于过程之中,而且总是在内部而非在外部构成的再现。"[17]可以间接地说,霍尔的"生产"就是泰勒的"内在深度"的生发。从这一意义上来理解泰勒的"内在深度",它关注人对现实的感受、对存在的体验、对自我的深度剖析。就少数族群诗歌而言,如果仅仅委身于"民族志"式的写作,其"自我"也将走向空洞和狭隘,其言说方式也必然与现代经验处于冲突的边缘。"深入我,理解我/植物知道经脉/和时间的力量/冬天里我煎中药/(气息彻夜不散)/在树林中听鸟/(落叶从未停止)/人到中年,万物萧然/唯有植物不曾嫌弃。"梦亦非在这首《咏怀诗》中,引出了自己对于时间的思考,当人到中年,摆脱了青春的激情,就会静静感受人世间的每一分变化。诗中的"我"是沉潜的,观察植物在时间中缓慢的生长过程,谛听自然中萧瑟的落叶之声。诗人沙马总是能在现实当中找到自我存在的理由。诗人通常用静坐的方式,譬如:"坐在岩石上,什么也不想"(《慢慢过去的日子》)、"在南高原的山岗/静静冥想/在更远的地方/风景正恣意流淌"(《在高原上静静冥想》),来丈量生命的意义,最后"与乌鸦交换宿命的先兆/与石头分享最后的宽恕"(《可以忏悔了》)。德昂族女诗人艾傈木诺的《候机厅》,则是诗人对存在的荒诞体认,"我听见我的心里掉进了一根针"(《候机厅》),艾傈木诺对现实的恐惧,显示出一个人对现实的惊慌失措与无力感。女诗人娜夜也突破了少数民族诗歌狭隘化写作的藩篱,她有着"自我"的女性内在世界,"我是你无数次搂抱过的女人"(《封面上的人》),她体验着女性的情感经验,与男人"交换了身体里的热"(《婚姻里的睡眠》)。大多数少数民族诗人也是一个现代人,同样具有现代的焦虑、对存在的体验与对生命的独特思考。

　　泰勒在考察"主体性"时,将"日常生活"列入到考察的重点范畴之中。日常生活是现代性冲突最集中的一面,泰勒否认将日常生活从"自我认同"中分离出去,反而只有在日常生活的递进嬗变中,社会结构才会更替,"自我"才会叠加与重构。新时期之后,少数民族诗歌沉潜到"日常生活"当中,"把日常生活逻辑转化成艺术秩序,把日常观察转化为艺术真实"[18],呈现出更为多样的写作态势、丰富的创作题材、新颖的表达技巧、现代的思维方式、多元的美学追求,揭示着新时期少数民族诗歌的新变。正因为如此,少数民族诗歌持有的开放性态度、包容的胸怀,使少数族群诗人的创作呈现出较为开阔的空间。

第三节　差异表述与多样性认同

认同并不是同一,更不是多种事物的趋向同质化,"对特定的个人或群体而言,可能有多重的认同"[19],这有时候取决于认同来源的角度与方式,是一种复杂而综合的状态,比如:"历史、地理、生物、生产与再生产制度、集体记忆及个人的幻想、权力机器及宗教启示等"[20]。多样性的认同观念只有在历时性与共时性的比较中才能取得价值意义。

少数民族诗歌的认同观有其历时性的差异与分界。"十七年"与"文革"时期,少数民族诗歌积极参与到社会主义文学的建设当中,并涌现出一大批诗人,比如晓雪、饶介巴桑、包玉堂、木斧、伊丹才让、汪成栋、张长、戈非、金哲等,同时,他们也创作出大量脍炙人口的诗歌。少数民族诗歌是与主体族群诗歌一起融入到社会主义文学"一体化"的革命叙事之中的。这样,"十七年时期"与"文革时期"的少数民族诗歌同主体民族的诗歌及主流诗坛保持着高度一致,始终是"国家在场"。自然而然,诗歌中的族群认同、个人主体与民族国家,"自觉或不自觉地"保持了"在一定张力下的一致"。[21]题材单一化,写作方式模式化,甚至抒情格调也保持着高度的一致。呈现为一种高度社会认同和政治认同。

相对于历时性认同的线性逻辑,少数民族诗歌共时性的认同差异则要复杂得多。一般来说,由于各少数族群都属于边缘族群,他们都面临着被主体族群文化所同化的命运,所以,在此背景下,各少数族群潜意识地组成了命运共同体,彰显出大致相似的文化诉求与性格特征。但是,在这个命运共同体的内部,各少数族群文化却又各有分野,如:满族、蒙古族、彝族、藏族等等。每个族群有每个族群的文化,比如彝族的"毕摩文化"、蒙古族的"草原文化"、藏地的"宗教文化"、哈尼族的"梯田文化"等等。到此，疑问势必会被重设：少数民族诗歌的内部存不存在差异性？要是按照这种内部的差异来进入诗歌文本，则有必要区分出藏族诗歌、羌族诗歌、彝族诗歌、满族诗歌等等，而少数族群诗歌这个命名就值得怀疑了。可是，又如何去看待在同一性内部的表述差异呢？这就迫使我们通过层层比较、对照，运用历史、地理、宗教等材料来揭示这种差异性。按照诗歌地理学，由于各少数族群大杂居、小聚居在互相相距甚远的区域内，所以少数民族诗歌的地域环境、族群文化、宗教意识、图腾崇拜并不一致。

　　总结来说，在少数民族诗歌内部，族群认同只是一个总体性的指向，而其内部则表现为地域认同、文化认同、历史认同、宗教认同等多元化的认同趋向。彝族诗歌的书写多表现为地域认同与文化认同的两面；藏族诗歌以地域认同的方式来指向族群认同的同时，其宗教意识的书写也对其族群认同有着重要的意义和价值；普米族的诗歌更多体现的是家园情怀；满族与蒙古族除了地域认同之外，作为入主关内的少数族群，他们的诗歌中更有一种对历史认同的情感注入；以母语进行诗歌写作的几个少数族群的诗人创作，比如哈尼族的哥布、蒙古族的阿尔泰等，将其诗歌的文化认同回归到了语言的母体。可见，认同呈现出多元化的趋向，并不仅仅停留在族群认同的架空层面上。

　　在此，我们更有必要进行横向比较，首先，就地域认同而言，少数民族诗歌当中的地域认同具有较大的分歧。认同的差异总体表现在南北的纵向轴上。北方少数民族诗歌所认同的"地域"一般是"草原""平原""白山黑水""森林莽原"。这些地理事物，通常具有广延性的特质，给人以"大"或者"崇高"的审美感受。譬如蒙古族诗歌中的"草原"，"我不去放牧蜗牛/马背上更有广阔的天地/澎湃不息的马群/会在无垠的旷野涌起喧天的潮汐"(《一个强者的自述》)。毕力格太的诗中的草原,旷远而辽阔,透露出一种力感。擅长写图腾诗的朝鲜族诗人南永前在他的诗《土》中,把"森林"与"草原"等地域意象都做了"大空间化","茫茫森林为土之手指/旷旷草原为土之长发",彰显了一个北方族群的广阔胸襟。其次是空间认同。相对于北方族群,西南边地族群认同的地域空间,则具有封闭性的特点。彝族诗歌中的地域空间,多集中于大小凉山一带,譬如阿诺阿布的《大凉山》、米切若张的《在北京骂我想念故乡》、鲁弘阿立的《故乡》、李骞的《彝人的山》等等。普米族的诗歌书写,多以泸沽湖为表现对象。不难看出,西南少数族群诗歌所选择的地理空间较为闭塞。其诗歌中的"森林"、"湖泊"大多狭小,格局不大。引起争议的是,南北方的地域认同差异,跨幅较大,不具有说服性。如果再进行细化的比较,以西南各少数族群诗歌进行比较的话,黔南、湘西、哀牢山、无量山、雷公山、大小凉山、大瑶山、泸沽湖等地理坐标在文本中出现,则很好地说明了各少数族群诗歌的地域认同的细化区分。由于各少数民族诗歌是以各少数族群的生活空间为创作背景,因此可以说,地域认同的差异,在诗歌空间的书写上,已经露出端倪。

如果以历史认同来进行比较。中国是一个多族群的国家,极少数族群有过辉煌的统治史,比如满族与蒙古族,而大部分族群却处于历史的正态叙述之外。我们在此以羌族诗歌与满族诗歌为例,是因为在两者中,历史有着明显区分的辙迹。满族诗歌中的历史书写,主要是对清人入关、建立王朝的辉煌史的认同。这是满族诗人内心当中引以为傲的,但满族诗歌更多的是对历史的感叹与惋惜。比如:"更远枝蔓的女真/是我剽悍的祖先,从白山黑水中/挺出来,用金戈铁马/踏倒过一个庞大的王朝"(巴音博罗《女真哀歌》),"漫漫历史并非一片无奈的空白/响彻着芸芸众生的心灵歌吟"(华舒《问戈壁》),"在北方,大地的沉沦、倾圮,翻过去了/二百年,人类历史巨著中转瞬即逝的篇章"(佟明光《致北方的大森林》)。但把满族诗歌与羌族诗歌的历史意识进行横向比较的话,差异则会立刻显现出来。经历过人类历史上最惨痛迁徙的羌族人,对历史意识的书写则没有满族诗歌中的辉煌的自豪感,而多以灾难史的面目,来呈现逃难、迁徙过程中的痛感体验。"听一个民族的灵魂/又一次发出不灭不古不古不古不灭的呐喊/呐喊一个民族/一个文字失传的民族/历史怎样把历史遗忘"(李孝俊《再听鼓声》)、"其实故乡早已死在我的血液里/骨髓的疼痛惊醒每个初春的鸟鸣"(冯翔《望乡台》)、"你这尔玛人的后裔/何时从黄河之源流放到岷江两岸……丢掉羊鞭围猎刀耕/同自然搏斗同异敌抗争"(何健《羌民篇》),在这些羌族诗歌中,可清晰窥见羌族诗人对族群历史的深刻记忆。汶川地震,汶川羌族又一次面临背井离乡,面临灾难的迁徙与流亡,这首《望乡台》正是羌族诗歌的苦痛历史的凝结。

综上所述,我们通过选取彝族、佤族、土家族、景颇族的诗歌,发现不同族群的诗人,在选择民间文化、神话传说等作为诗歌创作质料时,都显示出了不同的文化认同。只不过在少数民族诗歌的大整体中,这种认同的差异在表述当中微乎其微,以至于被我们忽略及盲视。这些对本族群的创世史诗、民间传说的重新叙述,使得各族群诗歌获得了相应的身份标识。我们可以铺捉到的差异确实存在的蛛丝马迹,这也将直接有助于我们进一步认识少数民族诗歌的自我认同。

注释

[1] 曼纽尔·卡斯特:《认同的力量》,夏铸九、黄丽玲等人译,社会科学文献出版社 2003 年版,第 2 页。
[2] 曼纽尔·卡斯特:《认同的力量》,夏铸九、黄丽玲等人译,社会科学文献出版社 2003 年版,第 5 页。

［3］查尔斯·泰勒：《自我的根源：现代认同的形成》，韩震译，译林出版社2008年版，第61页。

［4］斯图亚特·霍尔：《文化身份问题研究》，庞璃译，河南大学出版社2010年版，第3页。

［5］安东尼·吉登斯：《现代性与自我认同》，赵旭东译，生活·读书·新知三联书店1998年版，第59页。

［6］巴莫曲布嫫：《"边界写作"：在多重复调的精神对话中永远迁徙》，《阿库乌雾诗歌选》，四川民族出版社2004年版，第4页。

［7］本尼迪克特·安德森：《想象的共同体》，吴叡人译，上海人民出版社2005年版，第21页。

［8］王宁、薛晓源：《全球化与后殖民批评》，中央编译出版社1998年版，第95页。

［9］乔纳森·弗里德曼：《文化认同与全球性过程》，郭建如译，商务印书馆2003年版，第47页。

［10］郑晓云：《文化认同论》，中国社会科学出版社1992年版，第131页。

［11］詹姆斯·W.凯瑞：《作为文化的传播》，丁未译，华夏出版社2005年版，第28页。

［12］周发星：《地域诗歌》，香港银河出版社2006年版，第141页。

［13］彼得·毕尔格：《主体的退隐》，南京大学出版社2004年版，第218页。

［14］安东尼·吉登斯：《现代性与自我认同》，生活·读书·新知三联书店1998年版，第81页。

［15］查尔斯·泰勒：《自我的根源：现代认同的形成》，韩震译，译林出版社2008年版，第145页。

［16］斯图亚特·霍尔：《文化身份问题研究》，庞璃译，河南大学出版社2010年版，第5页。

［17］罗钢、刘象愚编：《文化研究读本》，中国社会科学出版社2000年版，第208页。

［18］勒石阿札：《彝根之诗——代后记》，《第三座慕俄格》，作家出版社2009年版，第289页。

［19］曼纽尔·卡斯特：《认同的力量》，夏铸九、黄丽玲等译，社会科学文献出版社2003年版，第3页。

［20］曼纽尔·卡斯特：《认同的力量》，夏铸九、黄丽玲等译，社会科学文献出版社2003年版，第4页。

［21］刘大先：《现代中国与少数民族文学》，中国社会科学出版社2013年版，第63页。

——（与博士生朱星雨合作）原刊于《南京理工大学学报》（哲学社会科学版）2020年第1期

第二章 朦胧诗：一个需要继续重述的诗学概念

朦胧诗作为汉语新诗史上的重要诗潮之一，已经载入史册，这是毋庸置疑的，但这种载入并非如新月诗派对汉语新诗形式的提倡作为主要功绩一样达成共识，而是在充满争议和悖论中被书写的。尽管有了堪称汗牛充栋的诸多文章和著作的论述，但就是朦胧诗的基本内涵这样最为基本、最为前提性的命题都很难说是清楚的。无论是代表性诗人还是作品，甚至包括具体的时空范围都缺乏更为细致的认识。自20世纪80年代中期起，1985年由阎月君等人编选、春风文艺出版社出版的《朦胧诗选》，是影响最大的一个选本，但一直以来，这个选本都在不停地修订，譬如2002年的版本中就增加了食指和多多的诗歌。相较于陈梦家1933年编选的《新月诗选》的恒定性，这种"修订"本身就说明，人们对于朦胧诗的认识依然是变动不拘的。更何况，在几乎同时期出版的另一本《朦胧诗精选》中，编选者还有"我们采用的标准，也似乎是我们或多数人对这类诗歌的一种意会，只能感觉，不好说出"这样的迷惑呢。[1]新世纪以来，人们依然在为朦胧诗的代表性诗人做"鉴定"性的工作，[2]可以说，尽管曾经遭遇到被"pass"的命运，曾经面红耳赤的朦胧诗论争也基本尘埃落定，但在学术的层面上，朦胧诗依然是一个可能性的概念,尚没有盖棺定论的史学意义上的叙述。

第一节　表述他者的媒介:"崛起"论视野中的朦胧诗

　　近年来的朦胧诗研究中,最为重要的也是最令人兴奋的,当属对诗人食指创作的诗学价值的发掘和重新厘定其在朦胧诗诗人群体中的意义了。无论是林莽的从生平到具体作品背景的梳理,[3] 还是张清华的具有史学意义的论估[4],都彰显出朦胧诗研究的新进展。但这些本应让人兴奋的成就并没有获得食指的认同,崔卫平 1998 年采访食指的时候,谈及他的作品同后来的其他朦胧诗人的区别时,食指的回答颇让人大跌眼镜,"我不朦胧!"[5]按照知人论世的传统文学阐释原则,这种回答几乎颠覆了让朦胧诗研究者颇为自豪的研究成绩。20 世纪末,诗人廖亦武以怀旧追忆的心态,通过追访当事人,重新整理相关资料,以刊物《今天》为中心,将朦胧诗产生的前因后果作了总结性梳理,结集为《沉沦的圣殿》。同其他资料积累性的文字不同的是,这本书中充满了热情洋溢而又不乏历史深刻性的评论文字,从当局者的角度在某些方面改变了人们对朦胧诗的认知,比如书中曾如此描述《今天》杂志与朦胧诗的关系:

　　　　1980 年,《今天》停刊不久,《诗刊》举行首届青春诗会,《今天》诗人及投稿者江河、顾城、舒婷、梁小斌应邀参加。而在此之前,《今天》主要作者北岛等人的诗作已在全国各公开杂志大量发表,并引起强烈反响。尔后,"朦胧诗"这个贬义词出现,在长达几年的争鸣中,北岛、舒婷、顾城、江河、杨炼成为"朦胧诗"的代表,象征着新思潮,并为国际诗歌界所重视。1986 年,全国第二大诗刊《星星》将上述诗人同较正统的杨牧、叶文福、傅天琳、李钢、叶延滨并列,评为最受读者欢迎的十大中青年诗人。

至此,"朦胧诗"在同保守势力的拉锯战中取得"家喻户晓"的全面胜利,《今天》由此被载入史册。但是,食指、多多、芒克、方含,还有我们在本书中写到过的若干诗人、志愿者、思想者、文化传播者、启蒙者们都在被称作"文学繁荣时代"的十年里渐渐湮灭和遗忘,是岁月的无情? 人类们健忘? 还是所谓"历史的选择"?

一批人注定付出代价、一批人注定是这个代价的受益者。而在我们编辑这本书的时候,食指、多多、芒克早已被重新"挖掘"了出来,在有限的时过境迁的文化圈子产生影响。这是世纪末怀旧的需要? 还是对过早成名者的逆反心理? 总之,与学术无关。

一切都会过去,唯有大众的朝秦暮楚是不会改变的,诗人,永远生错了时代吗?[6]

这里最后所发出的诗人"生错"了时代的疑问和得出的大众以朝秦暮楚的姿态阅读诗歌的结论,所隐藏的潜台词同食指的回答给朦胧诗的研究者带来的尴尬是一样的。这不得不让人产生清晰的想象,虽然一千个读者的心中会有一千个哈姆雷特的譬喻作为阅读和创作的基本理论已经成为共识,但哈姆雷特的诸如身份、性格等基本前提要素还是在众多读者中达成共识的。而这里的朦胧诗中的诗人和读者之间的巨大鸿沟所带来的对同一概念的认识却是很难用这个定理解释得清楚的。

众所周知,"朦胧诗"的命名肇始于章明发表在《诗刊》1980 年第 8 期上的《令人气闷的"朦胧"》的文章。在文章中,章明觉得当时代出现的一些诗歌"十分晦涩、怪僻,叫人读了几遍也得不到一个明确的印象,似懂非懂,半懂不懂,甚至完全不懂,百思不得一解",因之而命名为"朦胧体"诗歌。而章氏所依据的诗歌作品之一,却是和后来的朦胧诗风马牛不相及的九叶诗人杜运燮的《秋》。如此说来,与其说章明是在批评、否定朦胧诗,不如说是在当时的主流话语体系下反对诗歌的另一种表述趋向,颇有断章取义之嫌。随着谢冕、孙绍振、徐敬亚等人所写的三篇著名的"崛起"文章的先后出笼,从相对的角度对这种称呼作了相应的辩护,这个命名也就约定俗成地承传下来。尤其是随着戚方、程代熙、艾青、贺敬之等代表着官方诗歌话语的权威诗人的加入,可以说,对朦胧诗的讨论从一开始就不是属于诗歌的,在诗歌的讲台演绎为另一场意识形态的战争。其实,读过这些文章我们不难发现,孙绍振也好,谢冕也好,在他们眼中,朦胧诗与其说是一种独立的、活生生的诗歌诗潮,不如说是在强调和肯定一种久违了的写作技法,一种新诗被政治文化俘获后再也没有回来的写作技法。所以,我们不难发现,谢冕的《在新的崛起面前》着重关注的是朦胧诗重拾现代主义诗歌表述方式的象征意义,并因此和五四新诗运动联系起来,将启蒙、革命精神等适用于大多数汉语新诗的词汇加之于朦胧诗。孙绍振的《新的美学原则在崛起》关注的则是朦胧诗的写"自我"问题,"在年轻的探索者笔下,人的价值标准发生了巨大的变化,它不完全取决于社会政治的标准"。并因此而赞赏朦胧诗的沉思风格。如果严格来说,20世纪40年代的汉语新诗,无论是写自我还是对自我同世界的关系的哲理性思考,都比朦胧诗要深入得多,走得更远,其成绩也是朦胧诗很难超越的。相对于谢冕、孙绍振的成熟与稳重,徐敬亚的《崛起的诗群》则在文风朝气蓬勃、思想锐气逼人的背后,充满了幼稚和轻率。文章对被后来成为朦胧诗的这种诗歌潮流并没有整体的把握。从他将当时并不赞成朦胧诗的顾工、公刘等人列为这种诗潮的代表性人物就可窥见一斑,他在开篇所论述的"我郑重地请诗人和评论家们记住1980年(如同应该请社会学家记住1979年的思想解放运动一样)。这一年是我国新诗重要的探索期、艺术上的分化期"。他将北岛的《回答》作为第一首"代表我国新诗近年来现代倾向的第一首公开发表的诗",这些都是值得商榷的,无论是后来人将《今天》作为朦胧诗诞生的标志还是将20世纪60年代食指、黄翔的创作作为朦胧诗萌生的征兆,徐敬亚的断言都具有浓厚的个人主观性和断裂性。另外,这三篇为读者奠定朦胧诗最初认识的文章,并不是基于大量的文本分析基础上的具有学理性的评说文章,虽然孙绍振对于舒婷的诗歌较为熟悉,徐敬亚也少量地引用了几首诗歌作为例证,但对一个诗潮来说,感性的、朦胧的可能性叙说依然是他们共同的特点。得出这种结论,当然颇有后知后觉的味道,在当时的条件下,这也是不可避免的局限。但是问题就在于,这三篇文章长期以来代表着朦胧诗的权威认识,它们的误读几乎形成了文学史的共识,因此作出这种梳理还是有必要的。

从"崛起论"开始的朦胧诗从一开始就不是一个单纯的诗歌事件。在各种因素的综合作用下,它演变成了一个社会文化事件,或者说一种延续中华人民共和国成立以来的政治文学事件。"崛起"的文章被影响广泛的《光明日报》《当代文艺思潮》以及《诗刊》等刊载后,马上引起了强烈的反驳。戚方、程代熙、艾青、公刘、顾工等人纷纷撰文以或激烈或温和的言词来表述对朦胧诗的不满,要遮蔽或者说"引导"朦胧诗,无论是思维方式还是价值观上,依然是政治挂帅那一套。我们不妨看看程代熙对徐敬亚的《崛起的诗群》的批判:

你的长篇论文《崛起的诗群》我读得较早,那还是在《当代文艺思潮》杂志发表之前。这之后,我还读过多次,而且还读了你在《新叶》(辽宁师院《新叶》文学社编辑出版)上未经删节的初版本。对你的这篇文章,说实在的,我不愿也不能献出掌声。如果那样做,倒是害了你。你在文章里引用了一些写诗的青年人的话,把它们说成是"新的诗歌宣言"。其实你的这篇文章又何尝不是一篇宣言,一篇资产阶级派的诗歌宣言。如果你能恕我直言,我倒想说是一篇资产阶级自由化思想的宣言书。[7]

我们姑且不说徐敬亚对朦胧诗的误读,就是单纯从一篇评论诗歌的文章出发,程代熙将徐敬亚的文章说成是资产阶级自由化思想的宣言书,这种逻辑推理哪有诗歌的具体影子? 缺乏诗学逻辑的背后,彰显出荒唐而畸形的想象,尽管这带有那个时代的色彩,但这其中的反思做得远远不够。多年之后,通过当事人的口述,人们弄清楚了无论是针对徐敬亚还是孙绍振的批评都是一种有预谋的行为,而且从一开始就是借朦胧诗的平台而论其他,要通过诗歌配合当时代的清除"精神污染"的政治任务,除了结果的迥异,这就和中华人民共和国建立后的历次文学批判运动没有根本性的区别了。[8]

另一方面,我们知道,20 世纪 80 年代朦胧诗之所以能够声名鹊起,其中一个主要因素是现代传播媒介的介入,倘若没有《人民日报》《光明日报》《福建文学》《诗刊》《星星》等当时或在意识形态或在诗歌专业上具有领军意义和掌握话语权的媒介的参与,北岛、舒婷的诗歌也许依然会一直潜伏在地下,无法为世人所知。及至后来,阎月君、高岩等四个学生编写的《朦胧诗选》由春风文艺出版社出版后,几乎成为了人们认识朦胧诗的经典范本,自 1985 年出版以来,到 2002 年已经 8 次印刷,发行量达 24 万余册,影响之广、之深,很少有选本能望其项背,它的诗学选择理念、标准,从文本的意义上奠定了人们对朦胧诗的感性认识。北岛、舒婷和顾城后来被视为朦胧诗的代表性诗人,固然主要是他们的创作成绩所致,但和这个选本将这三位诗人过于"器重"不无关系(选择的篇数中,这三位居前三位),这也使得媒介视野下的"朦胧诗"概念得以形成。影响更为深远的是,徐敬亚、谢冕、孙绍振的《崛起的诗群——评我国诗歌的现代倾向》《在新的崛起面前》等"三崛起"的文章发表后,尽管这些文章对朦胧诗的认知具有片面性,但在媒介的眼中一下子就成了朦胧诗的代言人,程代熙、林希、成方等人对朦胧诗的质疑基本等同于对这些文章所塑造的朦胧诗的质疑。比如从题目看,成方以《现代主义和天安门诗歌运动——对〈崛起的诗群〉质疑之一》[9]的名字来反驳朦胧诗,程代熙则以致徐敬亚的一封信的形式直接就《崛起的诗群》里所阐述的诗歌趋向作针锋相对的批驳,甚至上升到政治立场的层面,承续文革遗风。《福建文艺》在 1980 年发起的针对舒婷诗歌的讨论,这次大讨论虽然是从舒婷的诗歌创作出发,但到最后却脱离了具体诗歌的分析和鉴赏为新诗与民族化、大众化的关系,如何扩大诗的题材,如何反映社会生活等一般性的诗学命题,这些都是官方诗歌几十年以来持续关注的问题,孙绍振发表的《恢复新诗根本的艺术传统——舒婷的创作给我们的启示》等从作品实际出发的文章当属少数,这也符合当时人们惯用的"微言大义"、上纲上线的庸俗社会学的思维定势。但显然的事实是,传播媒介视野中的朦胧诗是一种被再解读和抽象化后的朦胧诗,带有强烈的主观意图在内,尤其是朦胧诗的论争在很大程度上又是一种离开了诗歌本体的论争,先入为主地阐释理念是不可避免的,这与《星星》诗刊顾城的朦胧诗的目的在于"引导"他的创作走向"健康"轨道,徐敬亚经过一系列的"思想"斗争,在《人民日报》上发表"忏悔"的文章一样,媒介视野中的朦胧诗遮蔽了真实的朦胧诗。读这些文章不难发现,大多数的叙述是从抽象的概念到抽象的概念的逻辑推理,对于朦胧诗的鲜活影像却很少关注。因此说,如何摆脱基于特殊时代氛围下产生的媒介视野中的朦胧诗的影响,甄别《朦胧诗选》和相关论争文章所营造的"朦胧诗"理论形象重新审视朦胧诗的真实场景,就显得很有必要了。

第二节　懂与不懂:一个不具学理性的命名

给朦胧诗以定义的,就是人所共知的"懂与不懂",也就是诗意表述的朦胧与清晰的问题。这显然是从受众接受的角度来臧否朦胧诗的。这在汉语新诗史上,并不是第一次。早在 20 世纪 20 年代,李金发、冯乃超等为代表的初期象征主义诗歌萌生之时,就有不少人针对其意义表述的晦涩而发难,说其食洋不化、母语不通等等,这个用词比章明对朦胧诗的用词要激烈得多。到了 20 世纪 30 年代的现代主义诗歌,20世纪 40 年代的"中国新诗"派都曾面临过此类诘问。虽然从接受美学的角度来看,读者对于作品的实现起着重要作用,但读者并不参与到文本的创造。相对于读者阅读的多样性,文本的相对恒定性理解应该更为重要,尤其是命名作为认识朦胧诗的第一要素而言,就尤为值得重视。因此说,懂与不懂不能作为判定朦胧诗能否为诗的前提条件。顾城在 1983 年的回答是很中肯的,"我和一些诗友们,一直就觉得'朦胧诗'的提法本身就朦胧。'朦胧'指什么,按老说法是指近于'雾中看花'、'月迷津渡'的感受;按新理论是指诗的象征性、暗示性、幽深的理念、迭加的印象、对潜意识的意识等等,这有一定道理。但如果仅仅指这些,我觉得还是没有抓住这类新诗的主要特征"[10]。其次,诗歌的

"朦胧"与"清晰"的争论，在更深层的意义上，集中体现的，是一种由传统沿袭下来的汉语诗歌的不同语言习惯之间的分歧。20 世纪 20 年代左翼文学以来，汉语新诗就同大众化、政治化的意图紧紧捆绑在一起，中华人民共和国成立后，一直到 20 世纪 70 年代末，此种趋势愈演愈炽。从大的诗歌思潮来说，民歌运动、小靳庄诗歌运动，从具体作品来说，《新华颂》《时间开始了》《西沙海战》等等，这些诗潮和作品的诞生都是大众化的产物。因为受众的原因，大众化的汉语新诗所关注的内容必然是集体经验、大众题材，这就决定了其语言选择上的通俗易懂，偏重于使用语词的通约性意义，叙述公共经验，诗歌意象的概念化，"卒章显其志"的光明式尾巴格式，民歌体、政治抒情诗，"非个人化"的"大我"情感的抒发，等等。这种面孔本来只是汉语新诗的一种模样，但随着诗歌和政治意识形态的进一步联姻，主题先行的意图得到进一步强化，20世纪 50 年代以后，诗歌思想意识上的"小我"对"大我"的彻底融入，现代主义、象征主义等语言技法，在"革命浪漫主义和革命现实主义"的所谓"写真实"的汹涌潮流的裹挟下消失得无影无踪，"如烟似梦"的何其芳们，不再续写"扇上的烟云"的柔美风姿，而是去唱响"我们伟大的节日"，铿锵而明亮。这种强大的传统力量必然会因为强大的历史惯性而冲击着后来者的革新。第三，受众和政治等外在于诗歌本体的要求所规范出的汉语新诗的语言习惯，发展到后来，基于共知的原因，就成为汉语新诗的标准体式，无形中形成了话语霸权。这在后来反驳朦胧诗的过程中，发挥得淋漓尽致。曾以写"军旅诗"闻名的诗人顾工在评价其子顾城的《爱我吧，海》时，有如此颇带"矫情"但很真实的认识，"勉勉强强地一行一行读下去"，发出读不懂的叹息，并因此而"越来越气忿"，在读到如"我的影子，/被扭曲，/我被大陆所围困，/声音布满/冰川的擦痕，/只有目光，/在自由延伸……"等诗句时，说："太低沉，太可怕！"[11]

1979 年的《星星》诗刊的复刊号上,被誉为归来派诗人的代表的大诗人公刘认为顾城"仅有幻想的乳汁,又怎么能不导致病态的早熟?"[12]该杂志还以"编者按"的形式如此评价以顾城为代表的朦胧诗:"怎样对待像顾城同志这样的一代文学青年? 他们肯于思考,勇于探索,但他们的某些思想、观点,又是我们所不能同意,或者是可以争议的。如视而不见,任其自生自灭,那么人才和平庸将一起在历史上湮没;如果加以正确的引导和实事求是的评论,则肯定会从大量幼苗中间长出参天大树来。这些文学青年往往是青年一代中有代表性的人物,影响所及,将不仅是文学而已。"在貌似"语重心长"的语词背后,不难看出"以我为尊"的话语姿态和超越诗歌的"思想"忧虑。相对于对"崛起论"朦胧诗的批判来说,这种分析虽然多侧重于朦胧诗真实文本的考量,但依然没有摆脱先入为主的"训导"式姿态。1980 年,《福建文学》围绕舒婷诗歌的讨论,程代熙在《诗刊》上针对孙绍振《新的美学原则在崛起》的批判,艾青、贺敬之对朦胧诗的发难,等等,都是这种话语交锋的直观显现。

从这里我们可以再一次看出,朦胧诗称谓的提出并非源自诗歌本身,而是一种杂糅了各种因子的非本体行为,或者说是汉语新诗阅读习惯的一种惯性所致。其实,如果放弃先入为主的固执,即便是按照传统的阅读习惯,朦胧诗也是不难理解的,它的很多诗歌甚至采取了政治抒情诗的话语系统,比如食指的《相信未来》从孩子的视角来展望未来的美好景象,这同政治抒情诗里面盛行的未来叙事异曲同工,而且最后的"朋友,坚定地相信未来吧/相信不屈不挠的努力/相信战胜死亡的年轻/相信未来、热爱生命",这是典型的意识形态化的说教式诗歌。包括他的《相信未来》《这是零点四十分的北京》等代表性篇目在内,如果仔细分析,无论是语言表述方式还是主题确立都和官方主流诗歌话语殊途同归,再比如梁小斌的《中国,我的钥匙丢了》中对"中国"意象的使用,其中的呼喊和迷茫,一个迷途的人向"中国"的追问,这同样是盛行于个人融入集体的时代的通用模式,舒婷的《致橡树》里的思想在当时看来颇为前卫,但里面的对比抒情方式,"树"的伟岸、"凌霄花"的柔弱等意象的含义并没有得到相反的或者说个性化经验的使用。朦胧诗中的很多诗歌,朦胧诗的文本能够很快地为代表意识形态的《诗刊》《星星》等接受,一定意义上的异质同构的诗学选择应该是前提基础。据蔡其矫的回忆,后来疯狂反对朦胧诗的艾青,也是很欣赏舒婷的《致橡树》的(后来反对朦胧诗则另有原因),这其中所蕴藏的意味,也许能为人们重述朦胧诗提供一个新的视角。[13]

第三节　泛泛而言:朦胧诗的时间问题

就现代阐释体系来说,一种诗潮或者说诗歌流派的界定,时间上的界线是重要的认识维度。在这个问题上,朦胧诗同样出现了较为重大的分歧。就开端而言,徐敬亚认为在 1980 年,因为这一年代表性诗人舒婷、北岛的代表性作品在代表诗歌权威的《诗刊》上发表出来,而且最早的崛起论的提出者谢冕的文章也是发表在同一年,理论和作品相得益彰,互相呼应。后来人们发现,舒婷、北岛的诗最早是在民间杂志《今天》上发表的,据此而将朦胧诗的衍生时间匡正为《今天》杂志成立的 1979 年。再后来,围绕《今天》上发表诗作的诗人创作,或者围绕 20 世纪 70 年代末的民刊热,人们发现了诗人食指和黄翔早在 20 世纪 60 年代就进行类似的创作了,朦胧诗的诞生时间因此而继续前突。"对于保持着冷静的人们来说,80 年代初期发展到成熟的涌流阶段的'朦胧诗',……其文本滥觞可上溯到 20 世纪 60 至 70 年代后期的'X 小组'

‘太阳纵队’‘白洋淀诗群’‘《今天》诗群’”。[14]张清华认为陈超的这个界定应该成为“当代文学史家的共识”。[15]

对于朦胧诗的终结时间，至今众说纷纭。杨匡汉认为，“‘朦胧诗’潮流以其勇决的气势破坏着过去那个恒定的秩序。但到20世纪80、90年代之间，‘朦胧诗’的审美规范尚未成熟地建立，却又遭到了另一股潮流的‘粗暴’侵入。一批以当代学院诗作者为主体的新锐，面对‘朦胧诗’派发出宣告：‘一进入现实生活，我们便发现你们太美丽了，太纯洁了，太浪漫了……别了，舒婷、北岛！我们要从朦胧走向现实。’”[16]郑敏则认为朦胧诗的逐渐退出舞台是从1983年开始的。[17]文学史上一般的认识，大多将朦胧诗的终结归结为20世纪80年代中期，尤其是以1986年《深圳青年报》和《诗歌报》的现代诗群体大展的举办作为标志性事件，认为这次展示宣告了朦胧诗的终结和第三代诗的萌生。

从一个不具学理性的概念来做学理性的论述本身就是困难的，这也就是朦胧诗出现这么多分歧意义的原因所在。从以上的梳理来看，对于朦胧诗概念的争议并不会因为“朦胧诗论争”的尘埃落定而休止，它还会继续下去，只不过是在学术的层面上，不会再体现政治文化的角力。就目前的研究而言，旧的问题尚未解决，新的问题却也是生生不息。

首先，前伸研究的“过度”阐释。显然的是，任何一种文学现象的出现都不是突兀的，都需要一个长期积累的过程，看似突然出现的朦胧诗自然也不例外。顾城在解释朦胧诗的概念时说：“‘朦胧诗’这个名字，很有民族风味，它的诞生也是合乎习惯的。其实，这个名字诞生的前几年，它所‘代表’的那类新诗就诞生了，只不过没有受过正规的洗礼罢了。当人们开始注意这类新诗时，它已经度过压抑的童年，进入了迅速成长的少年时期。”[18]因此，喜欢朦胧诗的研究者就开始做追根溯源的努力,并取得了不菲的成绩。在近年来的朦胧诗研究成果中,最为显在也是最为集中的,就属于对朦胧诗孕育期的研究。这其中,包括对20世纪70年代末的《今天》诗歌的研究,还有对60—70年代的"X诗社""白洋淀诗歌群落"和"太阳纵队"等所谓的诗歌群体的研究。毋庸置疑,这些研究对于廓清朦胧诗的来龙去脉,对于更好地了解汉语诗歌的发展是有重要意义的。但是,也许是囿于对这些诗歌长期生长于恶劣环境的同情,出于对参与其中的诗人的坎坷人生的感动,也许是出于发现的兴奋,甚或一些研究者在其上找到了自身遭遇的共鸣,等等,各种因素杂糅在一起,使得人们对这些诗歌的研究从一开始就是将其作为一种道德或者文化的道义范畴来思考的,这就很容易失去冷静的观察和客观分析,而带有过度阐释嫌疑,附加上诸多诗歌之外的不应有的光晕。比如,从众多目前发掘的材料看,"白洋淀诗歌群落"里的诗人中,除了多多、江河、芒克等屈指可数的几个人,很少有诗人超过十首诗歌的,比如根子只有三首(据徐浩渊的回忆有9首,但都依然是手稿状态,至今未对汉语诗歌造成影响)。[19]依群的诗歌有四五首,宋海泉则有2首诗歌流传。曾经身处其中的林莽也认为,白洋淀诗群中"成气候的多多、芒克,别的都不怎么写了,留下诗歌的也不多"。[20]很多诗人的创作与其说是自觉自为的文学活动,不如说是受当时群众化诗歌运动的影响的产物,[21]凑热闹的成分居多。现在看来,无论是创作数量还是理论构建,相比于之前、之后的诗歌来说,总是显得瘦弱许多,能否构成一个诗歌群落尚存在疑问。20世纪60年代的所谓"太阳纵队"的代表性人物张朗朗的诗歌也很少,"张朗朗的创作也不是太多,写了两首长诗"。[22]即便是少量的创作里面,也有"不合群"的诗篇在,愈益增加了诗歌分析的难度。牟敦白在回忆"太阳纵队"的创作时认为:"我写的不少,张郎郎写的也不少,有点田间阶梯式的,革命向前向前之类。郭世英也是想跟时代接拍,张郎郎也是,但后来发现你跟也没有用,那个时代不属于你。也有一个转变过程,开始就是唯美主义,比如'白洋淀',比较追求朦胧,另一派,比较注重词句和意境的推敲,象征意义,比我们更上一个层次。我们都是直接流露,没有走向意象、朦胧和象征。"[23]张新华也认为"太阳纵队"的很多创作是和当时代的主流诗歌合拍的,"写诗变化也有变化,但也不多,初期还有反修的诗,还有些文革情况的诗"。[24]也就是说,在这些数量较少的诗歌群体中,也还存在一个甄别的问题,有些诗歌是不属于"朦胧诗"的写作范畴的,那么如此"去芜存菁"后,能称作朦胧诗的,也就屈指可数了。后来的很多研究成果里,几乎异口同声地提到这些诗歌活动的沙龙特点,丰韵的美丽想象增添了不少浪漫的色彩,以至于后来者的理解中,这些诗歌活动是一种完全自觉和理性的诗歌活动。但事实如何呢? 20 世纪 60 年代的王东白曾如此评价当时的诗歌活动:"我实事求是地说从来就没自诩过沙龙,其实我们非常幼稚,不懂什么叫沙龙。对我来说,其实就是年轻人互相认识,一起交流,当时还挺幼稚的,诗歌方面的活动也不多。(沙龙)都是后来给戴的帽子。"[25]这种对"文学沙龙"称谓的否定,不仅仅只此一处,徐浩渊、牟敦白等人对此说法都不置可否。在这里,我并不想对这些诗歌现象单纯地作否定性评价,也不想否定之前的研究实绩,但如何摆脱情感的遮蔽,理性而较为客观地,从诗歌的角度出发来看待它们对朦胧诗的影响,以及自身的诗歌特质,对当前的研究来说,尤为有意义。

其次,如何对待朦胧诗的传统精神向度问题。今天看来,《今天》上发表的诗歌对于朦胧诗的重要性是不言而喻的,毕竟后来成为朦胧诗代表性诗人的,几乎是从《今天》杂志开始发表作品的。对于《今天》诗派的研究,基本认为上面刊发的诗歌都是以"地下"的或者说异端的姿态出现的,往往被视为汉语诗歌真理持有者的象征,一种勇敢的颇带悲壮意义的断裂。《今天》的出现,"在中国特殊的背景下,其颠覆了权力对语言的操纵,恢复了汉语的人文情态和诗歌语言……如果说中国曾一度中断了人文精神传统,北岛和《今天》则是其一个文学的连接和复生,当然很微弱,但事实上他们起到了这个作用"。[26] 在于"'今天派'曾经标志着文学的官方模式失控和自律的文学意识萌动的开端"[27]。这种说法甚至波及 20 世纪 70 年代末的民刊运动,包括贵州的《启蒙》。但实际上,《今天》杂志上发表的第一首诗是 20 世纪 50 年代响彻诗坛的蔡其娇化名乔加所写的三首诗——《风景画》《给……》和《思念》。不妨来看《风景画》:

风景画
积雪融冰中一条小溪
响动着生命活泼的欢歌

绿满原野围护着笔直大路
在忧伤和光明的连接中沉吟

孤寂静悬的冬日斜阳
以喃喃唇音向高树繁枝诉说

静静山林深处倾泻的瀑布
不断传来悠远空濛的回声

无论是夏天斜雨或冬天飞雪
都四向播送着波荡的旋律

即使是幽暗寂静的赤裸林木

也隐约有如缕的切切细语……

啊,大师！你怎样精心提炼

使色彩和音响凝成一块？

你怎样用画笔波动天弦

唱出人对广阔生活深沉的爱？

　　通过对一系列风景进行描述后,最后有这样的诗句,"啊,大师！你
怎样精心提炼/使色彩和音响凝成一块？/你怎样用画笔拨动天弦/唱
出人对广阔生活深沉的爱？"不难看出,这是典型的政治抒情诗的"比
兴"式写法。对比一下郭小川写于 1955 年的政治抒情《向困难进
军——再致青年公民》,问题就很清楚了,这首叙事诗,是通过对一系列
事件的描述,"骏马/在平地上如飞地奔走/有时却不敢越过/湍急的河
流/大雁/在春天爱唱豪迈的进行曲/一到严厉的冬天/歌声里就满含着
哀愁";紧接着就过渡到思想的核心,"公民们！/你们/在祖国的热烘烘
的胸脯上长大/会不会/在困难面前低下了头？""在我们的祖国中/困难
减一分/幸福就要长几寸,/困难的背后/伟大的社会主义世界/正向我
们飞奔。"除了后者稍微直白以外,内在结构和基本思想倾向并没有多
大的差异,所谓的象征也是"一穷二白",很容易看出的。另一方面,如
果回到杂志诞生的现场来看的话,其实《今天》诗人群并不是一直甘心
于民刊的地下孤寂状态,一旦社会文化允许,还是竭力想融入曾经"厌
恶"的主流诗歌话语的。据芒克的回忆:"我想我们当初之所以要办《今

天》,就是要有一个自己的文学团体,行使创作和出版的自由权利,打破官方文坛的一统天下。"但往往是事与愿违,而且充满矛盾。比如尽管北岛是赞成芒克对《今天》的定位的,但还是"主张尽可能在官方刊物上发表作品",据说因此可以扩大影响,一种诗歌话语试图借助另一种"假想敌"来扩大影响,这本身就是颇为滑稽的。芒克在回忆《今天》的解体时说,《今天》停刊后,成立的"今天文学研究会"很快就自动消散了,"其实在人散之前,心早就散了。许多人想方设法在官方刊物上发表作品,被吸收加入各级作家协会,包括一些主要成员"。[28] 后来舒婷的《致橡树》、北岛的《回答》就是在邵燕祥的引荐下,发表于《诗刊》这样的表征当时官方政治话语的刊物上了。及至 1980 年《诗刊》举办首届青春诗会,"《今天》诗人及投稿者江河、顾城、舒婷、梁小斌应邀参加。而在此之前,《今天》主要作者北岛等人的诗作已在全国各公开杂志大量发表,并引起强烈反响"[29]。实际上,即便是朦胧诗已经颇露峥嵘,但在《诗刊》《星星》这样的主流诗歌话语系统中,还是受到排挤的,只能作为点缀面世,最初的朦胧诗还是随时面临被革除的危险。[30]《今天》的解体,一方面固然是因为当时的高压,另一方面和《今天》诗人群基于不同诗学选择而产生的内部分歧也有直接关系。朦胧诗人这么渴望而且能够这么快地融入到曾经排斥的官方话语系统中,这里面究竟蕴含着什么样的诗歌理念? 我们原先所高擎的朦胧诗的"反抗""启蒙"的旗帜的对立背景是否真的存在? 北岛说:"《今天》一开始就存在一个很大的问题,即是怎么在文学和政治之间作出选择。所以在我早期的作品中带有很强的政治色彩,和当时的具体的个人经验也很有关系,当时就是整天面临着生离死别,就是这样,每天都有威胁,所以它构成了一种直接的压力。"[31] 正是面临如此的二元选择和压力,才有了《回答》的出现,这首一直被视为朦胧诗象征的诗篇在若干年后被作者彻底否定,"现在如果有人向我提起《回答》，我会觉得惭愧，我对那类诗基本持否定态度。在某种意义上，它是官方话语的一种回声。多是高音调的，用很大的词，带有语言的暴力倾向"。[32]北岛的这种否定，《今天》诗歌的前后选择，不能不引起我们对朦胧诗的旧有厘定作重述的注意，究竟该如何思考朦胧诗和汉语诗歌传统之间的关系。唐晓渡说："谢冕很喜欢说朦胧诗继续了'五四'新诗传统，实际上从文本上来说，没有很直接的关系。我们还记得，一九八三年在小圈子里才谈到穆旦。当然艾青是有一定的影响的。比较说，黄翔很明显地受到了艾青的影响，北岛早期的诗歌也受艾青的影响。但是就那么很少的因素，要是说从文本风格上来说，跟'五四'一代诗人没有什么关系。"[33]

第四节 矛盾的文本：朦胧诗的诗学结构

20世纪30、40年代以来，囿于社会斗争和主流文化的需要，中国新文学的宣教功能被人为地过分夸大，并将其强调至本体化的高度。1942年，《在延安文艺座谈会上的讲话》的发表，标志着"政治标准第一，文艺标准第二"的新文学发展方向的确定，随后展开的对王实味的《政治家·艺术家》和丁玲的《在医院中》《我在霞村的时候》等一系列作品的批判，非文学的技法对文学的规范获得了实效，个人主义色彩浓厚的丁玲，写出配合政治主题需要的小说《太阳照在桑干河上》即是明证。及至1949年，新中国的诞生结束了自1840年以来战乱频仍的神州大地，安居乐业的梦想和胜利后的豪情万丈，决定了新文学必然作出从被动接受，转变为主动融入既定文艺政策的选择。无论是被动还是主动，汉语新诗都是怒放的第一支报春花。抗日战争时期，就出现过街头诗、墙头诗,还有诗传单,等等。其基本使命就是鼓动、激励和号召,至于内容,则众人皆知。从郭沫若创作于 1949 年 10 月的《新华颂》和后来胡风的《时间开始了》为起点,汉语新诗的"颂歌"浪潮风起云涌,类似的诗歌选择一直持续到 1977 年后的新时期。如果很简单地来概括汉语新诗的这一诗学选择的话,"概念化"应该是较为恰当的词汇,所谓概念化,就是诗歌表述内容和语言结构上的恒定化、单一化和程式化。在内容上,诗歌往往成为某一先验的社会主题的载体,尤其是发展到后来诗歌完全成为可操纵的文学媒介后,比如小靳庄诗歌运动,这种内容上的概念化达臻巅峰。在意象上,"东风""太阳""舵手""大海"等本来为多义性的意象演变为特定所指的意象群落。"严格而刻板的社会意识要求于诗的,不仅是内容的纯化,而且是风格和形式的纯化,这最后导致诗的枯竭。一切只能是'向上'的'乐观',而且是如此一致的'乐观'。到了'文革',连太阳上升的色彩和姿态都受到了严格的规定,'落日'是不可稍涉的禁忌。"[34] 在诗学表述结构上,"卒章显其志"往往成为最为流行的叙述方式,盛行"光明的尾巴",从景物描述作铺垫开始,到最后一定要上升到某种政治高度,表达某种政治豪情。

任何事物的发展一旦被追求大一统的权力所俘获,就不可避免地彰显出话语的暴力性特点。经过 30 多年的发展,到 20 世纪 70 年代末,汉语新诗所呈现出来的从意象选择到结构组成特征,就是这种暴力话语在汉语新诗中的体现。谢冕说:"三十年代有过关于大众化的讨论,四十年代有过关于民族化的讨论,五十年代有过关于向新民歌学习的讨论。三次大讨论都不是鼓励诗歌走向开阔的世界,而是在'左'的思想倾向下的支配下,力图驱赶新诗离开这个世界。"[35] 事实上,汉语新诗的这种语言暴力从 20 世纪 60 年代开始到 80 年代中期,一直在想方设法遮蔽着朦胧诗的上浮,地下文学在默默地守候着文学的园地。

如果说这种遮蔽在 60—70 年代是汉语新诗概念中的应有之义的话。那么,到了 80 年代,旧的政治文化体制在表面上破碎后,这种本被忽视的应有之义暂时失去了历史的依存,但其遮蔽的动机和惯用的套路并没有作本质性的改变。尽管谢冕、孙绍振和徐敬亚的三个"崛起"的文章,并没有真正描述出朦胧诗的本来,但这并不妨碍它们成为这种语言暴力猛烈轰炸的对象。这三篇崛起论提出的最为集中的两个问题,一个是汉语新诗写"自我"的问题,另一个是汉语新诗同西方的现代主义表现形式接轨的问题。程代熙在评论孙绍振在《新的美学原则在崛起》中提出的诗歌关注个人情感时,运用了如下的语言格调:

> 孙绍振同志把"人的价值",仅仅归结为"个人利益"、"个人的精神",而衡量"人的价值标准"又只是"个人的幸福在我们集体中应该占什么地位",以及"个人的感情,个人的悲欢,个人的心灵世界"在艺术上得到了怎样的反映。真是除了个人,还是个人。个人成了一切,成了至高无上的东西。现在我们总算能够理解他说的"社会、阶级、时代逐渐不再成为个人的统治力量"这句话的真意了,那就是:或者把个人置于社会、阶级、时代之上,或者将它们置之度外。总之,文学完全是作家的私事,与社会、阶级、时代无关,而不是如高尔基所说,文学"永远是时代、国家、阶级的事业"。把孙绍振同志的美学原则的这个出发点和它的纲领——"自我表现"联系起来,一套相当完整的、散发出非常浓烈的小资产阶级的个人主义气味的美学思想就赤裸裸地显示了出来。[36]

我们姑且不论孙绍振的"自我表现"和这里的"自我表现"是否一致,是否被做了阿 Q 式的偷换概念的游戏,但从诗歌出发归结到非诗的阶级咒骂上来说,其中的话语暴力就不禁令人瞠目结舌,本该属于诗歌批评的范畴,却被上升为阶级属性的批判。

实际上,无论是 20 世纪 60 年代就创作出《这是零点四十八分的北京》的食指,还是《今天》派的北岛、舒婷们,都是在反抗这种话语暴力的基础上声名鹊起的。对于饱受这种弥漫于生活的各个角落的话语暴力摧残的几代人来说,朦胧诗的萌生掺杂着太多残酷的因素。"太阳升起来,/天空——这血淋淋的盾牌"(芒克《天空》)中所隐喻的控诉,"天空"这样一个被传统文化神化的意象在朦胧诗的眼中成为杀人的刽子手。"冰川纪过去了,/为什么到处都是冰凌?"这是一代人的疑问,很长时间以来没有回音。"卑鄙是卑鄙者的通行证,/高尚是高尚者的墓志铭"(北岛《回答》),这种颇带"善恶"总结意味的结论不能不说充满无奈和宿命论的意味,这些,在某种意义上,无论是从感情上还是从表述方式上都回归了长期被压抑的诗歌真实。这也是人们长期不吝将"辉煌""优雅""优美""启蒙"等溢美之词加之于朦胧诗的原因之一。

但我们的问题是,朦胧诗在突破这种话语暴力,在被冠以接续了"五四传统",高擎启蒙主义大旗等"大词"后,是否真正实现了这些名词背后的诗歌意义?从文学的层面上,这种社会学或者说思想史层面上的担当,对朦胧诗来说究竟带来了什么?朦胧诗因为使用隐喻、象征等所谓的现代主义手法而被称之为"古怪"的诗,那么,这种所谓的现代主义手法是否在朦胧诗中实现了本真的表达?还是只是借用表象,而在根本上走向了另一种语言暴力?

20 世纪 50 年代,以写政治抒情诗闻名的郭小川曾很鲜明地描画出了其诗歌的政治底线,那就是"诗必须抒发无产阶级或英雄人民的革命豪情,而不是'中间人物'或'反面人物'的小资产阶级、资产阶级以及其它剥削阶级的感情"[37]。这是长期以来的战争文化所培养出的诗歌认识世界的一种方式。思维方式上,非此即彼,旗帜高擎,并没有将这个世界视为一个有机的、有生命的整体去思考。朦胧诗虽然在语词选择和诗学结构上有所改变,但并没有从根本上改变这种认识世界的思维方式。我们不妨从两个方面来就此问题进行论述。

首先,个人视角下的的以代言人的角色来展开的宏大叙事格局。无论是发自内心的政治抒情诗还是人为炮制的小靳庄诗歌运动,以个人视角代言国家、阶级等宏大主题几乎是一致的选择。尽管标榜个人主义,但朦胧诗重的"个人"在一定意义上并没有改变这一基本内涵,只不过是演变为另一种意义上的代言符号,所以舒婷在《会唱歌的鸢尾花》中说:

> 我的名字和我的信念
> 已同时进入跑道
> 代表民族的某个单项记录
> 我没有权利休息
> 生命的冲刺
> 没有终点,只有速度。

徐敬亚说读朦胧诗有"一代人正在走过"的历史进程感,这是另一种意义上的集体主义感觉。比如北岛的《回答》中对"天空""死海"的拷问,舒婷《致橡树》中对平等自由的爱情宣言,梁小斌《中国,我的钥匙丢了》中对前途的迷茫,在盲从中丢失的青春,再也无法回来,于是作者追问太阳,"太阳啊,/你看见我的钥匙了吗?/愿你的光芒,/为它热烈地照耀"。诗歌的叙述语调虽然是个人视角,但这个个人显然代表着一个时代对另一个时代的表述,一种不满和控诉的结果。朦胧诗在当时代能够引起人们的共鸣,很大程度上也是得益于这种无私的代言情结,舍"己"为"人"的英雄情结。宏大叙事的代言身份、意象选择的相似性,这些都表征着朦胧诗并没有彻底摆脱"政治抒情诗"一类的诗歌话语模式。这是一种精英主义的立场和"启蒙"话语的诗歌演说方式,五四的启蒙是现代文化对传统文化的启蒙,是一种文化的整体反思和选择性替换,其中一个重要的内涵就是从现代个人主义视野出发,来延伸至整个时代的变迁。朦胧诗的出现则是在对立思维和过度压抑情绪突然发泄的非正常状态下的自然产物,自诩接续了五四的启蒙精神,但它的启蒙显然是非理性的情绪化的"启蒙",控诉苦难和伸张所谓的"正义"成为贯穿其中的主题。这显然不是真正的启蒙所具有的对自我和社会反思的精神。比如,朦胧诗在控诉的同时,很少对造成苦难的自我和社会文化进行反思,而是一股脑地将其作为仇恨的象征。比如北岛在《结局或者开始》中,借歌颂遇罗克烈士抒发自己的苦闷与焦灼,"我,站在这里/代替另一个被杀害的人/没有别的选择/在我倒下的地方/将会有另一个人站起"。多多说:"一个阶级的血流尽了,/一个阶级的箭手仍在发射。"(《无题》)在阐述血淋淋的对抗事实的同时,很少有诗歌对造成这种现状的内在文化动因作反思,从而使朦胧诗多流于感情的宣泄,缺乏强劲的思想力量。北岛若干年后反观《回答》时说:"现在如果有人向我提起《回答》,我会觉得惭愧,我对那类诗基本持否定态度。在某种意义上,它是官方话语的一种回声。多是高音调的,用很大的词,带有语言的暴力倾向。"[38]

其次,另一种"大词"的意象铺排。语言是思维的外化。对抗性的思维逻辑、代言人的角色选择、启蒙和控诉的价值定向,这些都决定了朦胧诗的存在绝不是单一的诗歌存在,而呈现为扩散性的、囊括社会文化各个层面内容的文化符号。在具有代表性的朦胧诗篇中,从个人遭际辐射出时代主题的诗歌呈现为主流。比如北岛的《一切》：

　　一切都是命运

　　一切都是烟云

　　一切都是没有结局的开始

　　一切都是稍纵即逝的追寻

　　一切欢乐都没有微笑

　　一切苦难都没有泪痕

　　一切语言都是重复

　　一切交往都是初逢

　　一切爱情都在心里

　　一切往事都在梦中

　　一切希望都带着注释

　　一切信仰都带着呻吟

　　一切爆发都有片刻的宁静

　　一切死亡都有冗长的回声

　　这里面所传达的内容，经历过 20 世纪 70 年代风风雨雨的人莫不
心有戚戚焉。及至舒婷在《这也是一切——答一位朋友的〈一切〉》中的
"锦上添花"，朦胧诗所要表述的"一切"也就在"金童玉女"的唱和中得
以彰显。《这也是一切》是这样写的：

　　不是一切大树

　　都被暴风折断，

　　不是一切种子，

都找不到生根的土壤；

不是一切真情

都流失在人心的沙漠里；

不是一切梦想

都甘愿被折掉翅膀。

不，不是一切

都像你说的那样！

不是一切火焰，

都只燃烧自己

而不把别人照亮；

不是一切星星，

都仅指示黑夜

而不报告曙光；

不是一切歌声，

都掠过耳旁

而不留在心上。

不，不是一切

都像你说的那样！

不是一切呼吁都没有回响；

不是一切损失都无法补偿；

不是一切深渊都是灭亡；

不是一切死亡都覆盖在弱者头上；

不是一切心灵

都可以踩在脚下，烂在泥里；

不是一切后果

都是眼泪血印，而不展现欢容。

一切的现在都孕育着未来，

未来的一切都生长于它的昨天。

希望，而且为它斗争，

请把这一切放在你的肩上。

　　北岛在控诉，在悲哀，在消极地对待生活，舒婷则在宽慰，在希望，在饱含热情地迎接生活。无论是"树""暴风""曙光""火焰"还是"死亡"，这些意象都早已超越了北岛和舒婷的个体经验而上升为一代人的集体经验，成为宏大意义的象征符号。在北岛和舒婷的唱和模式中，总给人一种训诫的场景，舒婷在给迷途的北岛以期许的答案，这个模式又恰恰是红色写作中常用的上级给下级做"思想工作"的模式。北岛在《结局或者开始——献给遇罗克》中，通过生者与死者的对话来展现遇罗克所代表的一代人的抗争精神在朦胧诗里得到的同情和共鸣。遇罗克是因为 1967 年在《中学文革报》上发表著名的《血统论》，反对以出身论英雄的文革腔调，强调人的平等观念，因此被打倒、杀害的一个时代英雄。北岛对遇罗克的死亡悲愤不已，因此在诗里说，"我，站在这里/代替另一个被杀害的人/为了每当太阳升起/让沉重的影子像道路/穿过整个国土"，这几乎是经历过"文革"时代的人的共同体验，"以太阳的名义/黑暗公开地掠夺/沉默依然是东方的故事/人民在古老的壁画上/默默地永生/默默地死去"。这里从两个含义上运用"太阳"意象，一个是"领袖的象征""权力的象征"，另外一个则是日常的太阳，象征着人间光明和正义的太阳。"也许有一天/太阳变成了萎缩的花环/垂放在/每一个不朽的战士/森林般生长的墓碑前/乌鸦，这夜的碎片/纷纷扬扬。"无论太阳如何萎缩，朦胧诗意象的选择都是基于之前诗歌所赋予的意义的基础上的,在内在的意义赋予和思维模式上并没有本质性的变化,或者说很难形成相对独立的意象群落。如果要追根溯源,那么从1925年郭沫若发表《文学与革命》开始,包括汉语新诗在内的新文学的社会政治话语的宣传功能逐渐被重视、强化,诗人郭小川说,"诗必须抒发无产阶级或英雄人民的革命豪情,而不是'中间人物'或'反面人物'的小资产阶级、资产阶级以及其它剥削阶级的感情"[39]。如此做二元对立的规范自有其特殊的原因,但也就形成了汉语新诗长期以来从思想内容到语词选择上的对立模式,"东风""太阳""牛鬼蛇神"等意义单一的意象和"弘扬"某种主题"批斗"某种思想的对立斗争结构成为此时期汉语新诗的基本语言构成。无论是朦胧诗还是之前的"前朦胧诗",她们产生的基本背景就是对当时的社会主流诗歌话语的不满,"地下诗歌"的称呼较为恰当地形容了这种格局。虽然孙绍振、谢冕和徐敬亚将朦胧诗视为一种"新的美学原则在崛起",后来也为朦胧诗在诗歌意象运用和基本表述结构上的新鲜感而欢呼。但实际上,朦胧诗的萌生背景和激发动机决定了它在诗学本质上和之前的社会主流诗歌没有根本的区别。首先,将汉语新诗视为表述某种社会主题思想的载体。食指在《相信未来》中尽管"蜘蛛网无情地查封了我的炉台","我的鲜花依偎在了别人的情怀",但依然"相信未来",因为"坚信人们对于我们的脊骨/无数次的探索、迷途、失败和成功/一定会给予热情、客观、公正的评定",而且是"焦急地等待着他们的评定",并因此发出号召,"朋友,坚定地相信未来吧/相信不屈不挠的努力/相信战胜死亡的年轻"。这种社会代言人的诗语体系所形成的"启蒙者"的精英意识是朦胧诗背后的价值资源。舒婷在《致橡树》和《神女峰》中所张扬的女性爱情观早就超越了个人经验而上升到一种社会的呼唤,"与其在悬崖上展览千年/不如在爱人肩头痛哭一晚"。北岛的名作《回答》开篇所说"卑鄙是卑鄙者的通行证,/高尚是高尚者的墓志铭",虽然掷地有声,让刚从黑白颠倒、是非错乱的时人倍感鼓舞和热血沸腾,但其中所蕴含的训诫情结也成为朦胧诗的一种基本价值取向。其次,虽然朦胧诗的意象选择和主题表述呈现为"令人气愤的朦胧",颇让人费解,并因此招致众多诗人的批判,但是这种"朦胧"显然是以之前诗歌的过于明晰为背景的。我们不妨比较一下两首诗。一首是吴克强写于 1967 年的《放开我,妈妈》,其中开篇说:

> 放开我,妈妈
> 别为孩子担惊受怕。
> 到处都是我们的战友,
> 暴徒的长矛算得了啥!
> 我决不作绕梁呢喃的乳燕,
> 终日徘徊在屋檐下;
> 我要做搏击长空的雄鹰,
> 去迎接急风暴雨的冲刷。
> ……
> 阶级斗争的疆场任我驰骋,
> 门庭梨院怎能横枪跃马?!

另一首是朦胧诗人舒婷的《在诗歌的十字架上——献给我的北方妈妈》,其中描写道:

> 我钉在
> 我的诗歌的十字架上

为了完成一篇寓言

为了服从一个理想

天空、山峦与河流

选择了我，要我承担

我所不能胜任的牺牲

……

我献出了

我的忧伤的花朵

尽管它被轻蔑，踩成一片泥泞

我献出了

我最初的天真

虽然它被亵渎，罩着怀疑的阴云。

　　这两首同样是写给妈妈的诗篇，除了用词上的变化外，无论是诗歌结构还是所要表达的意境和思想主题并没有根本性的差别。都是借自然意象以抒胸臆，为实现理想而献身。朦胧诗的最大贡献就在于改变了口号和标语也被称为诗歌的历史，重新让汉语新诗寻找到了经验的隐喻和象征，但这种回归并没有摆脱掉长期以来所形成"载道"思想，因此，即便是以个人化经验出现，诗歌意象的最终归宿也是"集体无意识"的。从这个意义上说，朦胧诗并没有改变之前汉语新诗的基本语言结构。

　　众多的朦胧诗人同写一个或者一种意象也是朦胧诗的一大景象，这应该是另一种意义上的集体写作，虽然没有用共同署名的形式。比如写"祖国"，舒婷有《祖国啊，我亲爱的祖国》：

我是新刷出的雪白的起跑线

是绯红的黎明

在喷薄

——祖国啊

我是你十亿分之一

是你九百六十万平方的总和

你以伤痕累累的乳房

喂养了

迷惘的我、深思的我、沸腾的我

那就从我的血肉之躯上

去取得

你的富饶，你的荣光，你的自由

——祖国啊

我亲爱的祖国。

有梁小斌的《中国，我的钥匙丢了》："中国，我的钥匙丢了。/天，又开始下雨，/我的钥匙啊，/你躺在哪里？/我想风雨腐蚀了你，/你已经锈迹斑斑了。/不，我不那样认为，/我要顽强地寻找，/希望能把你重新找到。"食指的《祖国》，"只因有了你/你在我心中/我简直一时无法搞清/是真的在严寒里找到了火堆/游子回到了慈母的怀中/只因有了你，你在我心中"等等。从整体来讲祖国这一意象的内涵，比如母亲、依赖、为之献身的崇高目标等等，并没有发生根本性的变化，在这点上朦胧诗并没有提供多少新鲜的经验。除了"一切""祖国"等意象外，"一代""时代"等时间性的集体意象也成为诗人笔下的描述对象，比如顾城的《时代》，"大块大块的树影。/在发出海潮和风暴的欢呼；//大片大片的沙滩,/在倾听骤雨和水流的痛哭;//大批大批的人类,/在寻找生命和信仰的归宿"。还有那首著名的《一代人》,"黑夜给了我黑色的眼睛/我却用它寻找光明"。徐敬亚的《一代》:

以前额注视死亡

从活里走向水

多么令人诱惑呀

还没有来得及死

就诞生了

影子回到我的身体里来吧

太阳升起时

白纸上的字迹也无影无踪

我心柔似女

风,一阵哭一阵笑

大丈夫,多么富有魅力

第一朵花就掩埋了春天

苦难挽留我!

唯有你能够把我支撑

就在这里

钉下一颗钉子

我是无法再生无法死去的男人。

舒婷的《一代人的呼声》:

我决不申诉

我个人的遭遇。

……

假如是我，躺在"烈士"墓里；
青苔侵蚀了石板上的字迹；
假如是我，尝遍铁窗风味，
和镣铐争辩真正的法律；
假如是我，形容枯槁憔悴
赎罪般的劳作永无尽期；
假如是我，仅仅是
我的悲剧——
我也许已经宽恕，
我的泪水和愤怒，
也许可以平息。

但是，为了孩子们的父亲，
为了父亲们的孩子，
为了各地纪念碑下，
那无声的责问不再使人颤栗；
为了一度露宿街头的画面
不再使我们的眼睛无处躲避；
为了百年后天真的孩子
不用对我们留下的历史猜谜；
为了祖国的这份空白，
为了民族的这段崎岖，
为了天空的纯洁

和道路的正直

我要求真理！

众多诗人同写一个意象，意象内涵和描写技法大致相近，那么所体现出来的诗歌经验和语言表述结构大致相同。这些宏大意象的抒写，在很大程度上限定了朦胧诗的表达张力，成为散文的概念化而非富有诗人个体新鲜陌生体验的诗歌语词。"诗与传统的小说、戏剧不同之处是诗的突出的含蓄。这种含蓄常常使它有着不同于上述的文学品种的内部结构。它主要的效果不是在于像小品文那样描写情景，不是像说理文那样以严谨的逻辑为主要因素，不是像故事、小说那样以展开放事为主，不是像戏剧那样以发展矛盾、解决矛盾为主，它的主要特性是通过暗示、启发，向读者展现一个有深刻意义的境界。"[40] 对于朦胧诗来说，指向过于清晰和单纯一方面使得它能赢得万众欢呼，但这显然也是致命的。也许这是朦胧诗的宿命，也是后朦胧诗那么急切地超越它的内在原因所在。以政治抒情诗为代表的汉语诗歌传统笼罩着他们，使得他们难以挣脱束缚，独立地行走。

本来，朦胧诗是从尊重个体生命自由、重新恢复人的基本尊严为自我存在的标志的。无论是舒婷的《致橡树》《神女峰》还是北岛的《回答》、梁小斌的《中国，我的钥匙丢了》，长期的思维惯性和话语系统的养成，使得他们不得不或者说下意识地使用到了类似于"毛文体"的语言表述。这种以诗歌的形式最终落脚到非诗歌的目的，决定了朦胧诗无法使得汉语新诗化蛹为蝶。同为朦胧诗的代表诗人的杨炼在 1988 年时说：

诗人重要与否，其界限在于他是否有能力自觉逾越被动阶段，把写诗从满足简单的表现欲深化为主动地对自我世界潜在层次和领域的探索。他能否通过不断深入自身而最终超越自身,在自己生存深处挖掘出与现实、历史、文化、语言、整个人类乃至自然相沟通的某种"必然"? 我所强调的是:重要的诗人,必须在作为人的意义上,经由对自己生存的独立思考,达成与"世间一切崇高事物"本质性的精神联系。也只有在这个层次上来考察,他的世界才谈得上加入人类精神的历史,他的诗才能摆脱种种被"非诗人"玩弄的厄运,从人人想喝就喝、包治百病(因而无一意义)的汤药,变成毒酒,变成人类精神的实验室里迫不得已进行的冒险,直到令所有沽名钓誉者望而却步。诗一旦完成,就弃诗人而去。它将独自立足于艾略特和埃利蒂斯之间,金斯伯格和加里·斯奈德之间,屈原和陶渊明之间,被所有先行者的灵魂接纳或拒绝。它能活下来而不被别人的影子遮没吗? 或起码退避三舍吗? 还是它不仅做到这些,甚而把自己造就成一个新的"文化源头",成为未来人们摧毁或发现的对象呢? 如果是,它就有意义。如果不,就没意义。[41]

他这里所要道出的是朦胧诗缺乏独立话语的现实,这也是杨炼能够得益于朦胧诗,并能走出朦胧诗的前瞻意识。杨炼从最初《大雁塔》的写法走出来,走向独立而深刻的对汉语诗歌和诗人命运的深层次思考,后来有《大海停止之处》《同心圆》等结合汉语字符特点和精神传统创作的诗篇萌生,以实绩来宣告了朦胧诗的"短命"。以杨炼为代表的少数朦胧诗人完成了汉语诗歌的被动表述到自在自为创作的转变,北岛和舒婷甚至离开诗歌,将主业转向了散文创作,写出了《失败之书》《时间的玫瑰》《蓝房子》等等,顾城则真的做不下去了,原来的梦幻破灭,新的理想尚未建立,他彻底绝望了,这是他选择死亡的原因之一,

"顾城是个早熟的诗人,也可说是个神童诗人。他8岁开始学诗。1971年才15岁,便写出了代表作《生命幻想曲》。1979年至1984年是他创作的高峰期。1985年以后,新生代诗人崛起,诗坛格局发生重大变化。同属朦胧诗人的江河发表了组诗《太阳和他的反光》,一时之间轰动诗坛。但顾城的创作却未能发生新的嬗变。类似的内容、格局与手法的一再重复,使他逐渐退出了诗坛关注的中心地位"。[42]

舒婷在后来和作家北村的一次谈话中,谈及自己的《祖国呵,我亲爱的祖国》时,觉得自己也读不下去,接受读者觉得里面写的都是空话的批评,"陈村说:'你现在还有什么感想呵,比如说读以前的什么《祖国呵,我亲爱的祖国》?'舒婷说:'这不能读,受不了,受不了。'陈村问:'自己受不了啊?'舒婷说:'自己也受不了'。"[43]北岛和舒婷如此否定曾给自己带来无上声誉的诗篇,另一个朦胧诗人杨炼也认为自己朦胧诗时期的创作只是"练笔的'史前期'",并因此"而从自选集中统统删除",其理由在于那些诗歌不具备他理想的"从生存感受,到语言意识,再到诗歌观念的整个'诗学'特征"[44]。诗人的自我否定一方面是诗人个人诗学的成长,另一方面也是汉语新诗在走过众多弯道之后的警醒。资深诗人郑敏先生说得好,"只有当一首诗具有诗所特有的内在结构时,它才能给读者这种满足。换言之,诗的内在结构是实现诗的这种特殊功能所必需的有机组成部分,一首诗可以不押韵,却不能没有这种诗的内在结构,修辞的美妙细微的观察,音调的铿锵都还不足以成为构成好诗的充分条件,正象美丽的窗格,屋脊上的挂铃都还不能构成富丽的宫殿,只有结构才能保证一首诗站起来,存在下去。……诗的内在结构是一首诗的线路,网络,它安排了这首诗的意念、意象的运转,也是一首诗的展开和运动的路线图"[45]。在这个意义上,朦胧诗显然没有胜任。无论是汉语诗歌史的自然嬗变,还是诗人的自我否定,时过经年,朦胧诗当年的喧嚣终于还是在历史的理性里回归到了应有的处境,拥有昙花一现的美丽后重归沉寂。

注释

[1] 喻大翔、刘秋玲编选:《朦胧诗精选·前记》,华中师范大学出版社1986年版。作家出版社1986年出版的《五人诗选》,选入了北岛、顾城、舒婷、杨炼和江河等五人的诗,这个选集被流行的当代文学史讲述朦胧诗时作为朦胧诗代表诗人的标志性选本来使用。如2009年张学昕在和杨炼的一次对话中所说:"八十年代有本诗选,收入了北岛、舒婷、顾城、江河、杨炼。我们这些人在大学里讲《中国当代文学史》的时候,在讲八十年代诗歌的时候,尤其'朦胧诗'的时候,都是围绕你们这五个人展开的"。但对此,杨炼是不以为然的,"我觉得不必过多理睬这些所谓的选本。因为当时中国有很多局限性,历史的、社会的、政治的,同时别忘了语言和写作观念等。那些选本将来都不足以作为一种历史标志来对待。"并表达了自己对于"朦胧诗"的看法:"朦胧诗其实从来不是一个美学概念,也不是诗的概念,很可笑。当时这命名纯粹是对现代诗的批评,不好懂,晦涩。因为'朦胧'这个词比较中性,渐渐竟变成一种褒义的名称。但实际上到现在为止,我觉得还从没有一个诗人把'朦胧'作为一个自己独特的美学或诗学概念来看,像当年意大利蒙塔莱们提出的'隐逸诗'那样。"他进而提出,"'朦胧诗'本身就是社会学和诗学的观念混淆。就像刚才唐晓渡说的,既然理解混乱,那么更有必要把这个名称下比较清晰的成员、作品作一个梳理。"(见张学昕:《"后锋"诗学及其他——诗人杨炼、唐晓渡访谈录》,《当代作家评论》2009年第4期。)
[2] 张清华依然认为目前的朦胧诗研究,对食指和芒克的认识远远不够。(见《朦胧诗:重新认知的必要和理由》,《当代文坛》2008年第5期。)
[3] 林莽:《食指生平断代(1964—1979)》和《并未被埋葬的诗人》,见《沉沦的圣殿——中国20世纪70年代地下诗歌遗照》,廖亦武主编,新疆青少年出版社1999年版。
[4] 张清华:《从精神分裂的角度看——食指论》,《当代作家评论》2001年第4期。
[5] 崔卫平:《诗神眷顾受苦的人》,《沉沦的圣殿——中国20世纪70年代地下诗歌遗照》,新疆青少年出版社1999年版。
[6] 廖亦武主编:《沉沦的圣殿——中国20世纪70年代地下诗歌遗照》,新疆青少年出版社1999年版,第414—415页。
[7] 程代熙:《给徐敬亚的公开信》,《诗刊》1983年第11期。
[8] 关于《新的美学原则在崛起》受批判的经过,孙绍振曾有如此的口述,从中我们大致可以了解其中的来龙去脉:"我的稿子到了以后,《诗刊》打印来

向上汇报。贺敬之主持了一个会。出席的有《人民日报》的缪氏俊杰、《文艺研究》的闻山、《文学评论》的许觉民、《诗刊》的邹荻帆、《文艺报》的陈丹晨，这么几个人。贺敬之拿着打印稿，我原来的题目是《欢呼新的美学原则在崛起》，后来拿掉了‘欢呼’二字，我同时还删掉来一些过激的话。会上就讲了，现在年轻诗人走上来这条道路，这个形势是比较不好的，不能让它形成理论，有了要打碎。就发给大家看。陈丹晨看了以后说，孙绍振是我的大学同学。贺敬之说不对吧，年龄也不对呀。陈丹晨说，他是调干生，工作过几年，年龄大一些，孙绍振是中学生考上来的。在贺敬之的印象中，我可能是红卫兵。有人说不能搞大批判，贺说不搞大批判，要有倾向性的讨论。这时候，邹荻帆说稿子退了。陈丹晨说，贺敬之愣了一下，还是想办法把稿子弄回来吧。于是就有了《诗刊》的那封信，说稿子还是要用的。我就上了当。这是以后才知道的。谢冕是副教授，不好批，只好找我这个无名小卒。找个红卫兵来批一下。但搞错了，我和谢冕是同学。"基本说清楚了朦胧诗论争的内在理路。（见王尧《"三个崛起"前后——新时期文学口述史之二》，《文艺争鸣》2009 年第 6 期。）

[9] 戚方：《现代主义和天安门诗歌运动——对〈崛起的诗群〉质疑之一》，《诗刊》1983 年第 5 期。

[10] 顾城：《"朦胧诗"问答》，《文学报》1983 年 3 月 14 日。

[12] 公刘：《新的课题——从顾城同志的几首诗谈起》，《星星》1979 年复刊号。

[13] 在被要求谈谈《今天》第 1 期的情况时，蔡其矫说得很详细："《今天》首期首篇是我的（指诗歌）。因为当时我跟他们年龄不一样，北岛就替我用了一个化名叫乔加。第二个就是舒婷的《致橡树》。这首诗是舒婷来北京后回去再寄给我的。我拿给艾青看，艾青十分欣赏，给北岛看，北岛就要去用了。"在谈到艾青为什么反对朦胧诗时，他给出了这样的答案："他（指艾青）30 年代就批过何其芳，虽被打成右派了，但他本质上是古的。他到日本去开了个什么会回来，就完全是官方口吻了。他有了地位后，就慢慢显出他的古了。这是官方意识对他的影响，所以他就反对'朦胧诗'。"（见廖亦武、陈勇：《蔡其矫访谈录》，《沉沦的圣殿——中国 20 世纪 70 年代地下诗歌遗照》，新疆青少年出版社 1999 年版，第 493、495 页。）

[14] 陈超：《中国先锋诗论》，人民文学出版社 2007 年版，第 4 页。

[15] 张清华：《朦胧诗：重新认知的必要性和理由》，《当代文坛》2008 年第 5 期。

[16] 杨匡汉：《中国新诗学》，人民出版社 2005 年版，第 391 页。

[17] "从 1983 年左右，诗风变了。从各个角落里冒出焦躁不耐的诗行。它们唯恐不惊动人们，大有语不惊人死不休的气势。"（见郑敏：《自欺的"光明"与自溺的"黑暗"》，《诗刊》1988 年第 2 期。）

[18] 顾城：《"朦胧诗"问答》，《沉沦的圣殿——中国 20 世纪 70 年代地下诗歌遗照》，廖亦武主编，新疆青少年出版社 1999 年版，第 480 页。

[19] 王士强：《徐浩渊访谈录》，首都师范大学博士论文，2009 年。徐浩渊在另

一篇回忆文章里,对"白洋淀诗派"几乎采取了否定性的界定:"我想,被现在人称作'白洋淀诗派'一事,是误传。因为在1971—1972年的北京地下诗歌的鼎盛期,我仅仅见过一位来自白洋淀插队的人写的诗,他是根子(岳重)。现在自称多多的人,当年学名栗世征,乳名'毛头',他倒是来自白洋淀。我刚刚在网上找到了他写的一篇被无数人引用的文章《被埋葬的中国诗人》,才明白那些误传文字的出处。该文中有太多不实之词。因为害怕自己的记忆有误,我与当年一起玩耍的朋友们再三核实,大家都说那时候从来没见过毛头写诗。我也不认为他与诗有何干系,当然更不会向他讨诗来看。"(见北岛、李陀主编:《七十年代》,生活·读书·新知三联书店2009年版,第52页。)

[20] 王士强:《林莽访谈录》,首都师范大学博士论文,2009年。

[21] 比如,宋海泉回忆当时写诗的动机时说:"这可能是现在跟过去的大区别,也不为了什么,也不为了出名,当然有一种谁要写得好的话,长长份,得得意,可能有这种感觉。它过去有种比赛性质,这比赛性质那谁啊叫决斗。毛头跟猴交换诗集叫决斗,这个过程叫'茬'诗;茬舞、茬歌、茬琴、茬诗,所谓茬就跟打架似的,看谁力量大就叫茬,有种比赛、决斗的意思,说缓和点就是比赛,说硬点就决斗。北京话茬架就打架,茬歌就比赛歌,你唱一首我唱一首,看谁唱得好,北京方言,一直存在着,但是顶多大家有种茬的感觉,在决斗过程中,大家得到一点小小的满足,这么一种现象。"(见王士强:《宋海泉访谈录》,《1960—70年代"前朦胧诗研究"》,首都师范大学博士论文,2009年。)

[22] 王士强:《张新华访谈录》,首都师范大学博士论文,《1960—70年代"前朦胧诗研究"》,2009年。

[23] 王士强:《牟敦白访谈录》,首都师范大学博士论文,《1960—70年代"前朦胧诗研究"》,2009年。

[24] 王士强:《张新华访谈录》,首都师范大学博士论文,《1960—70年代"前朦胧诗研究"》,2009年。

[25] 王士强:《王东白访谈录》,《1960—70年代"前朦胧诗研究"》,首都师范大学博士论文,2009年。

[26] 一平:《孤立之境》,《诗探索》2003年第3—4辑。

[27] 杨小滨:《今天的"今天派"诗歌》,《从最小的可能性开始》,人民文学出版社2000年版,第348页。

[28] 唐晓渡:《芒克访谈录》,《沉沦的圣殿——中国20世纪70年代地下诗歌遗照》,廖亦武主编,新疆青少年出版社1999年版,第353页。

[29] 廖亦武主编:《沉沦的圣殿——中国20世纪70年代地下诗歌遗照》,新疆青少年出版社1999年版,第414页。

[30] 柯岩说:"一九八〇《诗刊》在北京举办'诗人谈诗'讲座时,曾有人当场问我:'允不允许朦胧诗存在?'我回答说:'当然允许。不但允许,我们《诗刊》还发表几首呢!但坦白地说,也只能发表很少的一点点,因为朦胧诗

永远不该是诗歌的主流。朦胧虽然也是一种美,但任何时代都要求自己的声音,只有表达了人民群众思想感情和自己时代声音的歌手才会为人民所拥戴,为后世所记忆。'"(见柯岩:《关于诗的对话——在西南师范学院的讲话》,《诗刊》1983 年第 12 期。)

[31] 刘洪彬整理:《北岛访谈录》,见《沉沦的圣殿——中国 20 世纪 70 年代地下诗歌遗照》,廖亦武主编,新疆青少年出版社 1999 年版,第 339 页。

[32] 北岛:《热爱自由与平静》,《中国诗人》2003 年第 2 期。

[33] 张学昕:《"后锋"诗学及其他——诗人杨炼、唐晓渡访谈录》,《当代作家评论》2009 年第 4 期。

[34] 谢冕:《20 世纪中国新诗——1949—1978》,《诗探索》1995 年第 1 期。

[35] 谢冕:《在新的崛起面前》,《光明日报》,1980 年 5 月 7 日。

[36] 程代熙:《评〈新的美学原则在崛起〉——与孙绍振同志商榷》,《诗刊》1981 年第 4 期。

[37] 郭小川:《诗论》,上海文艺出版社 1978 年版,第 20 页。

[38] 北岛:《热爱自由与平静》,《中国诗人》2003 年第 2 期。

[39] 郭小川:《诗论》,上海文艺出版社 1978 年版,第 20 页。

[40] 郑敏:《英美诗歌戏剧研究》,北京师范大学出版社 1982 年版,第 20 页。

[41] 杨炼:《毋庸讳言》,《诗刊》1988 年第 1 期。

[42] 吴思敬:《走向哲学的诗》,学苑出版社 2002 年版,第 252 页。

[43] 参见李美皆:《从舒婷看诗歌的荣与耻》,《文学自由谈》2006 年第 4 期。

[44] 杨炼:《我的文学写作——杨炼网站'作品'栏引言》,《一座向下修建的塔》,杨炼著,凤凰出版传媒集团、凤凰出版社 2009 年版,第 161 页。

[45] 郑敏:《英美诗歌戏剧研究》,北京师范大学出版社 1982 年版,第 42 页。

——原刊《当代作家评论》2012 年第 4 期

第三章　激情泛化的诗：论第三代诗歌的青春化写作

欧阳江河在评价 20 世纪 80 年代中期以来的汉语诗歌时，谈到了从朦胧诗到第三代诗歌的变迁：

> 如果说北岛、舒婷等"朦胧诗人"是一代人当之无愧的代表，那么，在当今中国诗坛，从舒婷到翟永明，诗歌的青春已完成了从二十多岁到三十多岁的必要的成长，并在思想和情感的基调上完成了从富有传统色彩的理想主义到成熟得近乎冷酷的现代意识的重要的过渡；而从北岛等人到柏桦等人，诗歌也已完成了从集体的、社会的英雄主义到个人的深度抒情的明显转折。这种过渡和转折，我们还可以从张枣、陈东东、西川、钟鸣、陆忆敏、万夏、韩东、伊蕾等人的创作中看到。种种事实说明诗歌的变化已经不是表面的，而是发生在思想和感情深处的普遍而又意味深长的改变。[1]

他敏锐地捕捉到了汉语诗歌在思想和感情深处的改变，这为他后来和肖开愚共同提出 1989 年后的汉语新诗的"中年写作"的概念打下了基础。事实上，尽管从朦胧诗到第三代诗歌，汉语诗歌有了改变，并且后者的出现是以同朦胧诗对立的姿态来揭开隐藏的面具的,但这两种思潮在"青春期写作"这个层面上还是取同一步调的,相互承继但又有区别。

关于青春,李大钊在 1919 年发表在《新青年》上的《青春》中如此描写青年与青春,"青年之自觉,一在冲决过去历史之网罗,破坏陈腐学说之囹圄,勿令僵尸枯骨,束缚现在活泼泼地之我,进而纵现在青春之我,扑杀过去青春之我,促今日青春之我,禅让明日青春之我。一在脱绝浮世虚伪之机械生活,以特立独行之我,立于行健不息之大机轴。"另一位革命闯将陈独秀同时期在《敬告青年》中对青年性格的定义也是"自主的而非奴隶的"、"进取的而非保守的",同李大钊一起营构了融合五四启蒙主义和谐进化论的哲学理想的青年品性和青春性格。在这个意义上,朦胧诗在控诉和反抗,以重新寻找失去的生命尊严。第三代诗歌的狂猖不羁、激情涌动、躁动不安,等等,都是五四开创的这种青春气息在新的文化背景下的表现,难怪新时期诗歌中,人们想到最多的就是如何重新回到五四的时代去,以接续五四的文学精神和价值选择,尽管这是徒劳的。

一般来说,朦胧诗的青春写作还带有集体主义的性质,是一种国家或者民族共同体的行为,代言者的符号象征压抑着单纯个体的情欲表达,个体的情感涌动融入到民族国家的宏大叙事之中。"'今天'的激情是以时代代言人的形象出现的,他无疑是一种传统知识分子受难、担当的现代书写,是历史宏大的叙述和表达。"[2]经过 80 年代初社会文化的巨大变迁后,朦胧诗的这种诗学思想失去了存在的前提基础。汉语诗歌自然演变到了第三代诗歌,这时,朦胧诗曾经面临的写作的可能性问题不复存在,"《今天》派"曾经面对的政治文化高压对第三代诗歌来说也减轻许多,写什么和怎么写的问题不复存在,诗歌写作获得了空前的自由。这就为第三代诗歌的青春化写作从外在环境上提供了朦胧诗所难以企及的狂欢和汪洋恣肆的可能。虽然徐敬亚在评价新时期的汉语诗歌发展时,依然将朦胧诗视为汉语新诗"最饱满的高峰",[3]但对汉语诗歌来说,第三代诗歌所拥有的真正的青春化写作也是朦胧诗所艳羡的。

第一节　宣泄的青春

李亚伟在他的那首《二十岁》中,很细致地抒发了第三代诗人的青春激情,遍布利比多的奔涌:"听着吧,世界,女人,21岁或者/老大哥、老大姐等其它什么老玩意/我扛着旗帜,发一声呐喊/飞舞着铜锤带着百多斤情诗冲来了/我的后面是调皮的读者、打铁匠和大家农妇。"青春期最大的特点就是以舍我其谁的姿态叛逆,毫无理性地、狂热地对抗限制其自由的一切威权和制度,以彰显幼稚自我的存在,张扬主体的力量。第三代诗歌在这种激情的催生下,将叛逆的矛头首先指向了最贴近它的朦胧诗,这是第三代诗歌萌生的主要动机。我们不妨来看看"第三代诗歌"命名出炉的轨迹,据柏桦的回忆,1982年十月,身居四川的各种诗歌流派的代表人物云集西南师范大学:"各路诗歌总教头代表着她们各自的部队云集在这个太温柔、太古老、太浩大的校园里。他们正火热而亡命地讨论着'这一代人'这一生死攸关的问题。他们准备联合出击,联合反抗一个他们认为太陈旧、太麻木、太堕落的诗歌时代。目标:宣言;形式:诗集。"然后在"争吵的三天,狂饮的三天,白热颠覆的三天"之后,"正式将'这一代人'命名为第三代人(一个重要的、日后在诗歌界被约定俗成的诗歌史学概念被呼之欲出,敲定下来)并决定出

《第三代人诗集》。……这也是一次未达最后胜利的聚会,青春热情及风头主义成了合作的龃龉。目标和形式都没有出现,两派形成了。廖希的重庆派,万夏和胡冬的成都派,三军过后没有尽开颜,而是鸟兽散……"。[4]这与其说是一次文人雅集之中激发出来的审美共鸣带来的成果,莫不如说是一次颇带江湖气息的青春游戏。有很多评论者指出第三代诗歌所受到的美国自白派诗歌的影响,"就像金斯堡之于'垮掉的一代'一样,真正能体现第三代人诗歌运动的流浪、冒险、叛逆精神与生活(按:也包括文本)实践的,无疑是'莽汉'诗派。"[5]众所周知,莽汉诗歌产生的动机颇为滑稽:"万夏和胡冬在一次喝酒中拍案而起:'居然有人骂我们的诗是他妈的诗,干脆我们就弄他几首"他妈的诗"给世界看看。'""一夜之间,南充师范学院所有诗人在万夏、李亚伟的指挥下,以超速的进军号角卷入这一'莽汉'革命行动,行动目标:攻下'今天'桥头堡,天使不须望故乡,只许飞行,再飞行。一捆一捆的'莽汉'诗就此被制造出来了,一捆一捆投向麻木不仁的人群的炸弹被投掷出去了。'莽汉'诗就此登上历史舞台。"[6]这种诗歌的生产速度赶上了大跃进时代的全民诗歌狂欢了。

　　爱情是属于青春的,无论是《致橡树》还是《神女峰》,朦胧诗对爱情的描述都打上了浓重的时代烙印,纯洁,精神至上,借爱情以言女权,以控诉压抑,等等,作为社会文化的代言者,情诗注定只是朦胧诗的重要组成部分。第三代诗歌的爱情则在很大程度上抛弃了社会文化的象征,被剥脱为男女之间的激情碰撞和两情相悦,还原为爱情的原始意义,利比多过剩的喷涌。爱情和女人在第三诗歌中是一个核心的意象。这里的女人一方面是指男诗人笔下的渴求,比如李亚伟在一次回忆中说:"1995 年的冬天,在成都寒冷的街边小店里,胡冬半醉半醒地对我说,你一定要记住,那是偶然的。他说的就是 1982 年夏天的那次聚会,他和万夏认识了廖希。我理解他的意思。但是,我更愿意这样来看这件事:因为少女帅青,使'第三代人'有了一个好的开始。我们本来就是喜欢美女的人。"[7] 以及我们看到于坚在《我知道一种爱情······》里说:

> 我曾经在童年的一天下午
>
> 远地传来的模糊的声音中
>
> 在一条山风吹响的阳光之河上
>
> 在一个雨夜的玻璃后面
>
> 在一本往西的照片薄里
>
> 在一股从秋天的土地飘来的气味中
>
> 我曾经再一次越过横断山脉的旅途上
>
> 强烈地感受到这种爱情
>
> 每回都只是短暂的一瞬
>
> 它却使我一生都在燃烧。

看到李亚伟在《老张和遮天蔽日的爱情》所描述的老张期待的"遮天蔽日"的爱情,但"哺乳两栖类的雌性/用气泡般的爱情害得他哭了好些年鼻子",于是"他开始骂女人都是梭叶子/甚至开始骂娘了/骂过之后就像一般人那样去借酒消愁/醉得把嘴卷进怪脸中/这年月,爱情搀假,酒也搀水"。自信,期望,失望,到绝望,活脱脱一副青春感伤的爱情故事。胡冬这样写女人:"你是矛你是盾你是甬道是宽阔的大桥繁忙的/码头你是城门洞开人流自由通过","你是钢窗是水塔是烟囱是迫击炮是密集的火力/你是初次造爱的恐怖是破贞后的啜泣",等等,语无伦次,摇滚般的激情荡漾,"你是人之初,你是根,你是女人"。女人成了诗人眼中的一切。另一方面,则是迅猛崛起的以伊蕾、翟永明为代表的女性性意识在诗歌中的表现,女性性爱心理和欲望的重新发现,这些都将赋予爱情以激情的底色和更为丰沛的内涵。在《独身女人的卧室》中,伊蕾塑造了一个大胆表露生理欲望的女人,"四肢很长,身材窈窕/臀部紧凑,肩膀斜削/碗状的乳房轻轻颤动/每一块肌肉都充满激情",一个成熟的身体在渴望爱抚,因此不断怨念"你不来与我同居"。应该说,无论是相敬如宾还是举案齐眉,乃至于以"树"的形象共同砥砺风雨,这些过于理性的情感模式都不属于第三代诗歌。

诗人柏桦曾写过一首名字为《痛》的诗:

怎样看待世界好的方面

以及痛的地位

医生带来了一些陈述

他教育我们

并指出我们道德上的过错

肉中的地狱

贯穿一个人的头脚

无论警惕或恨

都不能阻止逃脱

痛影射了一颗牙齿

或一个耳朵的热

被认为是坏事,却不能取代

它成为不愿期望的东西

幻觉的核心

倾注于虚妄的信仰……

克制着突如其来

以及自然主义的悲剧的深度

报应和天性中的恶

不停地分配着惩罚

而古老的稳定

改善了人和幸福

今天，我们层出不穷

对自身，有勇气、忍耐和持久

对别人，有怜悯、宽恕和帮助

　　这是一首身处其中而又出乎其外的诗篇，以纪念 1986 年这样一个激情迸发的诗情年份："我仿佛也长久地迷失于 1986 年寒气逼人的冬天。我在坠入那个年代特有的集体诗情里，坠入而一时无法说出，还需要时间，需要一种奇妙且混乱的痛苦等待。脸，无数的脸在呈现、变幻、扭曲。在四川大学的校园里人们（包括逃学的学生、文学青年、痛苦者、失恋者、爱情狂、梦游者、算命者、玄想家、画家、摄影师、浪漫的女人、不停流泪的人、性欲旺盛的人、诗人，最多的永远是诗人）在这个冬天奔走相告，剖腹倾诉，妄想把一生的热情注入这短暂的几天。一个人的泪水夺眶而出，她呕吐着，并用烟蒂烧自己的手背；在另一个黑夜，几个人抱头痛哭，手挽手向着车灯的亮光撞去；还有一位却疯狂于皮包骨头的痴情，急得按捺不住。"[8] 这显然是一个布满青春痕迹的年份，为满足青春的激情奔放的愿望,死亡、哭泣、性爱都在放荡不羁的年代里迸发。所以诗人用"痛"来做命名,有冲动,有激情,有冒失,有偏激,有报应和惩罚,有过错,等等,这是一些容易走向极端和带来痛苦结果的情感状态。充满幼稚和冲动的青春注定充满各种"伤痛","痛"过之后,也才明白"对自身,有勇气、忍耐和持久/对别人,有怜悯、宽恕和帮助"。

第三代诗人的年龄大多在 20 几岁,从生理到心理上都处在青春期。兼有理论代言人和诗人身份于一身的徐敬亚在《历史将收割一切》中说:"除了个别几位能跨越栅栏的朦胧诗人外,现代诗的天下已经是他们的了。他们刚刚二十多岁,中国诗的希望真是年纪轻轻。"[9] 2007年的回忆文章中,他说,1986 年的诗歌是"一种定向的青春宣泄方式,也是一次次对秩序破绽的追寻"[10]。

第三代诗人急于彰显存在,急于打破影响他们凸现的朦胧诗,于是在对抗的思维下,影响的焦虑演变成了一次次愤激的文化行动。这种自五四以来所形成的偏激的进化论价值取向成为第三代诗人的内在动力。正如五四对父权、专制的彻底反抗一样,对抗、否定乃至敌对成为这些被青春的酒精和性欲冲昏头脑的诗人处理与汉语诗歌传统关系的方式。从精神到技术的断裂,是第三代诗歌虽然没有完全实现,但尽可能去做的选择。1984 年,作为在磨难中辉煌的朦胧诗中的翘楚,诗人梁小斌对朦胧诗的写作技法和诗学理念产生了怀疑,"必须怀疑美化自我的朦胧诗的存在价值和道德价值",在他 1984 年根据 1974—1984 年的日记整理创作的诗歌《断裂》中,写"吐痰","伪造的病历""我的日子,有时候也像泌尿科一样难听","受到恐吓的人,/才学会了爱美。"这些意象选择和意义赋予都迥然不同与朦胧诗的"道德拜物教"式的审美取向。如果说《断裂》是用感性的诗语表现一种新的诗歌气息的话,那么1986 年他写作的《诗人的崩溃》,则用理性的推理将汉语新诗所面临的新的诗学变革彰显出来。如果说梁小斌的《断裂》只是一种启示、一种肇始的话,那么随后的杨炼、于坚、韩东等深谙朦胧诗写作之道的诗人的创作,则彻底宣告朦胧诗已成"明日黄花"。欧阳江河在评价 1989 年作为一种"象征性的时间"表示在汉语新诗中的意义时说:"一个主要的结果是,在我们已经写出和正在写的作品之间产生了一种深刻的中断。诗歌写作的某个阶段已大致结束了。"[11] 这一年,青年才俊海子以肉体消失换取精神永恒的方式,这种虽惨烈但却是必然选择的命运归宿,同样昭示着汉语新诗的重新"上路"。在 1984 年的"断裂"和五年后的"中断"两种意义基本相同的名词之间,汉语新诗从诗学认知到语词选择呈现出何种面影?如果将其放置到整个 20 世纪汉语新诗的背景下,我们又该如何看待这种"认知"和"选择"的变迁呢?

首先是精神上的断裂。从诗歌表现上说,朦胧诗在很大程度上浮现的是传统古典汉语诗歌的特征,注重意象和意境在诗歌表现中的作用,象征和隐喻成为诗意表述的主要依托手段。第三代诗歌在这方面的选择虽然比较多,但大多抛弃了朦胧诗的路数。莽汉诗歌和他们诗派运用口语,从题材到语言让诗歌走向日常、凡俗化叙事。另一个路数则是更为西化,更为注重从西方诗歌中汲取营养,王家新、西川、张曙光等人的诗歌表现比较明显,在他们的诗歌中,多多少少都体现出对西方诗歌的崇拜迹象。洛尔迦、爱伦·金斯堡、帕斯捷尔纳克,等等,几乎都是第三代诗歌的偶像。

其次,诗歌传播渠道的断裂。如果说鲁迅作品中父亲角色的缺席是青春五四的象征的话,那么,对公开出版机制的挑战则是第三代诗歌激情青春的外露。近现代稿费制度的产生在改变文学写作者的命运和生存方式的同时,也奠定了传播媒介在文学传播过程中的重要作用。作家对传播媒介的依赖和顺从在一定程度上改变了文学的生成和消费模式。当政治意识形态的宣传机制为代表的社会文化介入到这种模式之后,期刊杂志、报纸和图书出版等文学传播媒介的承载内容和存在宗旨就会被外在力量进一步纯化,文学也就被一系列的条条框框束缚住。就现代诗歌而言,这种所谓的官方文学出版机制通过传播媒介表现出来,就是以《诗刊》《人民文学》《星星》诗刊等为代表的诗歌传播平台。受编辑思想、办刊宗旨等先入为主思想的限制,发表在这些杂志上的诗歌作品反映只能是整体诗歌的一个局部,但在社会文化的要求下,这些局部恰恰就成为整个诗坛创作的风向标和"主流",引导着诗歌创作的走向,这自然是有弊端的。朦胧诗人没有逃脱趋向"主流"的命运,舒婷、北岛的诗歌最终从地下的《今天》走向了地上的《诗刊》,顾城也写过大量的反映红卫兵文化的诗歌,等等。但到了第三代诗歌,则掀起了对官方诗歌话语的集体反驳。曾经为朦胧诗摇旗呐喊的徐敬亚说:"严明的编辑、选拔,严明的单一发表标准,大诗人小诗人名诗人关系诗人——什么中央省市地县刊物等级云云杂杂,把艺术平等竞争的圣殿搞得森森有秩、固若金汤。"[12] 在这里他又为第三代诗歌作了总结性的发声。诗人尚仲敏在《关于大学生诗报的出片及其它》中谈及《大学生诗报》的产生,把这本民间诗刊遇到官方话语的怠慢,进而命途多舛的经过描述得绘声绘色:

> 在另一个中国日历上没有标出的夜晚
>
> 我们房间来了一群粗暴男子
>
> 一些温柔可爱无比美丽的女性
>
> 他们拿出我们的油印刊物
>
> 口若悬河演讲了五个小时
>
> 骂我们是胆小鬼不敢出去走走

连徐敬亚都不如

哼

我们的男性血液便异乎寻常地膨胀起来

以致于次日凌晨从怀里掏出砖头

敲了敲出版社的大门

我们敲得不是很响

那扇门油漆斑驳是一副死人的骨架

绝非我们的对手

有关领导正坐在里面喝茶

······

整整一个上午

他喝了 4 斤茶

同时我们给他投射了 20 支高级香烟

和 80 粒上海糖果

（全是我们从紧巴巴的助学金里抠出来的）

结果呢

他劝我们回去好好读书

（他妈的还我香烟还我糖果！）

走到大街上我们又从怀里掏出砖头

差一点要把小小寰球敲出几个窟窿

（你得当心

我们的砖头是刚性的

随时都可以向你敲了过去）

面对这样的诗歌生长环境，这也许我们就可以理解"撒娇派"的无奈告白了，"活在这个世界上，就常常看不惯。看不惯就愤怒，愤怒得死去活来就碰壁。头破血流，想想别的办法。光愤怒不行。想超脱又舍不得世界。我们就撒娇。"[13]于是我们看到杭炜在《退稿信》中写道：

> 我一式十份的手抄仿宋体稿被退回来了
> 邮差一语不发帽沿压着眉尖叮铃铃消失
> 每天处理情感公文的邮差叼着烟卷一条又一条街道
> 顺手塞来一封信有时候你就完了
> 称呼是某同志大作拜读原因种种不予采纳
> 你的感情不予采纳致以革命敬礼
> ……
> 我竖起耳朵谛闻门外是否有叮铃铃的邮差
> 帽沿压着眉尖叮铃铃我转念一想忽然大喊一声去他妈的
> 发表。

四川莽汉诗人特点之一就是体现为诗歌创作和发表的"江湖气息"，李亚伟说："'莽汉'人人都是写诗的狠角，同时人人都是破坏老套路、蔑视发表、蔑视诗歌官府的老江湖，莽汉流派当初纯粹一个诗歌水浒寨、一座快活林和一台夜总会，这帮人是 20 世纪 80 年代中国成名时平均年龄最小、在官方刊物发表作品最少、出诗集最晚的一个赖皮流派，在这个流派混过一水的人，并非故意不发表作品，作隐士样。"[14]所以我们可以理解，自《今天》开创 20 世纪 70 年代末 80 年代初的民刊源头后，80 年代始终是民间诗歌刊物盛行的年代，数量如过江之鲫，一直延续到 90 年代末。《大学生诗报》《未名湖》《赤子心》《崛起的一代》《非非》《海上》《他们》《现代诗内部交流资料》等等，逐步形成了可以同官方诗歌传播媒介相抗衡的阵势。"在当代中国一直存在着两个'诗坛',一个是官方诗坛,另一个是非官方诗坛","尽管非官方诗歌刊物的发行量有限,它们的重要性仍是不容低估的。从 20 世纪 70 年代末《今天》的创刊到 90 年代末的今天,非官方诗歌一直是当代中国文学实验和创新的拓荒者"。[15]

第二节　行为的诗歌

诗歌对于第三代诗人来说,既是一次新的诗歌理念的更迭,更重要的应该是借诗歌而言他的行为艺术,甚至说,诗歌就是诗人的生活、生命的承载方式。《诗·大序》里说:"诗者,志之所之也,在心为志,发言为诗。情动于中而形于言,言之不足故嗟叹之,嗟叹之不足故永歌之,永歌之不足,不知手之舞之,足之蹈之也。"因此,相对于小说、话剧等文学形式来说,诗歌应该是最能和人对自然和自身生命感受相融和的表达形式。诗人海男说诗人活着的意味是"把生命变成一种命运,把记忆变成一种有用的行为,把延续变成一种有意义的时间"[16]。这已经超越了诗歌的文体意义,上升到了存在价值的思考。

五四以来的文学家在处理与文学的关系时,多是将文学视为启蒙和救亡的工具,蔡元培在《中国新文学大系·总序》里说:"为什么改革思想,一定要牵涉到文学上? 这因为文学是传导思想的工具。"这样,他们就很难将文学视为生命中的必不可少的一部分。过于冷静、理性的笔触和长期养成的精英身份,所延伸出的清醒的传道意识一直是中国现代文学的特点。比如鲁迅、巴金、老舍和钱锺书的作品。但自从1942 年确立文学与政治之间的新型关系以来,文学的生命就紧紧地和作家的现实生活相关联,尤其是关涉到作家的生命持存。中华人民共和国成立后,经历过《武训传》《海瑞罢官》"样板戏"等文学事件之后,文学作品的生成和阅读样式不仅仅是作家自身关注的问题,甚至上升为国家的文学战略。文学对社会文化导向的影响力在政治意识形态和权力话语的催促和逼迫下,在自卑和高傲的极端情感冲击中重塑着慌张的人格。这种慌张注定了新中国成立以来,老舍、曹禺等作家们不停地根据时势的要求对作品的修改了。

尽管后来人感叹文学自主性丧失所带来的悲剧,但所谓成也萧何败也萧何,恰恰是这种自主性的丧失和权力话语的介入,无论是创作者还是受众,在数量上而非质量上给文学带来了另外的异样繁荣,大跃进诗歌、"三红一创"、样板戏,等等,文学能够成为社会文化的主流话语,这得益于工具化的命运。

尽管对于 20 世纪 70 年代末的文学变迁,人们多归结为文学本体的回归,文学重新回到了自身,拥有了主体性的身份。但实际上,这些都没有从根本上得以改观传统的因袭。至少在朦胧诗是如此,舒婷的《致橡树》、北岛的《回答》和顾城的《一代人》都是为时代代言的产物,是诗歌之外的东西在支撑着他们的生命。20 世纪 80 年代中期的舒婷在反思《致橡树》后写出了《会唱歌的鸢尾花》,面对爱情,不再追求木棉的刚强与伟岸,而是"在你的胸前/我已变成会唱歌的鸢尾花",一个柔弱、鲜艳的草本植物。诗人说:"如果可能,我确实想做个贤妻良母。……无论在感情上、生活中我都是一个普通女人,我从未想到要当什么作家、诗人,任何最轻量级桂冠对我简单而又简单的思想都过于沉重。"[17]这是一种转变,一种诗歌经验从代言到个人经验的转变,朦胧诗在否定之中逐步开始承担属于诗歌的东西。但随后的第三代诗歌并没有从根本上接续这种转变,实现诗歌的真正主体化,而是让诗歌沿着工具化的路子继续前进,只不过内容有所变易,这是一件很可惜的事情。柏桦在评价莽汉诗歌时说:"莽汉,代表第三代诗歌的总体转向,是一种个性化书写,农耕气质的表达,他们用口语、用漫游建立起'受难'之外另一种活泼的天性存在,吃酒、结社、交游、追逐女性……通过一系列漫游性的社交,他们建立了'安身立命'的方式,并为之注入了相关的价值与意义。"[18]李亚伟说:"'莽汉主义'不完全是诗歌,'莽汉主义'更多地存在于莽汉行为。作者们写作和读书的时间相当少,精力和文化被更多地用在各种动作上。最初是吃喝和追逐女色,从一个城市到另一个城市去喝酒,从一个省到另一个省去追女人。"[19]非非主义在界定诗歌理念的最终结论时说:"一种新的觉悟降临。我们自己带着自己,把立足点插进了前文化的世界。那是一个非文化的世界,它比文化更丰富更辽阔更远大;充满了创化之可能。它过去诞生过文化,它现在和将来还将层出不穷地诞生出更新文化更更新文化!"[20]这是借诗歌在言文化,泛文化的目的往往失却了诗歌的审美。李亚伟有一首名字叫《妻子》的诗,用隐喻的方式写一个丈夫对妻子失贞的落寞感:

> 她在腰间破了一个洞
> 露出了鲜红的毛衣,我觉得陌生
>
> 她十岁那年,一颗奇怪的钉子
> 从木楼梯边扯了一下她的衣服
> 以后那钉子再没挨着她的边儿
> 现在她傲慢地向我解释胸口带血的凡高
> 说他捂着血从北欧走进巴黎
> 学会画画后开枪让血流了出来

好像凡高才是她的不听话的孩子

而我成了别的什么了

……

她的衣服在江南一个小镇上挂破的那年

我在北方痛苦地闭上了眼

我当真成了别的什么了

……

但结婚的那晚,趁她在婚床边抬头的时候

我坚定地说:"可别人的伤是在胸口

而不是别的什么部位!。"

　　这首诗中所论述的凡高的典故,显然是作者为了表现所谓的"文化"痕迹而加强进去的,突兀异常,和整体诗歌的表达并不和谐。上海的海上诗群则将诗歌归结为真诚:"生活在这个世界上,除了真诚,我们几乎一无所有。为了真诚,我们可以付出一切;为了真诚,我们可以不择手段。一手拿着存在的武器,一手拿着虚无的武器。当存在的时候就存在,当存在虚无之后就虚无,所以我们坚信,人将永远不死。"[21]这应该是针对某些政治抒情诗之类的诗歌的"假大空"的写法而言的,有其历史合理性,而且发乎于情,这符合诗歌的抒情性特征,但只是"真诚"显然无法是诗歌创作的根本性动力。悲愤诗人谌林说:"主啊! 让我悲伤,让我做出好诗。"然后我们看到了他在《想起你》中的失恋情绪的宣泄:

黄昏时候

我一个人
和我的影子
默默无语

不
我没有想到你
你已是别人的妻子

你的家离学校不远
不是吗
你送过我一张照片
不是吗
你给我写过信
不是吗

那些过去的事情
我总是不愿想它
不想
根本不想

今天晚上
不吃饭
不吃饭
你已是别人的妻子

今天晚上

不吃饭

不吃饭

从情绪宣泄的角度说，这种简单的内涵，诗歌未必是最好的选择。

尽管看起来，第三代诗歌在处理与政治文化的关系要比朦胧诗疏远多了，更多的是立足于生命和生活的本然需求而进行创作，但诗歌依然没有剥去代言的命运，很难成为自在自为的存在。

在关于第三代诗歌的众多选本中，徐敬亚编选的《中国现代主义诗群大观 1986—1988》应该是比较全面的，尤其是它的编选体例，从诗歌理论的自释到代表诗人、成立时间和代表作品都较为翔实，时过经年，仍然经得起历史的推敲，既有史学家的眼光又有编选家的理性和客观。在这本书中，共有 67 种有名有姓、有独立诗歌主张的诗学团体，个个张扬独特的诗学理论旗帜。在短短的 3 年时间里，涌现出如此多的诗歌理念，算得上现代汉语诗歌发展史上的一个奇迹，百家争鸣，当属恰当。但综观这些所谓的诗歌社团，大多是昙花一现，除了非非主义、他们文学社等几个少数的优秀分子给汉语诗歌带来了新的写作风格外，大多消隐在历史的尘埃里。从代表诗人数量上说，人员较多的如海上诗群、非非主义、他们文学社，以及地平线诗歌实验小组等，有十数人。其他基本就是寥若晨星的小圈子了，三五成行，如江苏的"日常主义"、北京的"北京四人"等，甚至有一人成军的，如四川胡冬的九行诗、上海吴非的"主观意象"等等。从诗歌理论上说，有些理论是创作的总结，如李亚伟的诗篇就很好地诠释了莽汉主义的诗学主张，韩东、于坚的创作也堪为"他们文学社"口语诗写作的翘楚。但也有很多诗学理论只是一种理想，停留在旗帜的虚空飘扬中。比如杭州的"地平线诗歌实验小组"，在

《地平线宣言》中，他们认为："我们不想再给你一种新的东西，我们让你从考虑诗歌的根本开始。……语言应尽可能恢复它的交际功能，我们倾向于认为，相对实用语言的诗歌语言，是人类在诗篇中得到娱乐和普遍危机感的根源。"[2] 这显然是自相矛盾的诗学理论，在诗歌中发挥语言的对话性和娱乐性，这本身就是一种不同于同时代其他诗歌观念的。除了如此，在创作中诗人并没有对信誓旦旦的言说做忠诚的执行，比如宁可的《重庆诗歌朗诵会》："七灯齐亮/惊动十一月旗帜片片/身后的钥匙暗哑/身后是车站杯子/长桌上的一只杯子……"整首诗就是第三人称的对会议现场的描述，并没有多少新鲜，诗歌语言的对话性也没有超越卞之琳、废名等老一辈诗人在上世纪 30、40 年代的创造。再比如撒娇派诗歌，其诗歌宣言所体现的只是一种生活态度，一种将诗歌囊括其中的生活态度："写诗就是因为好受和不好受。如果说不该撒娇就得怨人不该出生。撒娇派其实并非自称。只是因为撒娇诗会上撒了太多的娇，我们才被人称作撒娇诗人。我们的努力，就是说说想说的，涂涂想涂的。……写诗容易，做人撒娇不一定容易。我们天性逢佛杀佛，逢祖杀祖，逢人给人洗脑子。"[23] 从创作来看，你可以说撒娇派在描写内容上和用词上有所突破，比如语言的俚语化、粗俗化，比如锈容的《报仇雪恨》的自嘲："如果证实了你在我背后/确实说过我走路的样子歪歪扭扭/像一只笨狗熊"，"我不和你一起微笑/我要在你家的窗下撒尿"等，但也只能是昙花一现。

第三节　结语

在很多时候，谈论第三代诗歌不得不离开狭义的诗歌，从文化、生命等泛诗歌的角度来谈。第三代诗歌就如被长期的冬眠压抑很久，积郁着各种各样的情绪和生活感喟的种子，在不期然的春雨舒润下，纷纷在诗坛的沃土上茁壮成长。成长于80年代、享誉于90年代的诗人张曙光在《90年代诗歌及我的诗学立场》中说，80年代诗歌能够留给人们深刻印象的"是那些流派和流派的宣言，尽管大部分流派并没有多少真正的诗学含量，尽管那些流派的宣言往往与具体写作名实不符，但它们仍然成为人们关注的焦点，而具体的诗人和写作反倒被忽略了。"这在一定程度上说出了第三代诗歌的历史命运，这是一个奇怪而又有历史必然性的历史归宿。"诗歌不是逃离，而是回到生活的手段。我们从未准备成为修辞学家。我们着手于消灭内部世界的孤独和困惑。写作，你将同意，就是清除那些威胁我们存在和平衡的东西，努力达成和谐、默契和安全。我们期望诗篇发挥类似交通指示牌的作用。我们制作诗篇不仅为欣赏，更为被使用、参加。"[24]通过诗歌来展示青春的躁动和激情满怀。一切都是新生，都是不成熟，"'莽汉'的肇事者万夏、胡冬却只当了三个月的莽汉就改弦易帜。"[25]中华人民共和国成立以来，诗歌一直是激情反映和迎合社会文化的响箭。新中国成立，于是有胡风的《时间开始了》、郭沫若的《新华颂》，大跃进运动中出现的"诗歌村"、"诗歌乡"，"文化大革命"有"小靳庄诗歌运动"，四人帮倒台，于是有"四五诗歌"，等等。当一切情绪安稳，冷静和理性的洞察很容易带来否定和遗忘，人们不复清晰地记得上述诗歌的面影，第三代诗歌也已经恍如昨日，进入90年代以后的汉语新诗还是伴随着沉潜、沉思、独语和宁静生活着。

注释

[1] 欧阳江河：《从三个视点看今日中国诗坛》，《诗刊》1988年第6期。

［2］［4］［6］［8］［18］［25］柏桦：《左边：毛泽东时代的抒情诗人》，江苏文艺出版社 2009 年版，第 135 页、第 165 页、第 150 页、第 134 页。

［3］［12］徐敬亚：《历史将收割一切》，《中国现代主义诗群大观 1986—1988》，同济大学出版社 1988 年版，第 2 页。

［5］李少君：《从莽汉到撒娇》，《读书》2005 年第 6 期。

［7］杨黎：《灿烂》，青海人民出版社 2004 年版。

［9］［13］［20］［21］徐敬亚：《中国现代主义诗群大观 1986—1988》，同济大学出版社 1988 年版，第 175 页、第 35 页、第 71 页。

［10］徐敬亚：《1986，那一场诗的疾风暴雨》，《经济观察报》2007 年 7 月 9 日。

［11］欧阳江河：《1989 年后国内诗歌写作：本土气质、中年特征与知识分子身份》，《站在虚构这边》，欧阳江河著，生活·读书·新知三联书店 2001 年版。

［14］李亚伟：《什么样的爱情能喂饱我们——南回归线诗集序》，《豪猪的诗篇》，李亚伟著，花城出版社 2006 年版，第 235 页。

［15］奚密：《从边缘出发》，广东人民出版社 2000 年版，第 206 页。

［16］海男：《是什么在背后——海男集》，程光炜编，春风文艺出版社 1997 年版，第 1 页。

［17］舒婷：《以忧伤的明亮透彻沉默》，《舒婷文集》，江苏文艺出版社 1997 年版，第 225 页。

［19］李亚伟：《流浪途中的"莽汉主义"》，《豪猪的诗篇》，李亚伟著，花城出版社 2006 年版，第 215 页。

［22］［24］博浩、宁可：《地平线宣言》，《中国现代主义诗群体大观 1986—1988》，徐敬亚编，同济大学出版社 1988 年版，第 163 页、第 163—164 页。

［23］京不特：《撒娇宣言》，《中国现代主义诗群体大观 1986—1988》，徐敬亚编，同济大学出版社 1988 年版，第 175—176 页。

——原刊《扬子江评论》2012 年第 6 期

第四章　新世纪新诗中的哈尔滨书写

　　19世纪末20世纪初,沙俄主持修建的"中东铁路"建成,标志着哈尔滨告别小渔村,作为一座现代城市的开埠。特殊的萌生环境,让这座城市天生拥有了不同于国内其他城市的特质。白俄的殖民文化、红色左翼文化、沦陷区文化等等,都在这座城市里轮番上演。在那时,在地缘政治和文化的某些特质上,甚至可以和被誉为"十里洋场"的上海相媲美。一座城市的成长,相对于钢筋混凝土的建筑,其生命力的蓬勃往往取决于文化的孕育。作为近现代以来最为洋气的两座城市之一,相对于拥有张爱玲、王安忆、卫慧等人的如椽大笔和李欧梵、陈思和、葛红兵等的犀利评论的上海,身居其中的哈尔滨人对哈尔滨的文化塑造和理性考量显然是远远不足的,除了小说家阿城、迟子建曾费笔墨着意于此,萧红在流浪中想象这座城市的阴晦外,整体来讲,类似于北大荒的荒凉一样的文化氛围一直光顾着这座城市。那么,究竟该如何理解这座城市?如何树立这座城市的文化性格?目前流行的衡量一座城市的如楼群的多少、高低和居住人口的数量等量化的同质化的尺度显然无法深入到这座城市的骨髓,自然也就无法描画出富有生命力的城市样式。城市是人类文明的产物,它既具体表征为各式各样的或土坯或钢筋混凝土的建筑样式,各种各样的街道、小巷等可触可感的具有实质性内容的空间形态,也体现为人们基于实存而区别于不同的审美产生的心理重塑,也就是说,"经由城市文化性格而探索人,经由人——那些久居其中的人们,和那些以特殊方式与城联系,即把城作为审美对象的人们——搜寻城"[1],在城与人的互动中,包括经典文学在内的精英文化在塑造城市文化性格中的作用尤为值得重视,正如李欧梵在谈论上世纪 20、30 年代的以上海为代表的都市文化时说:"我所谓的都市文化,指的不只是二三十年代中国都市的物质文明,也包括当时由于物质文明而呈现在印刷文化上的对于中国现代性的想象和憧憬。"[2]张爱玲书写的是一个新旧交替的畸形的上海,而王安忆则描画出了一个中产阶级的优雅上海,文学作为印刷文化的高级存在方式,以个体化的视角对重塑和读解一座城市的灵魂得心应手。

自上世纪 20 年代起,汉语新诗同城市之间就有着难分难舍的关系,都市诗也就成为汉语新诗发展史上很重要的一脉,语不惊人死不休,是诗歌的标签,总能够捕捉到时代的新鲜气息,实际上也是诗歌在理解世界的过程中的先锋性所在,它在重构城市的文学想象中扮演着重要的角色。诗人李金发在《忆上海》中形容上海为"容纳着鬼魅和天使的都市",诗人杨世骥在《汉口》中说,"汉口有一天要说出他的荒唐话,/向对面肺结核的武昌,/沿江边的电杆行去,/与那烟囱笼入黄昏的汉阳"都是对特定时代的城市有着不同于其他群体的理解。

新时期以来,汉语新诗的沉寂和城市的喧嚣都在构建着另一种诗与城、城与人的关系,新诗中的哈尔滨又该如何呢? 哈尔滨又赐予新诗什么样的土壤呢?

第一节 宏大乐观叙事：哈尔滨的一个历史面孔

创建东方学的学者萨义德说："一个文化体系的文化话语和文化交流通常并不包含'真理'，而只是对它的一种表述。"[3]这实际上是一种认识现实的方式，运用一定的价值标准将研究对象进行重新描述，将人的主观性确定为文化话语的核心，从而呈现为非实证的、非数理的，而是意象式的想象重构，在想象中构造另一种现实镜像，无关物质的真实，但却是清晰的存在。城市建筑美学家凯文·林奇在其代表性著作《城市意象》中说，"对一个城市的感知，是能够感受和认知这个地方；而这种感觉中的元素能够和其相关的时间和空间的精神感受相联接，并进而去理解其非空间的观念和价值。这是一个环境的空间形态和人类认知过程相互作用的交汇点。这样的感知过程完全仰赖于个人对于城市的情感，光靠着浮光掠影的皮相是不够的"[4]，并进而认为，关键性的公共意象是人们想象一座城市，寄托情感的基础性节点，"似乎任何一个城市，都存在一个由许多人意象复合而成的公众意象，或者说是一系列的公共意象，其中每一个都反映了相当一些市民的意象"[5]。这些公共意象因为在历史的积淀和文化的记忆上都浸染着这座城市的岁月沧桑，也可以积累出成百上千年的乡土情感，在想象的重构中，完全可以被抽象掉繁琐的具体细节，而填充进美好的乌托邦情愫，从而完成对一座城市的理想化重塑。"意象的聚合可以有几种方式。真实的物体很少是有序或显眼的，但经过长期的接触熟悉之后，心中会形成有个性和组织的意象，找寻某个物体可能对某人十分简单，而对其他人如同大海捞针。"[6]如何重构自己熟悉的城市文化系统？按照近百年来在中国盛行的乐观进化论的价值选择，新与旧相博弈的历史乌托邦情结在哈尔滨的城市想象中也在上演,宏大叙事和乐观叙事成为哈尔滨城市符号的一个重要侧面。

尽管诗歌首先体现为个人的色彩,但 20 世纪 50 年代以来所形成的"颂歌"格调一直延续下来,到了 80 年代的抒情诗,虽然在内容上有所不同,但在抒情方式上并没有根本性的区别,思想指向性基本趋于一致。因此,诸多起步于 80 年代的诗人,往往延续早年的抒情格调,表述对哈尔滨的浪漫性情感底色。在近现代中国,哈尔滨的历史有其非一般的特殊性。俄罗斯的殖民文化,伪满洲国的沦陷区文化,最早获得解放的省会城市,等等。这些具有鲜明的政治倾向性和价值观分野的历史事实都为砭旧扬新的未来叙事提供了最为恰当的历史资料。作为城市象征,松花江孕育了这座城市,见证并继续见证这座城市的历史变迁。早在 20 世纪 60 年代初,李剑白的《松花江上》就开拓了这种写作模式,一方面松花江的"水流是记忆的长河,/勾起多少甜蜜、辛酸的回忆/和古老的传说。/人们记着北方民族兴旺的往事,/人们记着日寇侵入后的痛苦生活。/你知道深山野营、抗联战士斗争的史迹吗? /你听过'我的家在东北松花江上'/这支流浪者之歌吗? /人民的眼泪和鲜血,/曾抛洒在这滚滚的波涛,/写下了祖国解放的诗篇,/和慷慨悲壮的战歌!"另一方面则是叙述新中国成立后工农群众建设家乡的劳动场景,于是松花江具有了另外的新鲜面孔,"老一代在你身旁浴血斗争,/新一代在你身旁生产劳动,/你养育了我们,也锻炼了我们,/你看红旗似海,阵容齐整,/在我们行列里,/成长了多少模范和英雄!"就此而有了"我们赞美你,松花江! /这是我们美丽的家乡"的诗句,以家乡亲情待之,在乡土世界中,当属最为理想的价值赋予。

新时期以降,一脉延续下来,类似的宏大叙述的诗歌依然是主流,已经形成一个美学风格相似的群落。如李洪君的《哈尔滨·故乡·祖国》，以历史观照的视角，从一百多年前哈尔滨作为渔村时写起，"从一百多年前的呼兰河/跟随傅氏兄弟　走进傅家店/在荒凉的晒网场　释放珍藏"，然后是中东铁路、日据时期、抗联事迹，进而描述解放后的美好生活，"走进以英雄命名的街道和公园/带上漫山遍野的红杜鹃"，以小见大，以城见国，乃至民族，层层递进，意义愈益宽广，"英雄和他们的团队/结束了一个城市的过去/激励着一个民族的力量　勇敢　坚强"。如周烨的《哈尔滨，你的天空湛蓝如海》，"哈尔滨！祖国！/六十年，你在一种朴素却伟大的思想滋润下诞生/你在一种特色理论的指导下扬帆远航"，"哈尔滨！/六十年的历史成为不倒的旗帜/以力透纸背的表达以独具特质的内涵/感召千秋的雄浑/指引着每一位走进新时代的中国人用前人/未曾尝试过的方式/英姿飒爽地前进"。再如刘章的《在哈尔滨，松花江边》："'我的家在东北松花江上……/一曲歌飞向世界，五大洲同仇敌忾，/一个民族崛起，壮怀激烈。'"'我的家在东北松花江上……'/歌声里，正义之剑斩蛇蝎。/白山为纸，黑水为墨，/写出《太阳岛上》这样的音乐。"虽然如此，但实际上，文化和价值观的愈益多元化，城市内容在现代工业技术的催生下，丰富性增加，这种以点带面，从城市升华到民族、国家的叙述模式对于在新的时代背景下重构一座城市的实质想象，已经显得力不从心了。过度浪漫化和虚构的成分，使得这类诗歌所关注的内容并不具有最核心的现代都市内容，并没有触摸到现代都市的基本组成要素，而是运用抽象化的方法，对城市做符号化的处理，依然是单纯的革命叙事带来的政治抒情，以此言彼，显得不合时宜了。因此，新时期以来的诗歌，开在兼顾上述城市形象习惯的同时，也从另外的侧面展现新的哈尔滨城市景观。比如已故诗人梁南以鲜活的抒发，对松花江的描述要情感充沛，叙述扎实得多，比如那首《开江前后》：

四月的灌木刚孵出半点温馨

达子香即听见溪流对薄冰的责备

她来不及修饰枝枝叶叶的圆润

一夜就泛滥起动态美的绯红颤栗

赤裸裸的绯红淘尽残雪如大江东去

五更时分丈量完山脉十万公里

当这股抹山过岭的桃花汛捂暖山脚

绿的骚动,才从阳坡一跃而起

北国的水声被达子香点燃,像马铃

响乱远方,纷纷向松花江投入

这些水亮的纤索,把映红的山群

拖到江岸,执行仪仗队的礼仪

九十年代第一支船队鸣笛而过

簇拥它的江涛也在对它喃喃低语

　　这是一种踏实的"在地"描述的乐观叙事,春暖花开之后的豁然开朗、春风的气息、达子香的微醺、跑冰排的轰隆气势也因此而颇富柔情,这种大气磅礴而又情感憨实的城市描述,着实不多见。

　　除了砭旧扬新之外,另外一个写作倾向是,对哈尔滨的大多数城市想象最后多归结到牧歌般的田园景致。如张静波的《记住太阳岛》,对这种牧歌情调表述得较为充分:

　　太阳岛。梦幻般的釉彩

任一江春水调色出两岸碧绿而凝重的色调

太阳岛。一座上个世纪著名的花园

紫丁香散放出淡淡的氤氲

铁黑色的灌木丛里藏匿着甜蜜和谎言

女孩蹁跹成蝴蝶和花朵

月亮悄悄地爬上寂寞的红顶屋

流星雨划过一片青春的白桦林

太阳岛。让我追逐火焰。追逐沙滩和爱情

追逐一个流逝的黄金时代

太阳岛。我曾生活在这座城市水中逶迤的倒影

一座漫天雪花飘舞成无数只千纸鹤的雪城

而在寒冷的冬季

太阳岛上的雪雕收藏起雪花的舞姿和泪水

雕塑出北方冬天的奇伟和荣耀

让那些热爱冰雪的人们赞美北方　赞美雪国

太阳岛。我灵魂漂泊的家园

让我一生追寻诗歌和太阳不朽的光芒

太阳岛。一块巨大而美丽的石头

在飘渺的晨雾中傲然屹立

　　唯美的笔触，月亮、沙滩、爱情、千纸鹤的雪城，等等经典的牧歌童话意象，晨雾中蒸腾的是海市蜃楼的城市梦境。如果说这首诗的牧歌情调还略显浅薄，略显直白，多以恣肆的情感取胜的话，那么冯晏的《光的细沙》则幻化出另一种田园光晕，细腻而温婉：

我竟然开始依赖阳光,此时
暗淡的写意色彩还习惯于
深居在苇草中间,有一束
太阳的光在江面泛起
如细沙,在我身边慢慢飘下
难怪已经适应冰凌的食指
突然感到有水晶滴落

光的细沙,从沾染我白色棉衣
到米色呢裙、淡黄色围巾
渐渐浸润我暗处的思维
呼吸的意外,直到头发
手臂以及肌肤的每一寸
在光的细沙中静默
最好退到世纪前的文字里
让慢占领时间,占领无语
或如四季对待土地那样
请光慢慢渗入,从植被的躯干
泥土中的枯草,直到
身体内部的感知,或者
那些共性与个性的需要

细数变化,情绪的每一个颗粒
都拥有不同的质地
如云如锦,或灿烂如辉

我已习惯于安静在沙中

视秋天与春天的替换而不见

那条临水的彩带原来是路

多少辙印穿梭记录这些时日

江水在并排的反复造访中

畅流又凝固,我已经习惯

在沙中深入。或濒临江边

随光的细沙一起来看水的深处

　　全诗节奏舒缓,感受细微,于微小处氤氲出人生的大智慧,从"泥土中的枯草"体会到"身体内部的感知",如果抛弃掉情感的具体所指,颇有张爱玲的那句著名的情感表述的神韵,低到尘埃里去,然后开出一朵花来,如此优美的感受。同时也能体会到松花江在诗人的笔下宛如陶渊明笔下的南山,悠然之中慢条斯理地细细品味其中的悠闲之境。

　　自然风景是组成城市的重要空间内容,新诗要理解城市,风景是必然的媒介。于是有了诗意化的风景描述,如邢海珍笔下的哈尔滨是"松花江上一抹灵性的烟云/在梦境和落日的余晖里轻淡而优雅"(《我在绥化》),哈尔滨寒冷的冬天在记忆中幻化,"呼出的蒸气模糊了未来,回忆的形象/让眼睛感到刺痛。树木,雪地/黑白的单调掩饰了面庞和星辰/掩饰了变化,和变化中的统一:世界的缩样/被反射保存的空间,和空间的寒冷/但总有无数的人,吵嚷着,聚散着/总有阳光泼向冻僵的窗户。雕像,拱廊,门/楣/藤蔓和石碑,在车灯和大厦的反光中向上飘/起/和马车花园一起,构成第二个城市"(马永波《哈尔滨的十二月》)。张静波的《哈尔滨手札》中以十二首组诗来展示哈尔滨时令上的十二个月,细致入微,以一座城市为符号,很好地诠释了春夏秋冬的人文含义,充满童话的梦境和田园的气息。萧杀的寒冬"周围是光秃秃的城市。雪埋藏了两只脚/没有鸟儿的树丫,使冬天感到格外空疏/缺少爱情的花瓶彷佛形同虚设",而春天的城市则是"丁香的温馨隐隐地在空气中弥散,像初恋带/来的氤氲/夜市繁闹。路灯下的脸庞不时地闪动/那些黑黝黝的树枝和湿漉漉的花瓣",浪漫的中央大街在夏天则是"爱意在月光下迅速地蔓延/六月是一件多么美好的外衣"。张静波的《记住太阳岛》中记载的太阳岛有着"梦幻般的釉彩/任一江春水调色出两岸碧绿而凝重的色调",是一个"女孩蹒跚成蝴蝶和花朵/月亮悄悄地爬上寂寞的红顶屋/流星雨划过一片青春的白桦林"的梦幻之地,是"灵魂飘泊的家园"。

这种乡土田园的构图一直是城市牧歌的最好写照,也是基于农耕文明的意绪和现代城市病背景下所引致的人们对美好生活的乌托邦想象。

第二节 漂泊的灵魂:哈尔滨的历史深度

1967 年,法国哲学家福柯在一次演讲时提出了"另类空间"的概念,主要是指不同于一般日常生活空间的异质性城市空间,比如墓园、监狱、禁地等,这些另类空间有着不同于日常城市空间的独特性,同日常空间并存于一座城市中,从而凸现出来,形成城市空间的异质性。福柯对这种空间的研究赋予一个新的名词,叫"异形地质学"(heterotopogy)。时光变迁,在哈尔滨的城市文化构图中,中东铁路、正宗的俄式西餐、中央大街、索菲亚教堂、巴洛克建筑等等,这些表征城市往昔的文化意象很长时间以来成为哈尔滨区别于中国其他城市的最为异质性的意象,也是这座城市最为耀眼的文化标志。虽然为殖民文化,但因此而赋予了这座城市"东方小巴黎""东方莫斯科"等响彻大江南北的称号后,百年以来欧风美雨的洋气在国人"崇洋媚外"的现代心态中使得这座城市"高贵"了起来,而渐渐忘却了被殖民的历史底子。那些另类的城市公共意象在剥脱了民族和国家的屈辱感之后,内涵的转移使得这种别具一格的异质性成为这座城市得以脱颖而出的标志性存在。相对于当下的工业文化和消费文化打造下的哈尔滨,这些已经失去其原初性价值的城市意象却在另一个想象中的哈尔滨焕发出炫目的光晕,尤其是墓园、教堂、西餐厅、呼兰河等迥异于现代化城市日常空间的另类空间,为新世纪的汉语新诗所津津乐道。

作为以侨民起家的城市,哈尔滨在一定意义上注定是匆匆的过客栖身之所。无论是伴随着中东铁路的修建而来的俄罗斯人,还是被因19世纪末到20世纪中期欧洲大陆盛行的排犹思潮逃亡而来的犹太人,哈尔滨虽然在他们最为艰难的时候以宽容的胸怀收留了他们,也曾让他们落地生根,但终究不是最终的归属,国际风云的变幻使得他们无法在这块异域的土地上"子子孙孙无穷匮也"地繁衍生息。各种各样的或政治或文化的因素促使他们离开这座城市,但长达一个世纪之久的居住生活还是给这座城市留下了漂泊的痕迹,供人们追忆往昔的时光流年。

墓园。在福柯的空间理论中,"公墓"是一个特别重要的意象,"是一个文化空间,但又不是一般的文化空间,而是文化空间中的异域。只要我们想到安息在墓地中的人曾经生活的年代、城市、乡村、社会、民族、语言、信仰都不相同,我们每个人或每个家庭都可能有长辈或亲朋安葬在墓地,就可以联想到公墓是怎样的一种异域空间的集合体。"[7]在这个集合体里,人们以纪念的名义连接过去和未来,从中构想已逝之人的情感和想象自己的归宿。"在历史记忆里,个人并不是直接去回忆事件;只有通过阅读或听人讲述,或者在纪念活动和节日的场合中,人们聚在一块儿,共同回忆长期分离的群体成员的事迹和成就时,这种记忆才能被间接地激发出来。"[8]从现实意义上说,墓园对于生者的意义远大于死者,生者将其作为一个激发记忆的公共空间来考量,比如莫斯科的新圣女公墓,众多的艺术家、政治家、军事家、文学家等从沙皇俄国到苏联的著名人物济济一堂,成为斯拉夫民族追忆往昔最为恰当的空间。

作为曾经的移民城市,哈尔滨有着远东最为庞大的犹太人墓地,也有规模壮观的俄罗斯人墓地。这两个族群在营构出哈尔滨辉煌的历史荣光的同时,作为长眠的异乡人,这些墓园也让这座城市的历史铺满了沧桑的树叶,凌乱而秋凉。李琦在《外侨墓地》中说,"雪落缓慢,让人相信/这是回忆往事的速度/尤其像命运的进程/风寒天凉,安慰正以雪花的形式/轻抚来路遥远的/安息之人//俄国人,波兰人,犹太人/活着时,他们出入在/哈尔滨的大街小巷/死去,这片说汉语的土地/替他们藏起绵长的遗憾/还有跌宕离奇、犹如编撰的经历……我来看格里亚/年迈的俄罗斯男子/他酗酒,潦倒,却始终心怀浪漫/他曾用俄语教我说:故乡/这母语中最动人的词/曾把他一家人的命运灼伤/他却至死,深信着这个词的光芒"。如果说后人对墓园的凭吊能够激发他们的情感记忆,让长眠的灵魂有所寄托的话,那么,对于这些背井离乡的孤魂来说,连凭吊他们的也往往是和他们毫无情感牵绊的旁观者,没有亲情依恋的墓园让历史再一次漂泊起来。没有了情感的墓园,也就成了灵魂的遗址,供人们遗忘的遗址。如李琦在另一首诗歌《遗址》里说的,"遗址总是让人心动/残破、遥远、若隐若现/过去的生活穿越时代/曾经的大事/如今只见尘烟","凭吊遗迹/让人心思荒凉/谁比岁月站得更高?/怎样的飞跑/最终能逃离时间？//前朝往事,如同一场预演/从前的怅惘今日的迷茫/一切如此结束/一切正在开始",在追思和拷问中探寻生死、过去和现在、怅惘和迷茫等人生永难寻找确切答案的命题。墓园里,斑驳的石质墓碑容易让人想起恒久,而那些永不褪色的烤瓷相片则让人想起青春永驻的可能,当后人祭奠的花朵沾着湿漉漉的雨水亲吻着死亡的魂灵时,桑克在《墓地》的一番言说,也许道出了每个漂泊疲惫之后的心灵所愿,"你冰冷的不锈钢床榻,/你阴冷的蓝火焰的温馨,/你的空阔和孤寂。/我都想到了,以及你窄门之后的景色。/那里一定比我这里更适宜人居。"

教堂。在老哈尔滨的地盘上,大大小小点缀着六十多座各式各样的教堂,世界上几乎所有的有名的教派的信徒都能找到与神灵沟通的场所,东正教、基督教、犹太教、伊斯兰教等等,不一而足。因此在"流亡者的城市"的称号外又增加了"教堂之城"的称谓。从信仰的角度说,曾经政教合一的社会文化里,教堂是西方民族灵魂的归属,但却是汉语文化的异类,事实上,经常出入于哈尔滨的教堂的,仍然是那些流亡在这座城市的犹太人、白俄等西方人。因为它的存在,漂泊在异域土地的人们也有了家的归宿感,当时侨居的俄罗斯诗人涅捷尔斯卡娅有诗写道:

> 我经常从梦中惊醒,
> 一切往事如云烟再现。
> 哈尔滨教堂的钟声响起,
> 城市裹上洁白的外衣。
> 无情岁月悄然逝
>
> 异国的晚霞染红了天边。

> 我到过多少美丽的城市，
> 都比不上尘土飞扬的你。

　　言辞恳切处，教堂的钟声召唤出了尘土飞扬的家乡味道，也为噩梦连连的过往铺垫了遗忘的晚霞。事实上，经常出入于这些教堂的，也还就是那些流亡至此的犹太人、白俄等外来者。哈尔滨光复后，随着这些人群的逐步撤离，教堂文化也逐渐衰落，乃至关闭。诗中谈到的这种灵魂的家园也只能是暂时的。随着 20 世纪 50 年代哈尔滨所有教堂的钟声销声匿迹，虚幻的家的感觉也就荡然无存了。从此以后的教堂就如国人去欧洲旅行，大多以旁观者的身份去看西洋景一样，成为这座城市的一座以建筑艺术或绘画取胜的风景。至多，成为诗人笔下追忆过往、感世忧怀的标的。诗人路也在《哈尔滨》中，感受流风的袭扰，"此时，从我站立的这个位置，望得见／索菲亚大教堂圆顶，有大列巴面包的形状／它听得懂西伯利亚的风声／那俄语的风，那带颤音的风／吹彻远东"。索菲亚教堂最初是一座随军教堂，曾经被焚毁，后重建，曾为一个公司的仓库，今天成为哈尔滨的标志性建筑，凡旅行者必看的景点。因为不是原生的宗教，来自西伯利亚的殖民者的入侵如寒潮掠过，流亡者的脚步如风，教堂的钟声在如风的历史中曾在哈尔滨的上空混响出浓郁的"神灵"的信仰之音，同样，岁月流转，逃离者的脚步亦是如风。于是哈尔滨的教堂开始沉默，并回归建筑空间的原始意义，并随着一波又一波所谓灭神运动的蜂拥浪起，众多的教堂已是消失得无影无踪。桑克在《哈尔滨教堂》中写道："沉没的大多数，并非为／信仰而设，一些为旅行者，／一些为拥有旧梦的人，／为廊檐之上的黄昏，／或者燕子，在残垣间穿梭。"甚至有了荒诞不经的感悟，"哈尔滨有这么多上帝的遗迹是有原因的。／可能是为了我，或者谦恭地说，是为了我的新生／而准备的寂静之所,如极乐寺和普照寺旁边的/这座圣母安息教堂,它的葡萄没等变紫的时候/就被行人摘得精光,只有高处的三粒像奇迹一样/隐蔽在繁密的叶丛之中等我发现,如我正在/发现的爱与仁慈以及内心正在消减的怨气"〔桑克《哈尔滨(四)》〕,在失却了集体无意识的拜谒后,教堂的生命感也只能是张扬在具体每个人的心中,在极富个人化的理解中,无关信仰的建筑样式重新焕发出生命活力来。"看见阿列克谢耶夫教堂的十字架了,/在灰色的楼群之间彷佛信仰的天线。/心里一阵天真的激动,/转瞬就被提前降临的夜场音乐吸走。"(桑克《果戈里大街冬日景色》)这种焕发可以是瞬间的、消极的,自然也可以是沉重的、象征的,譬如张曙光笔下的圣伊维尔教堂:

圣伊维尔教堂
尽管你早已被你的教众遗忘
或你们同时被上帝遗忘
尽管在岁月和风雨的剥蚀中
你的墙皮脱落,尖顶
也不复存在——当初它曾
衬着夕阳高傲地挺立——
但外墙上的马赛克镶嵌画
却仍然鲜艳——不是出自
《圣经》中的故事,而是一个童话——
我曾屏住呼吸,注视着你
时间的废墟,或祭品,一个时代
垂死的疤痕。但最终会有什么留下
供我们沉思和凭吊? 或许

你的存在，只是为了一首诗？

而这首诗的存在，又是为了什么？

　　相对于欧洲大陆教堂的信众拥挤和诵经朗朗，诗中对教堂的描述是一种遗忘者的形象，而最后的追问，让教堂在时光流逝中的诗意想象又扭结成虚无的征象，无果无因，终如恍然一梦。冯晏的《从萧红故乡开始》描写那座仿巴黎圣母院样式的天主教堂，"萧红故居旁一座灰色的古旧教堂/总是沉默着目送风雨和眼泪"，这里没有期待复活的希望，只有离人的眼泪和渴望安慰的伤感，这让人想起小说家阿成在《教堂与人》中对犹太人命运的总结，"到了犹太人做礼拜的时候，整座教堂里挤满了犹太教的信徒，男人们在一楼，女人们在二楼，站在刺槐木讲坛后面的神父常常会说得泪流满面，继尔，所有的人都开始哭泣起来。犹太人是一个散居于世界各地的民族，他们给我的感觉似乎总在流泪，在哭墙面前流泪，在教堂里流泪。这似乎是一个悲痛的民族"。宗教源于人间无法解脱的从肉体到精神的苦难，这应该是不差的。在无法穷尽的生存之思和生活的诘难面前，人们唯一能做的也许只能是祈祷，然后默默地忍受生活所赋予的一切。否则也只有如潘红莉在《果戈里大街的秋天》中形容的，"教堂的钟声/打点着咖啡的味道"，或者是《圣阿列克谢耶夫教堂的午后》中刹那间的顿悟，"泅渡的沉默是隐约的闪现/疏落的惊诧散开和鸽群一起飞动/赞美之词从窗棂溢出穿越灵魂的孤岛/圣阿列克谢耶夫的取舍让语言安静/心灵的硕果低过天空的云/低过天空下随风荡漾的青草的味道"，将宗教存在的根由化解到具体的日常生活中，不知生，焉知死？还是回到了汉语文化的价值系统中。

　　露西亚西餐厅。尽管现在西餐、咖啡厅在国内各大城市甚至小县城也是不新鲜，但能够融入到一个城市生命中，并成为构建文化空间的,哈尔滨当之无愧。它的俄式西餐、大列吧面包、秋林牌的俄式红肠,至今是这座城市的饮食名片。法国思想家亨利·列斐伏尔认为:"空间从来就不是空洞的:它往往蕴涵着某种意义。"[9]在西方,咖啡厅是属于哈贝马斯所说的"公共空间"的,三五好友相聚,谈学术,聊文化,话日常,等等,于是乎有了巴黎塞纳河左岸的那个非常有名的历史悠久的咖啡区,这有点类似于中国传统的茶馆,只不过是参与人群的不同,前者多为文化上层,而后者则相对多是普罗大众。这种文化近现代以来也曾传入到中国,流行于上层文化圈子里,甚至成为当时时髦的文学表演的舞台,比如田汉的《咖啡店之一夜》、温梓川的《咖啡店的侍女》等等,民国文人张若谷就有专门谈到咖啡店的散文,这么说:

> 除了坐写字间,到书店渔猎之外,空闲的时期,差不多都在霞飞路一代的咖啡馆中消磨过去。我只爱同几个知己的朋友,黄昏时分坐在咖啡馆里谈话,这种享乐似乎要比绞尽脑汁作纸上谈话来的省力而且自由。而且谈话时的乐趣,只能在私契朋友聚晤获得,这决不能普渡众生,尤其是像在咖啡座谈话的这一件事。大家一到黄昏,就会不约而同地踏进几家我们坐惯的咖啡店,一壁喝着浓厚香淳的咖啡以助兴,一壁低声轻语诉谈衷曲。——这种逍遥自然的消遣法,"外人不足道也"。[10]

但对于哈尔滨的咖啡西餐厅来说,相对于游人趋之若鹜的具有百年历史的华梅西餐厅,汉语新诗在构建城市的西餐文化时,露西亚的名字更为响亮。这座咖啡馆曾经的主人是一位名叫达维坚果·尼娜·阿法纳西耶夫娜的俄侨。几乎和哈尔滨同龄,气质优雅而高贵,一生未嫁,亲人离散,在文革中遭遇非人的磨难,晚年孤独而凄凉。因为这座咖啡西餐厅的背后映现着这样一位见证这座城市兴衰的老人的身影，咖啡已经不是咖啡，西餐也就不是西餐了，而是一个在咖啡的香气氤氲，牛扒肉味飘香之时，同窗外的绿叶，午后的阳光一起，沉思城与人的空间。于是我们看到桑克的《露西亚西餐厅》，写在无聊的景物和食物的陪衬下，由一页日记所想到的历史回忆，

> 她混迹于当地人中，
> 衰老，孤独而自怜。
> 曾求救于锋利的餐刀，
> 但餐刀对她并不了解。
>
> 我为她担心，
> 为当地人及我羞愧。
> 但我表面若无其事，
> 彷佛老派的绅士。
>
> 壁炉是装饰，不能生火。
> 而墙呢，也是仿砖贴面，
> 空心里没有一丝热气。
> 我走出去，混入人群

相对于老人曾经经历的冷漠和非难，历史的厚重让今天同样为当地人的我也觉得心凉。李琦在《六月某日，露西亚笔记》中写道，

> 这间房子和墙上的照片

散发着上个世纪中叶的气息

房间并不宽大，却引人走进

从前的风云，一段复杂深邃的历史

屈辱，宽恕，人生的悲哀和苦楚

此刻，早成为故人的女主角

裙裾窸窣，似乎悄然出场

而墙角那架已静默太久的老钢琴

忽然就像通了灵，好像正从

一双无形的手指下，流淌出

最深的悲伤和最动人的美

是的，一切都会成为过去

包括这个六月的下午

可是，那"过去"会站在那里

不动声色地看着我们。

　　追思历史，露西亚咖啡厅里那架 40 多年没有弹奏的钢琴蕴含着太多的人间音响，或嘈杂，或悠扬，或相思，或惆怅，在那样一个略显逼仄的空间里，一切都如高处的尘灰吊子，或如放久了的酸酸的咖啡气息，荡开去，恍若远处缥缈的乐声。也就有了潘红莉的《露西亚》，"露西亚有多少这样的夜晚/犹豫和哀伤/让时间的针刺痛飞翔的翅膀/那么多的眼睛/仅剩下孤独/生活被吊在夜色里/滑稽优雅而庄重/仅仅是这样，露西亚/在枝叶茂盛的日子里"，枝繁叶茂下的针刺的哀痛，晶莹的血珠映衬出漏过树叶透下的光线，手指在嘴里独自舔舐的凄凉，露西亚的绿叶的颜色也就永远枯黄，尽管盛夏的时候也是那样的苍翠欲滴，覆盖着不起眼的门帘。其实,除了露西亚西餐厅,哈尔滨的很多西餐厅都曾经是这座城市心灵交汇的节点,比如被小说家阿成在《和上帝一起流浪》中描述得绘声绘色的敖德萨餐馆、马迭尔餐馆,等等。

呼兰河。相对于松花江的滚滚江水,呼兰河只能是涓涓细流。但也就是这涓涓细流因为孕育出一个离开就永远没有回来的文字精灵而显得圆润许多。无论是《呼兰河传》还是《生死场》,乃至于《小城三月》,鸟语花香的后花园,慈祥仁厚的爷爷,那个泥浆足以埋没呼兰小城历史的水坑,还有永远幽怨不知归处的《小城三月》中的翠姨,遥远的异域让故乡愈益鲜活。这是冯晏笔下的萧红,"离开后却留恋着/有后花园的故乡——呼兰/冬天,这座东北小城一直躲在/萧红的芳名中取暖,雪花、严寒/以及被黑土藏起的绿色/在逝者的灵魂中辉映,快乐/或者悲哀"(冯晏《从萧红故乡开始》)。也是路也说的萧红"顺着江水,跟着爱情,漂走了/一直漂到青岛、上海、东京、北平、西安/武汉、重庆/最后搁浅在香港,在浅水湾/从此,每个爱文学的人的心中/都有了一个呼兰"(路也《哈尔滨》)。现代人的电影是很难理解萧红从人生到作品所透射出的漂泊意味的,无论是《从异乡到异乡》还是《黄金时代》,着笔于表面猎奇的情感故事的电影,自然无法带领观众了然萧红沁到骨髓里的孤独无依和颠沛流离的命途。对于世人而言,"河是呼兰河,江是松花江/萧红的照片安居于文学史中/赵一曼的名字留在一条街上"(邢海珍的《哈尔滨的方向》),空洞而无物。由之,想起诗人李琦的《哈尔滨纪事》系列诗篇中从背井离乡寄居哈尔滨的犹太人的沧桑历史中对历史的另一种感悟,"什么能有岁月这么富有力量/一些重大的事件,最终/不过变成一条简介或注释/曾经的不可一世,包括/被定义的正确甚至伟大/烟消云散,而绵延流传的/永远是文明、尊严、辽阔而柔软的爱/还有,看上去纤弱单薄的那种美",显然,对很多人来说,萧红纤弱单薄到足以成一条寥寥数语的简介,但那力透纸背的孤寂和流浪却如朔风里的雪花,坚硬而晶莹,等到能懂的人才会消融至无影无踪。

这正如诗人们所喜欢的哈尔滨街道,"如果散步,一些街道或建筑的命名/完全可以让你惊心动魄/一曼街、靖宇街、兆麟公园、尚志大街/他们是这个城市最悲壮的记忆"(李琦的《哈尔滨纪事》)。街道连接着过去和将来,过去就如那条"旧时的街","僻静而肮脏/旧式的俄罗斯建筑和黝黑的树木,以及/一间间新开的美容厅和小吃店/挂着漂亮的招牌和清冷的生意/一本没人翻阅的旧杂志——/历史,逝去的繁华和悲哀/在白昼和变化的街景中沉积/如果你愿意,那些老人会告诉你/流亡的白俄贵妇和穷音乐家的轶事/但现在衰老了,他们和这条街/在初冬麻痹的阳光中/像中了魔法的石头,坐着/沉默,孤独,而且忧郁"(张曙光《一条旧时的街:外国街,1989,11》)。而将来呢? 这座城市似乎还没有找到理想的归途。

第三节　消失的记忆:该怎么思考未来

"福柯说,追溯使当代人焦虑的根源时,更多的不在于时间而在于空间,在于人们对组成空间的诸种要素进行重新分配。"[11]在消费文化主导的城市空间中,在广泛"异化"的空间重组的背景中,"消费讲出了现代生活的异化特征,并主张这便是异化的解决手段,其许诺说,自恋者所需要的有魅力的、漂亮的和个人名望等诸如此类的东西,都可以用'恰当'种类的物品和服务来得到满足。因此,在现代社会条件下,我们所有的人尽管说生活的周围都是镜子,但我们还是在寻找一个没有瑕疵的、在社会上有价值的自我的形象"[12]。另外,从心理学上说,"每个城里人在心里都有'我属于哪里'的影像"，而且人们"总会拿新的环境来对比心中的那张影像，两者的相似之处越少"，"对新环境就会越冷漠"。[13]于是我们看到 1898 年的英人霍华德在《明日的田园城市》中，针对当时大工业社会所带来的城市病给人们带来的从精神到肉体的生存危机，而提出建设"田园城市"的梦想，这是一种诗意的空间化理解。面对 20 世纪初的柯布西耶式的"城市是居住机器"的无生命力的城市美学理念，诗人的发自内心的批判感受自然要彰显出来，这种彰显，虽然沿袭的依然是传统的崇古砭今的固有做法。张曙光在组诗《哈尔滨志》中描述，见证过全部城市历史的火车站，"曾经美丽，如今却成了/一个不确定的符号，不断的改建，使它变得/庞大而丑陋"。"一天天变得陌生，/就像城市的坏脾气。但我相信，它的出现/并非偶然。新艺术建筑，一副展开的时间画轴/带来数以万计的侨民，和一座新兴城市——/欧式风格，一度繁华，然后以同样快的速度/消失。毕竟有足够的往事可以炫耀——/譬如，芭蕾舞和夏里亚宾的音乐会。/有轨电车。或一个朝鲜青年的手枪/洞穿大日本帝国的心脏。这一切终结/或正在终结。"李琦也在《我童年的哈尔滨》中写道：

> 大片的樱桃树，大片的丁香
>
> 白色的篱笆里，一幢幢黄房子
>
> 常传出手风琴伴奏的歌声
>
> 到处可见的灌木、到处可见的鸟儿
>
> 秋天，浆果累累
>
> 松花江清澈宽阔
>
> 一场雪后，满城银装。那种白
>
> 一直延续到下一场大雪的降临

那时,哈尔滨人优雅、漂亮

去歌剧院、去话剧院

许多市民熟稔地谈论着演员和剧情

抒情的城市,异国的情调

有许多热爱唱歌弹琴的人

好像,住在这样的地方

就该做这样的事情

如今,那些住过樱桃和丁香的地方

早已住满了人群

不再有篱笆和黄房子了

卡拉 OK 代替了昨天的歌声琴声

一场雪,还未落地,已变得浑浊

几群鸟的到来,甚至

能飞进报纸的头版新闻

上世纪 80 年代李琦的《松花江唱晚》"那是水/那是丝质的土地/爱人,那是我们命运的象形",充满了歌咏的浪漫情调。新世纪初潘永翔的《松花江》:"雄性的松花江/突破苍鹰翼下的阴影/在春季的某一天/与父亲不期而遇","芦苇 柳树 水鸟/召唤着朴素的情感/羽毛的记忆/在晨昏中凸现""你的浪花岂止染白了/父亲的头发/也染白了兴安岭的雪峰"。也还是曾经的乡土叙事的美丽景象。但工业化文明所带来的负面影响并不能因此而遮蔽掉现代城市所沾染的异化色彩,哈尔滨也并不总是在这样一种负面的、解构的城市认同中,让富有历史文化痕迹的城市回归日常的真实,未来乌托邦的城市梦想得到消解。比如冬天的哈尔滨松花江,"江边的人越来越少,夏日归臭气统治,/而现在则归荒凉。明天是个例外,/窘迫的情人将在这里互诉没钱的衷肠"〔桑克《哈尔滨(一)》〕。中央大街也是另外一种样子,"中央大街的人,我把他们/无序的行进称作游行。为一点卑微的/欢乐而进行的游行"(桑克《在中央大街》)。《哈尔滨(二)》中,则是"夏天短暂,打个盹就殁,/而冬天过长,犹如厌倦的一生。/洋房渐渐少了,拆了一些,/而没拆的,也是虚有其表"。但随后,则是文乾义的《江边景象》:"江水黑瘦,收缩成碎块,/沙丘的裸体,肿胀不堪。"江边滑旱冰的孩子"朝向半个夕阳,身影错落,起伏,/进入暗红色的火焰。/风把地面上干燥的叶子吹起,/像纸钱跟随他们的脚步"。桑克的《江边景色》中"微风颤栗着拂来,江水的臭味,我怒,我捂着鼻孔",充满了死亡的气息和万劫不复的罪孽。

注释

[1] 赵园:《城与人·小引》,《城与人》,北京大学出版社 2002 年版,第 1 页。
[2] 李欧梵:《都市文化与现代性》,《未完成的现代性》,北京大学出版社 2005 年版,第 126 页。
[3] 爱德华·W.萨义德:《东方学》,王宇根译,生活·读书·新知三联书店 2000 年版,第 28—29 页。
[4] [美]凯文·林奇:《城市意象》,方益萍、何晓军译,华夏出版社 2001 年版,第 93 页。
[5] [美]凯文·林奇:《城市意象》,方益萍、何晓军译,华夏出版社 2001 年版,第 35 页。
[6] [美]凯文·林奇:《城市意象》,方益萍、何晓军译,华夏出版社 2001 年版,第 4 页。
[7] 吴冶平:《空间理论与文学的再现》,甘肃人民出版社,2008 年版第 121 页。
[8] 莫里斯·哈布瓦赫:《论集体记忆》,毕然、郭金华译,上海人民出版社 2002 年版,第 43 页。
[9] 转引自包亚明主编:《现代性与空间的生产》,上海教育出版社 2003 年版,第 83 页。

［10］张若谷：《咖啡座谈·序》，上海真善美书店 1929 年版，第 6 页。

［11］吴冶平：《空间理论与文学的再现》，甘肃人民出版社 2008 年版，第 119 页。

［12］安东尼·吉登斯：《现代性与自我认同》，赵东升、方文译，生活·读书·新知三联书店 1998 年版，第 201 页。

［13］［美］理查德·桑内特：《肉体与石头——西方文明中的身体与城市》，黄煜文译，上海译文出版社 2006 年版，第 372 页。

——原刊《黑龙江社会科学》2016 年第 3 期

第五章　哈尔滨写作与汉语新诗

第一节　都市诗：哈尔滨写作的意义

都市新诗是汉语新诗中重要的写作流脉，是汉语文学从农耕的抒情形态向现代叙事形态转变的重要成果。在百年现代汉语文学的发展历程中，我们确实需要阶段性承认，"城市从来没有为中国现代作家提供像陀思妥耶夫斯基在彼得堡或乔伊斯在都柏林所找到的哲学体系，从来没有像支配西方现代派文学那样支配中国文学的想象力"[1]。但这显然不是最终的结论，汉语文化的复杂多元性决定了汉语文学长期处于"中间物"状态，过渡身份和实验性也就是都市新诗的必然标签了。或者说，较为成熟的都市诗歌大多是诞生在北京、上海这类现代文明相对成熟的城市，并局限在有着丰富的海外生活经历和语言阅读阅历的诗人群中，是"大学教授，银行经理，舞女，政客以及其它小'布尔'的适切的形式"[2]，比如郭沫若、李金发、戴望舒，等等。而且，20世纪30年代之后，在战乱、穷困、意识形态的要求等特殊的时代格局下，逐渐式微。

新时期以来,以经济为中心的社会文化格局营造出了几个特殊的、近乎充分现代化的城市,都市新诗的创作也就自然而然地重新孕育、生长,赋予城市以诗歌的身份,尽管依然比较稀少,但仍然如雨后彩虹,值得珍惜。这其中,遥居冰雪北国的哈尔滨值得关注,这座城市独有的美学风格吸引诸多诗人来书写,冰雪雕塑、教堂、欧式街道等等,这些兼具历史沧桑感和现实启示的城市意象,不断映现在诗歌中,让哈尔滨成为国内为数不多的几个以诗歌获得认同的城市。孕育出了众多构成诗歌史构架的作家、作品,李琦与《冰雕》、张曙光与《岁月的遗照》、包临轩与《霁虹桥》、单世臣与《二十四节气》不仅代表汉语新诗某一个时代的创作风格,而且为汉语新诗的"哈尔滨写作"提供了典范性意义。从诗歌出版上说,获得诗歌史认同的民刊《诗参考》、《剃须刀》,包括主要是哈尔滨诗人支持的,杨勇、杨拓在绥芬河主编的《东北亚》,或在这里萌发并辐射影响当代汉语新诗,或在这里结出累累硕果,都在城市与诗歌的互文中获得繁华。

哈尔滨新诗的"在地"写作以其鲜明的地域性色彩、开放的国际化写作姿态以及"诗是经验"的综合性创造,是当代汉语新诗都市写作的重镇。

第二节　现代叙事：城市诗的哈尔滨面影

城市是文明的体现,都市新诗的题材注定是远离第一自然的、沉浸在人造的世界当中、人类创造性力量的优卓展现。"城市生来就是没有诗意的,然而城市生来又是一切素材中最富于诗意的,这就要看你怎样去观察它了"[3],20世纪的诗人、小说家兼具杂志主编的施蛰存在其主编的《现代》杂志上撰文,指出《现代》中的诗"纯然是现代的诗。它们是现代人在现代生活中所感受到的现代的情绪用现代的词藻排列成的现代的诗形",而"所谓现代生活,这里包括着各式各样的独特的形态:汇集着大船舶的港湾,奏响着噪音的工场,深入地下的矿坑,奏着 jazz 乐的舞场,摩天楼的百货店,飞机的空中战……甚至连自然景物也和前代的不同了"[4]。从农耕文明让位于现代机械文明,现代城市的各种元素是解读世界存在方式的重要载体,从长远来说,甚至是颠覆性的大格局变迁。这在现代化的初期,因为新鲜材料的引入,认知方式的重新建构,带来极度丰富的诗意资源。汉语新诗发生期,郭沫若的诗歌对技术现代性意象的推崇,就引起闻一多的注意,"在他眼里机械已不是一些无声的物具,是有意识有生机如同人神一样。机械的丑恶性已被忽略了,在幻象同感情的魔术之下他已穿上美丽的衣裳了呢"[5]。这种乐观进化论的情感指向是都市新诗里重要的一翼。

在漫长而波折的现代化叙事中,国际化、标准化和宏大叙事成为城市想象的主要方式,"千篇一律"是现代化城市所追求的一致功能化表现。在强大的工具理性控制下,城市生命之间的差异性和辨识度越来越屡弱。现代化的负面体验逐步浮出水面。城市作为居住空间的功能越来越远离地域条件的限制,时间赋予生命的差异性美感逐渐消失。诗歌的生命是以个性化、差异性和陌生化为前提的,在与自然万物的关系中,天生是反现代性中的大一统观念的,也因此而很好地承担起了辨识和保留城市差异化元素的责任。

哈尔滨诗人群很早就开始摆脱虚无缥缈的彼岸叙事,抛弃过于乐观的乌托邦情节,脚踏实地地观察和考量居住之所,以"回望"方式洞察城市面孔。张曙光的《哈尔滨志》中对哈尔滨街道,张静波诗歌中对太阳岛、索菲亚教堂的细述,桑克以冷峻而又忧伤的笔调书写的哈尔滨,等等,往往留恋于非现代化的恒久质地。近几年开始写诗的杨河山,则用语言的雕刻刀不厌其烦地打磨、重塑微观诗界里的哈尔滨,来建构"建城诗"。比如以减法、回溯的方式重构非工业文明下的哈尔滨历史物象,借此思考人与栖居之地的深刻关系,一种素朴的天人合一自然观,"当我以递减的方式/抹去我面前的风景,我发现,这里真的美好了/许多但同时也孤寂了许多,这时,我需要抹除我自己了,/我已经在这个世界上虚度了许多时光"(《我以递减的方式抹去我面前的风景》)。写洗涤掉宗教凝重感和肃穆色彩,只是承载城市历史记忆的各色教堂,映现出沾染日常烟火的静态之美。写冬天经常被雪沐浴的各式各样的城市细节,写哈尔滨并不久远但却历经沧桑的"建城史","红军街上的大和旅馆/曾入住过这个城市的侵略者,战犯,以及形形色色的军人","遍布这座城市的/415座古老建筑,仍然精美,只是更加破旧,/等待着修复。是的,时间流逝,许多事物已消失,/只有寒冷而漫长的冬季保留下来。"或者说,杨河山的诗能够以特有的感伤和忧郁系结这座城市的历史和现实,从个人化的视角深入到哈尔滨城市文明的薄弱和优卓处,聆听城市生命内在的节律所带来的静态震撼,以冷静的叙述包蕴丰沛的故乡情愫。哈尔滨诗人的这种反思型的书写城市的方法,增益了当代城市诗的思想深度,也在呈现多姿多彩的城市印象中,贡献了诗歌的样式,见证一个细致而讲究生命细节的诗歌哈尔滨。

利奥塔认为,现代的大都市生存状态改变了人类生活的诗意田园,"它将压缩、抑制人们复归家庭,将人们推向旅游和度假。它只认识住宅,它压制家长,它把家长权压制成平等的公民权,压制成受雇佣者,压制成一份债单和文字的、机械的和电子的公用档案。它丈量登记各种领地,打乱它们的秩序。它打碎自然之神,破坏它的归途,不给它接纳祭品和享受优待的时间。另样的时空调谐占领了自然之神的位置",如此一来,"'实用主义的'忙碌驱散了古老的家庭单子,细心地进行匿名记忆或存档。非任何个人的,无传承的、无叙述的、无节奏的记忆。记忆受理性原则控制。理性原则蔑视传统;在理性记忆中,每人都尽量寻找并将发现足够的信息以便能够生活,一种毫无意义的生活"。[6]面对无法逆转的城市建设浪潮,诗歌以敏锐而超越性的感觉捕捉到了那些能够带给人们永恒的情感记忆和生命安稳感的时空意象。在物质与精神、变化与永恒的二元辨析中,试图重建迷失在构造类型化群体城市中的城市意义。能够承载哈尔滨记忆的建筑成为诗人们共同表述的物象和情感承载物,比如伴随城市起步的霁虹桥、中央大街,比如各种各样的教堂、犹太人和白俄人的公墓,城市的"过去"以复活的样式勾画着城市精神的未来,也在重构着城市的存在方式。就如张曙光在《回忆》里写到的,"那所老房子,有着宽阔的门窗/和吱呀作响的楼梯——/踏上去,一股呛人的辣味/提醒我们来自泥土,……往昔的笑声响起/时间在这里静止,一株天竺葵/或一丛丛丁香,探出栅栏和六月/蕴含着遗忘岁月的/全部温馨的气息",一个在现代化面前"脱魅"的幸福图景。文乾义如此描述《他居住的城市》,"他写过一首很短的诗,是关于一条/建于1900年的老街,一共八行。……之后/他没有写过和这个城市有关的任何东西……这是一座容易感冒的城市,街面上的药店很多/他曾说过这个城市'美丽而野蛮'的话,他并不/解释。前几天,报上开展渔网是不是衣服的讨论/他没有参与。他想:晾渔网毕竟不等于晾衣服",以反讽的方式忆念哈尔滨建城的始初印迹,来嘲讽现今城市的脆弱与无趣,甚至是无知。始建于上世纪初的霁虹桥在包临轩的笔下充满孤独和落寞,一个历史的沉默者,"像一个幸存者""见证着从历史深处延伸过来的铁轨"(包临轩《霁虹桥》)。

"早期的文化将变成一堆瓦砾,最后变成一堆灰土。但是,精神将萦绕灰土。"[7]因铁路而筑城,哈尔滨并没有关内厚重的农耕文明的田园感伤可以追忆。这种"怀旧"的诗意构图也就是停留在俄罗斯文化、犹太文化、闯关东文化,以及并不悠久的本土文化上。但也恰恰是这种历史的短缺,让哈尔滨诗歌反思型写作呈现为一种现代性文化范围内的自我反思,而非非此即彼的否定性批判,既不同于江南春雨的人类"初始性写作",亦不同于中原文明的农耕皈依,单纯而沉静,在相对轻松的记忆中,另一座富有乌托邦色彩的哈尔滨卓然而立,属于过去,同样安慰现在和未来。

第三节 复杂而综合:哈尔滨新诗的写作

19 世纪以来,有了海明威、萨特、波伏瓦、毕加索、《法兰西》杂志的作家们,以及浸染历史风云和情感记忆的咖啡馆、酒吧等等,才筑就了巴黎塞纳河左岸的文艺圣殿,以至于"左岸"成了文艺或者知识分子情调的专有代称。作为一种精神生产的场域,"互相对立的作家或艺术家在一定范围内的共同之处只是他们都参加了为推行文学或艺术生产截然相反的定义而进行的斗争。他们是构成场的相互作用关系和结构关系之间差别的典型体现,他们在方法论上也许永远也不会相遇,甚至互不知道,但在实践中却被将他们联系起来的对立关系牢牢地确定住了"[8]。无论是"和而不同"还是互相沉浸于辨析的诗学争执,多面而复杂并相互包容的诗人群是任何一种诗歌思潮的支柱性存在,也是众多文学样式在成熟期必然呈现的景象。新时期以来,哈尔滨拥有众多创作思想互补、审美追求相互映照的诗人群。一条条诗学的河流分分合合,不同的诗学思想相互碰撞,百舸争流,孕育出活跃而丰富的新诗森林。

从 2004 年张曙光、桑克、吴铭越等人创办《剃须刀》这个民刊开始，以之为中心，包括后来的《诗歌手册》，逐步聚集起一批写作倾向大致相近的诗人。这个诗人群的诗歌创作多呈现为绵密的逻辑叙述，遵从现代汉语的语法结构，顺势而为，诗歌结构多表现出层叠性和开放性的美学特征。另一方面，对细节的充盈性描摹一直是 90 年代以来，《剃须刀》诗人群较为着意的写作倾向，也是对汉语新诗的重要贡献。写诗如说话一样的日常絮语中，彰显汉语新诗形式上的自由性和舒展性的语言质地。也在如何体现诗的本质上，走向更为深入和致密的智性隧道，多着力于增强诗歌语言的表现能力上而非技巧的张力上，用尽可能丰沛的语言所指映现能指的音色。在这种写作路向上，形成以张曙光的诗为代表的卓有成效的写作群体，文乾义、桑克、朱永良、杨河山、袁永苹、张伟栋，等等。无论是《剃须刀》时期还是后来的《诗歌手册》时期，都将这种基于语句表达和意义的完整性写作引向深入，同时指向复杂的思想维度。比如写公交车，杨河山的笔下，日常习见的公交车上的陌生乘客，在经过平淡的描述后，蜂拥而来的，是层叠的哲理性推想，"每一辆都缓慢而沉重。这一车一车的人要去哪里？/为什么会乘上这拥挤而酷热的公交车？"（《蓝色公交车中的乘客画像》）在看似琐细的生活中推演出生命存在的困境。在《急诊室》里写医院急诊室里的场景，一个慌乱逼仄而又充满温情的地方，诗人非凡地将非洲草原动物毫无遮掩的生存状态和生存的残酷来譬喻急诊室里各种人物的关系，"是的，此刻唯有我们陷入沉默，好像在野兽群中。/我们相互依靠，并不害怕，黑暗中/望着对方，这一刻感到温暖"。诗歌的结构大开大合而又收缩自如，并落脚到对生死临界点各种关系的运思。如此写海洋，海如人生，"让人想象，海中都有些什么。谋杀？攻击？/孤独寂寞？幸福或痛苦？这巨大的/谜团,更让人感到困惑"(《海》)。杨河山的诗歌善于运用诘问、存疑的句式,做自我审思的洞察,在人、自然、城市等从细微到宏观的题材关系中,层递性地考量存在的意义。袁永苹在《空房间》里始终忠实地描述一个房间里出现的繁复景象,去想象这个已经虚空的房间里曾经有的日常生活,以及延伸出来的日常情暖,诗篇最后说,"这房间里装着爱",以实映虚,来凸显内在的纤细而深入的情感空间。

语句逻辑能够再现修辞的现实,在绵绵不绝的推理性想象推动下,能够在诗中将抽象的概念具象化,以个人化的视角重构历史生活现场的真切感,从看一本画册的思绪中,映现一条街道曾经活色生香的样态,"萨伊别尔采里坐在中国大街(现中央大街)/拐角处,而格尔施戈琳娜在弹奏钢琴,"以及客死异域他乡的"他们尚有呼吸,而在第216页,出现了他们的墓碑,/雕花的黑色大理石刻满了铭文,/记录着发生的一切。此刻,他们很安静,/并且快乐,埋葬在这座城市的郊外,/他们死了,但尚有呼吸,我看见画册在我的手中/翕翕抖动,如一片风中的树叶"(杨河山《读一本哈尔滨犹太人画册》)。用绵密而层出不穷的浪涌般的追问去丰富和考量诗与世界、人与存在、自我与他者等各种景象,"我们如何理解,所有的树木,这么久站在同一个地方,/这意味着什么?整个下午,我望着这些树,/感觉它们正全部聚拢过来,轻轻述说时间与永恒的秘密,/以及不能行走的痛苦,以及欲望,而所有这一切/仅仅出于我的猜测,或者出于我对我自己的怀疑"(杨河山《猜测》)。用给双亲打电话起始,在犹豫中构想出他们的日常生活,"新闻联播的时候打?/他们已经入睡。/白天呢?被各种事缠着"(桑克《8511农场》),如此三番,将亲情的现实感和既视感退缩为明信片上的间接想象,来展示一次细致入微的情感波动。张曙光的《生活在此处》则客观描述早晨起床后的一系列思维活动和生活真实,如落枕、立顿红茶、篮球等串联起来的思维过程,明晰而不琐碎,具体而不拖沓。

在追求直达诗意经验和语言表述的纯洁性上,包临轩的诗值得关注。比如写《清晨》,将"早七点的太阳"和"初出家门的少年"以及"清晨透明的蓝/想起了草原"等具有"原初"体验的事件和意象联系起来,让诗意所指坦诚晾晒。《这些年》里对生活意义的嘲讽,"这些年/我专注于采集新闻/发布于版面和网络/是否被读过/它们都会迅速风干/无声地死去",有着玻璃一样的语词透明度和建构思想的金属硬度。他的《北纬45度》将北方冬天的冷峻、江雪行人的孤独、孤单欲飞的航船,在冷峻而简洁的言辞中描述出来,"大雪地掩盖了无尽的沧桑/和城市纠结的心事/蓝天,这无遮拦的巨大冰镜子/揽照了无数事变,却/不发一言",诗篇对"寒鸦和喜鹊"与孩子们的嬉笑的对比使用,加剧了诗歌的主题张力,繁华落尽后的虚无指向,道出了"独钓寒江雪"的寒冬情致。这也许是他的哲学修养赋予的洞察世界的锐利眼光,他的诗篇里融汇着哲理的冷静和意象的鲜活,比如这样写冬天,"大地沉睡,衰草像一撮撮稀疏的头发/冬天,就这样冻僵了自己/长眠,有着愈发浓重的晦暗",有冬天萧杀的景致,亦有心理感受的沉重。

与包临轩相对照的,是冯晏的诗,尤其是新世纪以来的诗作。所呈现出的诗学经验和修辞方法,有其独特的表现样式。比如独立意象的凸显,依靠意象间的相互映衬,而非逻辑连接词的释义而实现表达,比如写《立春》,通过"雀鸣""短笛""裂缝""冰河""钥匙",以及被久困的各种思想上的动物意象,来展现冬天即将过去的万物复苏景致,"远处,我听见沙哑的灵魂骑上一只野兔,/绒毛翻动枯草,/穿过我献给荒原的耳朵",又将春意萌动的最为细致的变化显现出来。她的《航行百慕大》《镜子》《五月逆行》等诗篇,是一种语词跟随思绪流淌出来的结果,而非语词对思绪的修饰或者遮蔽,那种或碎片、或突兀、或起伏有致的语词构造方式,在形成个性化的语言结构的同时,也使得诗歌阐释具有了深度,甚至是尖锐。后现代的语言观念和诗歌技法在她的手里,有着优卓的表现。很早就开始写诗,并有着丰富的诗界写作交往经历的刘禹的诗注定在思想深度上有着重金属的质地,他的自印本诗集《试衣间》里,有《物质的悲哀来自人》的时空穿越的精神超越性感叹,"孩子们在街上/花园里,阴暗的小屋中/一样成长",也有《蜉蝣》这样的因物起兴的隐喻性写作,诗歌的实验性和先锋性,修辞上呈现的金属质地引人注目。

汉语新诗也是汉语诗歌的一部分,其悠久的诗歌传统自然是汉语新诗写作过程中的重要组成部分。"兴观群怨""熏染刺提"等介入人生和现实的诗歌外化功能向来被重视。这方面哈尔滨的新诗人则有着不菲的表现,深深影响着汉语新诗整体格局的构造。鲁迅文学奖获得者李琦的诗以其真挚的亲情描写,赢得无数的诗坛荣誉,她在《帆·桅杆》《守在你梦的边缘》《李琦近作选》等近十部诗集中,营构出桑麻书香的传统伦理情致,并以敞开和明丽的书写风格对抗着同时期主流的"黑夜书写",在边地风情的倾情打造中,实现了对传统家庭观念、人伦情愫的现代性转换,拥有广大的读者群。以此观之,马合省的"苦难风流",赵亚东以飘荡河系列为代表的"农耕"书写,梁潇霏的温婉情愁,张雪松的那种深入生活现实的哲理散文诗,郭富山诗歌世界里对人生的"逆反性"思索和阔达的人生境界,蒋玉诗歌中对童真、纯美和悠然意境的表达,等等,共同构建哈尔滨写作的丰富性格局。

无论是诗是最无用的职业,还是世俗功利前的无效性写作,诗歌都是远离世俗的。相对于关内,哈尔滨诗人群很少有闲有余裕的学院派诗人,大多是公务员、商人、农民、下岗工人、教师甚至是赋闲在家的失业者,很少是以专业性的写作者,也恰恰正是因为有天赋或者爱好诗歌,赋予汉语新诗写作的纯粹性和自为性。"我们今天无法想象,没有学生和知识分子或艺术家的倾慕者当观众,电影探索会是什么样子,同样,我们无法设想,没有聚集在巴黎的落拓不羁的文人和艺术家这个公众群体,19 世纪的先锋派文学和艺术怎么能够产生和发展,尽管这些人穷得买不起什么,但他们为特定的传播和认可机制的发展进行辩护,这些机制无论是借助论战还是丑闻,都能为革新者提供一种象征资助的形式。"[9]是的,正是这些来自不同经验场的诗人之间的对话和交流,办民刊、出杂志、做诗歌旅行、进行各种各样的诗歌沙龙和对话,使得哈尔滨的写作呈现出开放性、复杂性和对话性的良好创作氛围。

第四节　结语

一个共识是,知性写作让汉语诗歌从内在本质上赶上了现代化的步伐。从单一抒情的浪漫主义和反映论的现实主义让位于综合性、复杂性表述的经验性写作,尽管有时"生不逢时",但汉语新诗或潜或明地绽开着知性的花朵。何谓经验? 对胡适写作新诗有着重要影响的美国哲学家杜威提出,艺术即经验,"经验本身具有令人满意的情感性质,因为它拥有内在的、通过有规则和有组织的运动而实现的完整性和完满性"[10],这是实证主义哲学、分析哲学主导下的现代认识论对经验的理想诠释,也是理性与逻辑构造的现代思维的主要内容。对于诗歌来说,所谓经验的完整性,表现为语言叙述的完整性、诗人表达的完整性和受众阅读的完整性,或者也可以说,相对于农耕文明时期的浪漫主义的象征性、代言性的言说方式,现代新诗的语言形态是一个闭合的、自为的系统,有开端、发展和结束的意识流动过程,或者说是一个个人视角下的整体隐喻的持存方式。因此,以叙述或者叙事为基调的语言形态是符合汉语新诗的主流选择的。虽然胡适在新诗早期就提出新诗的经验主义,但战争和救亡的时代主题让抒情必然是新诗创作的主潮。40年代西南联大诗人群的偏安一隅和丰富的中外文学交流经验,远离时代喧嚣的机缘,让"诗是经验"的话题重新涌现出来,被一些敏感地捕捉到新诗内在肌理的诗人所成就。以袁可嘉、唐湜等人的诗学理论为基础,形成了以艾略特、里尔克和瑞恰兹的"诗是经验"理论的引入和汉语化,有了较为成熟的理论积淀,但很快在时局的遮蔽下,尘封在历史的记忆中。及至新时期,宏大主题的潜意识终于映现出个人书写的面孔,朦胧诗的个人体验让"诗是经验"的冰冻历史开始解冻。20世纪90年代,汉语新诗在经济大潮的冲击下,重新获得边缘性的孤独境遇,进入中年写作的沉思语境,追求复杂而富有深度的写作成为重新浮现历史的创作追求,张曙光、西川、马永波、韩东、杨炼等等,以丰富的文本创作来诠释"诗是经验"的历史印迹。

在这方面,哈尔滨的新诗写作是引领汉语新诗的写作潮流的。一方面,大部分诗人都是在中年以后获得诗歌写作的盛名的,如张曙光、李琦,甚至有些诗人是新归来诗人,如包临轩、张静波,有些是中年之后才开始写作,如杨河山、潘红莉,很少有少年成名者。有着足够的人生阅历的积累,对社会关系、自然、宇宙的认识,有着更为沉静的历练。在写作题材的选择上,也能突破狭隘的家庭或者个人情感的束缚,走向更为深远的人类命运、人生终极命题,以及阔达境界的营造。在表现主题的辨析性、矛盾性和复杂性上做文章,修辞的明晰性和充足性,观察事物的多样性,表现方式的沉思性,等等,从20世纪90年代以来,将这一传统延续到新世纪以来的写作。比如钢克的《通灵七日》写七天的思绪,时间、空间、各种各样的梦境以看似杂乱而又有序的方式呈现出来,在意识流的流淌里,思考生存与个体的方式,在时间的纵向指向中,融合尽可能丰富的哲学内容,充满诘问和知性的辨析。杨河山的诗能够很好地处理静态物象的多变性和丰富性,可以用五十余首的篇幅来写月亮,有"总是被什么遮蔽"写实的月亮,有像"芦苇,或蒲公英"等植物一样的超验性表现,也有"像一面木质手柄的雕花镜子"一样的月亮。也可以用不同的感觉来彰显火车的变迁的身影,有"记忆中遥远而深情的鸣笛声,/高高竖起的大团灰色烟雾,和亮着的三盏电灯"的火车,有 1969 年的火车,并因之而想起这列火车上的人,"想必早已衰老,或者死去",有 1978 年的无轨电车,"不断有人进入车厢,/车内很拥挤,混合着橡胶水或者某种/腐烂水果复杂的气味。在雪的背景下,/或者雨中,这本不存在的事物如此真实"(《对上个世纪一辆无轨电车的描述》)等等。

另一方面,从职业上说,哈尔滨写作的骨干诗人大多经受过高等教育,在新闻机构、高等院校或者行政管理机构任职,有着相对富足的阅读量,文化视野较为开阔,人生阅历比较丰厚。"艺术作品的意义与作用全在它对人生经验的推广加深,及最大可能量意识活动的获致。"[11]一般来说,经验需要时间的积淀,必须依靠足够多的春秋积累的识见去支撑。在这方面,哈尔滨诗歌长袖善舞,沉稳而从容。喜欢选择焦点性的意象,展现出另一种样式的集体经验,以众眼凝视的方式来洞察世界,最终实现艾略特所说的"非个人化"的客观性表达,比如写中央大街,在桑克是嘲讽,"中央大街的人,我把他们/无序的行进称作游行"(《在中央大街》),在张曙光是感叹,"沉默,孤独,而且忧郁"(《一条旧时的街:外国街,1989,11》)。比如雪,潘红莉的"雪"和命运、枷锁有关(《赞美雪》),朱永良的"雪"则是"活下去的依恋"(《12 月 25 日的雪》),等等。

注释

［1］李欧梵：《论中国现代小说》，《中国现代文学研究丛刊》1985 年第 3 期。

［2］向林冰：《论"民族形式"的中心源泉》，北京大学、北京师范大学等编，《文学运动史料选》（第 4 册），上海教育出版社 1979 年版，第 425 页。

［3］［美］马尔科姆·布雷德伯里：《现代主义》，胡家峦译，上海外语教育出版社 1992 年版，第 311 页。

［4］施蛰存：《又关于本刊的诗》，《现代》第 4 卷 1 期。

［5］闻一多：《〈女神〉之时代精神》，《创造周报》1923 年 6 月第四号。

［6］利奥塔：《非人——时间漫谈》，罗国祥译，商务印书馆 2001 年版，第 210—211 页。

［7］路德维希·维特根斯坦：《文化与价值》，黄正东、唐少杰译，北京联合出版公司 2013 年版，第 4 页。

［8］［9］皮埃尔·布迪厄：《艺术的法则：文学场的生成和结构》，刘晖译，中央编译出版社 1992 年版，第 266 页。

［10］约翰·杜威：《艺术即经验》，高建平译，商务印书馆 2013 年版，第 45 页。

［11］袁可嘉：《谈戏剧主义——四论新诗现代化》，见《论新诗现代化》，生活·读书·新知三联书店 1988 年版，第 32 页。

——原刊《学习与探索》2017 年第 10 期

诗之言语

第一章　重塑汉语新诗的语言镜像
——论杨炼的诗歌

　　20 世纪 70 年代末 80 年代初,杨炼的名字同那场轰轰烈烈的诗歌运动紧紧联系在一起,和北岛、舒婷等人一起被誉为五大朦胧诗人之一,其名作《诺日朗》也同其名字一起被文学史所宣讲。因为众所周知的原因,杨炼、北岛、多多等人的人生轨迹在 80 年代末有了较大的转折,漂泊异域之后,生活地域和文化环境都发生了巨大的变化。在人生选择漂泊的同时,杨炼的诗歌也漂移出了大陆读者的阅读视野。直到1998 年底,上海文艺出版社将杨炼的诗集《大海停止之处》出版,其中囊括了杨炼从 1982 年到 1997 年创作的绝大部分诗篇。不久之后的2003 年,同一出版社又将其 1998 年至 2002 年的诗歌、散文和文论以《幸福鬼魂手记》的名字面世,他才再一次走入人们的视线。如果将与《大海停止之处》同时期出版的《鬼话·智力的空间》(散文·文论卷)(上海文艺出版社 1998 年 12 月版)和 2009 年 3 月出版的颇带"夫子自道"意味的诗学论文集《一座向下修建的塔》[1]放在一起研读的话,那么一个簇新的诗人杨炼及其诗歌世界就呈现在人们面前。这时候人们不禁惊呼,杨炼的诗歌世界竟然是如此的丰硕和充盈,先前文学史上对杨炼及其诗歌的描述充其量只是其诗歌局部的静态写生,甚至难以揭示这个伟大的诗歌世界的一角。

第一节　诗语重塑:汉语新诗语言的重新认识

应该说,70年代末80年代初的朦胧诗的功劳在于,将汉语新诗的生命形式以反驳历史的方式重新回归到诗歌本原。尽管在事实上,朦胧诗无论是在主题表述还是在诗学结构上,与它所反驳的诗歌相比,并没有本质上的差别,只是一枚硬币的两面,汉语新诗并没有实现从"他律"向"自律"的彻底转型,或者进一步说,只是"一个精神的崛起"。[2]但也恰恰是朦胧诗的这种贡献,却为后来的汉语新诗彻底地回归诗歌本体提供了前提,并培育了丰厚的诗人群和诗歌文本基础。显然,作为汉语新诗发展到一定阶段的"中间物",朦胧诗辉煌地践行了历史赋予的使命。但也恰恰是因为朦胧诗的这种先天性缺陷,鼓励汉语新诗走向更为彻底的未来,"Pass北岛""告别舒婷"之后,汉语新诗迎来了百家争鸣的后朦胧诗时代,"大学生诗派"与"海上诗群"相拥而至,"整体主义""极端主义"和"新传统主义"各展风姿,百舸争流。

杨炼的诗歌写作就是在这样一个背景下展开的。虽然20世纪80年代中后期之后,他的主要诗歌花朵都是在异国他乡绽放的,但也恰恰是这种时空意义上的"局外人"角色给他提供了在更为宏观的文化视野内,重新思考汉语新诗写作的可能性。应该说,冷静和寂寞的深思成就了杨炼另一幅诗歌面孔,相较于朦胧诗时期的情感冲动,要成熟得多了,深刻得多了。

尽管大量的时间在域外,但杨炼并没有中断和国内诗歌的联系,尤其是新世纪以来,经常回国参加各种学术交流活动,时刻把握着汉语诗歌写作的动态。从汉语写作的语境来说,杨炼依然属于汉语新诗的范畴,没有脱离开中文写作的语言氛围。作为朦胧诗的颇为另类的代表,杨炼以曾经在场的经验和局外人的若即若离的身份,能够以熟悉而陌生的眼光来打量汉语新诗的生命历程,对汉语新诗的创作境遇有着更为宏大的眼界。

语言问题一直是汉语新诗的根本性问题,而且是一个在整个新文学领域,都没有获得圆满解决的问题。之所以这样说,是因为相对于汉语的古汉语语系对古典汉语诗歌的支撑来说,现代汉语的非成熟性决定了汉语新诗在语言问题上的思考将会继续"喋喋不休"下去。但也恰恰是现代汉语的这种非成熟性,为汉语新诗语言的理论探讨和写作实践提供了多种可能性。20世纪80年代以来,随着西方文学研究所发生的语言学转向,在"道"与"器"的不休争辩中,长久以来处于"器"的地位的文学语言获得了"道"的本体价值。这种语言学转向波及中国,反应最敏捷也最深刻的就是汉语新诗。尽管"诗到语言为止",及物与不及物写作的争辩,民间写作与知识分子写作的划分,这些闪耀在后朦胧诗天空的耀眼词汇掺杂着诸多非诗的成分,但这些围绕汉语诗歌语言而展开的诗学探讨还是激起了阵阵浪花,诞生了不菲的诗学成果。

但这种热闹是不属于杨炼的。他的诗学是建立在对现代汉语的深入思考和汉语新诗众多理论的审慎剖析和反思的基础上的。

首先,针对当前汉语新诗流行的口语化写作,强调新诗语言的"非口语化"、远离日常语言的贵族化意识,张扬汉语诗歌的形式主义传统。20世纪80年代中期以来,汉语诗坛开始盛行所谓的"口语写作",实际上这种写作倾向主要是针对新中国成立以来,包括朦胧诗在内的汉语诗歌象征意义的僵化趋势和诗歌结构的单一化倾向而提出来的诗歌新生之路,从汉语古诗的采风习俗中汲取灵感,试图重新为僵化的诗歌语言去除贴附其上的概念化含义,恢复其本来的面目,所谓"去蔽"与"还原"。采用日常语态,以"民间"的自由和散漫为精神导向,恢复语言的日常性质,所谓"拒绝隐喻"。从而使得人们的阅读期待从旧有的期待视野中走出,以陌生化的语感重建汉语新诗的语言感觉。实际上,这不是突兀的、新鲜的创造,而是具有伟大历史传统的诗学选择,体现为接续胡适在五四时期开创的汉语新诗遇到危机之时的民间救赎策略。因为孕育于从文言向白话转变的大局,汉语新诗从诞生起就注定将其发展的一个路向定义为日常化、大众化的打扮,无论是题材还是语言表述,胡适提出作诗如说话,"话要怎么说,诗就怎么做",应该说语言上的口语化,一直是汉语新诗的一种重要表征。歌谣、俚语、日常语言等等与口语表述相关的词汇成为界定汉语新诗语言表述的关键词汇。20世纪80年代以来,"口语诗"作为一种写作潮流被着重提出来,并融汇到"民间"的审美取向中,从而超越了单一形构的诗歌范畴,具有了更为深远的精神文化基础。

因而说,原生态的口语能够成为诗歌语言,显然是需要根植于特殊的诗歌背景的,文言诗歌之于初期新诗的口语化,新中国成立后诗歌的单一化表述等等,离开这些特定的背景,口语就只能是口语,难以成为真正的诗歌语言。其实,口语诗只是将潜隐的新诗语言以看似"惊艳"的方式彰显出来而已,它并没有彻底重构现代汉语与新诗之间的关系,同朦胧诗反驳"红色经典"诗歌一样,它也是"短视"的,是对朦胧诗"晦涩"表述的重新背叛。汉语新诗历史在这里并没有作多少深刻的停留。因为它并没有从根本上涉及现代汉语的自身构成、历史演变、语言特性,以及在此基础上汉语新诗创作和批评所呈现的状态的考量这一根本的问题。

显然的是，口语因为意义表述上的单一化，相对于象征和隐喻的语言来说，势必缺乏表述张力，离开这种特殊的诗学背景的衬托，其诗学意义自然面临窘境。"文学语言是凌驾于流俗语言即自然语言之上的，而且要服从于另外的一些生存条件。它一经形成，一般就相当稳定，而且有保持不变的倾向。对文字的依靠使它的保存有了特殊的保证。"[3]当代诗人西川的表述指出了这种局限，"将日常语言推向极端，以为日常语言可以解放文学语言仅是一种幻觉"，"日常语言表面上，以其活泼和新颖瓦解着意识形态，但其有限的词汇量所能做的事情其实有限。"[4]

　　正是因为口语与汉语新诗的这种关系，杨炼对口语诗的评价似乎很苛刻："'口语'云云，颇像早年听腻了的'人民'，一句玄学式的空话。谁知道什么是'口语'？谁的'口语'？哪首诗是用'口语'写成的？意象的跳跃、句子的间隔、特定的节奏等等，都在同日常语言方式拉开距离。"[5]他在接受别人的采访时，甚至将口语诗歌同十七年诗歌的某些特征相联系，"还有一个值得讨论的是'口语'这个词，就我自己认为，和我们以前说的'人民或工农兵'等等其实是一个玄学，因为没有任何一个个人能够给出所谓精确意义上的'口语'的定义，口语只是我们设想的似乎大多数人共同使用的一种语言，然后我们又在这个虚构的基础上提供了一种所谓'口语'的基础标准，所以这种讨论相当空泛，笼而统之。他们其实没有把诗的写作跟他诗本来的性质区分开来，诗人、诗歌当然是个人化的，对语言、形式包括对社会、历史、传统，这一切所有的题目包括所谓的'口语'，你使用的语言本身，都要通过个人的再发现，再处理。所以我觉得如果没有这一步详细的讨论，仅仅以一种群体来反对另一种群体，最后说好了可能只是给自己画地为牢，人为地故意地去拒绝一些可能性，说得不好呢可能常常沦为一种权力游戏"。[6]言辞之激烈处，也恰恰道出了"口语诗"成为一种用来对抗其他诗歌审美范式的旗帜之后隐藏的话语霸权的凶险。

杨炼对当前口语诗的认识虽然显得有点极端和草率，但也不乏道理，"关于'口语'的诸多谈论，在我看来，足以称为当代中文诗意识之差的一个标志。诗什么时候是'口语'的？白话诗句看起来的'顺溜'就是口语？那意象与意象之间、句子与句子之间的跳跃怎么解释啊？段与段之间的空白呢？谁要是在口语中那样说话，不被当做疯子才怪呢！我以前讲过，'口语'和听腻了的'人民'一样，纯粹是一句空话。谁知道什么是'口语'？谁能代表'口语'作出判断？没准正义为谁都不知其所云，才好拿来骗人唬人。归根结底，这些'口语诗'——'口水诗'是'五四'以来的粗陋的文化虚无主义的嫡传。要不了多久，就会像可笑的'文革文学'一样，萎缩成历史博物馆里一个荒诞文化的标本"。[7]他将口语诗和"文革文学"都视为"文化虚无主义的嫡传"，显然还没有走出70年代末80年代初朦胧诗的意气痕迹。但他对口语诗所潜藏的语言弊端的分析还是值得肯定的，尤其是对口语诗所带来的新诗写作的随意性的批判还是有深度的。

正是建立在对口语诗弊端的认识基础上，杨炼说："我常强调中'文'，而非汉'语'，正想点出历史上中文书写系统——形式主义传统——刻意与口语分离的意义。"[8]因此，他重提新诗汉语写作的形式主义意识，并将这种观点的精神根源归结于汉语诗歌的历史传统。"中文古典诗传统，从来与所谓'自然诗学'无关。恰恰相反，它的形式设计，体现出的正是极端的人为性——人为到令人误以为'天然'的程度——作为题材的'自然'，不该也不能代替'诗学'。我常常强调'文'，而不是'语'，正因为'文'的书写性。中国历史上书写文字和口语的长期分离，促成了从汉赋，到骈文，再到绝、律诗体的形式创造。"[9]所以我们看到,在杨炼的诗歌里,有着浓重的语言雕琢的痕迹,匠心独运之处颇有古诗人炼句的影子。比如他历时多年潜心写作的几首诗,以中国传统文化典籍《易经》的哲学玄思为内在结构,以现代人的视角,运用现代汉语将其重新表述出来,将"天、地、山、泽、水、火、雷、风"等合为"气""土""水""火"四部,并按照"卦象对位"的要求,重新赋予《易经》的这种结构组成以新的组合融汇到《自在者说》《与死亡对称》《幽居》和《降临节》等诗作的具体四部分中。在每个具体的部分,也彰显出作者独特的语言安排。比如在《自在者说》中所有以"天"为题目的八首诗中,最后的叙述都归结到"同一"这样一个意象上,以显示《易经》的"天人合一"的哲学理念。比如他的《同心圆》组诗中的第四部分,在标题上以"构成的地点"和"重复的喜剧"为开始,然后是四首以"递进的迷宫"为题目的诗,最后以"重复的地点"和"构成的喜剧"为结束。开头和结尾的呼应显示出作者着力营构的"同心圆"诗学理念。

其次,立足于汉字的语符特性,试图创造具有"汉语特色"的汉语新诗景象。自从马建忠的《马氏文通》迈开汉语近现代化改革的步伐开始,西方的语言架构、理念一直是汉语改革的理想路途。傅斯年在总结五四白话文的弊端时说过,"现在我们使用白话文,第一件感觉苦痛的事情,就是我们的国语,异常质直,异常干枯……我们使用的白话,仍然是浑身赤条条的,没有美术的培养;所以觉着非常的干枯,少得余味,不适用于文学……我们不特觉得现在使用的白话异常干枯,并且觉着它异常的贫……可惜我们使用的白话,同我们使用的文言,犯了一样的毛病,也是'其直如矢,其平如底',组织上非常简单"。因此而提出欧化以丰富白话的表达,"直用西洋文的款式,方法,词法,句法,章法,词枝(Figure of Speech),一切修辞学上的方法,造成一种超于现在的国语,欧化的国语,因而成就一种欧化国语的文学"。[10]瞿秋白在和鲁迅谈到翻译的问题时,也说:"翻译——除出能够介绍原本的内容给中国读者以外——还有一个很重要的作用:就是帮助我们创造出新的中国的现代言语。中国的言语(文字)是那么贫乏,甚至于日常用品都是无名氏的。中国的简直没有完全脱离所谓的'姿势语'的程度——普通的日常谈话几乎还离不开'手势语'。自然,一切表现细腻的分别和复杂的关系的形容词,动词,前置词,几乎没有。……翻译,的确可以帮助我们造出许多新的字眼,新的句法,丰富的字汇和细腻的精密的正确的表现。因此,我们既然进行着创造中国现代的新的言语的斗争,我们对于翻译就不能够不要求:绝对的正确和绝对的中国白话文。"[11]汉语的改革取欧化之途,显然有其历史的合理性和必然性。一个世纪以来,西学东渐的社会文化背景下,汉语在西方印欧语系的影响下告别白话和文言而形成现代汉语,这种欧化的或者说翻译体的语言体式自然成为新诗的主要语言选择,绝大部分的新诗人几乎都能找到其诗作的域外精神资源和技巧样板,尤为强调译介资源对汉语新诗写作的重要性,如戴望舒、卞之琳、袁可嘉、王家新、北岛等都是身兼翻译家身份的诗人,这也是中国新诗诗人群的常态。英美意象派、法国象征主义、俄苏诗歌等等都对某一时期的汉语新诗学形成核心性的影响。

另一方面,这种带有明显历史激进思想和对立意识的全盘欧化显然是行不通的,也必然引致汉语固有语言传统的抵制。1925年,周作人在写给穆木天的信中谈到"国粹"的保护时说:"我不知怎地很为遗传学说所迫压,觉得中国人总还是中国人,无论是好是坏,所以保存国粹正可不必,反正国民性不会消灭,提倡欧化也是虚空,因为天下不会有像两粒豆那样相似的民族,叫他怎么化得过来。"[12]正如任何一种翻译的源语言都会受到目标语言的抵制一样,对源语言诗歌的模仿如果不能很好地融入到本土的汉语创作中来,必然会被视为异类而遭到排斥。

早在 20 世纪 40 年代,何容就对汉语的过于欧化表达过不满,说《马氏文通》以来的"中国文法学","是把欧洲语言里的文法里的通则,拿来支配我们的语言"。[13]随着这种历史必然性和合理性的逐渐弱化,被压抑的汉语固有属性重新被翻检出来。到了 20 世纪 50 年代,人们开始在这种不满中试图重建现代汉语的语法体系,从根本上改变欧化的影响,富有创造性地创建汉语新的独立语法学的问题。[14]20 世纪 80 年代以来,无论是语言学领域还是文学领域,人们在继续深入反思汉语的欧化选择,并且和具体的语言实践紧密结合起来,从而实现了从理论到运用的整体性反思,将此一问题引向深入。

在这种呈加速度发展的汉语现代化的进程中,"拼音文字中心论"一直在弱化和遮蔽着汉字的象形文字特性,语言学家王力先生在 20 世纪 40 年代曾说,"西洋语法和中国语法相离太远的地方,也不是中国所能迁就的","将来即使有人要使中国语法完全欧化,也是不可能的"。但他也承认,汉语"欧化到了现在的地步,已完成了十分之九的路程;"[15]新时期以来,现代汉语的这种欧化不但没有放缓,反而有加速前进的趋势,台湾诗人余光中先生对此忧心忡忡,"鲁迅、傅斯年等鼓吹中文西化,一大原因是当时的白话文尚未成熟,表达的能力尚颇有限,似应多乞外援。六十年后,白话文去芜存菁,不但锻炼了口语,重估了文言,而且也吸收了外文,形成了一种多元化的新文体。今日的白话文已经相当成熟,不但不可再西化,而且应该回过头来检讨六十年间西化之得失,对'恶性西化'的各种病态,犹应注意革除。"[16]现代实证主义下的逻辑推理式的语言形态,逐步取代了以视觉联想、类推譬喻为特征的汉语形态。在引入和模仿的姿态下,汉语新诗相对忽视了表述媒介的特性,至少是没有以其为前提。人常说,诗是不能翻译的,其原因也就在于媒介的独特性。比如大诗人郑敏就在一次接受访谈时说:"我认为,汉语新诗语言的问题还没有解决。以前我们是把传统这一页揭过去了,现在就要把它再翻回来看看。譬如,汉语的形象性、音乐性等等,古典诗中声韵、节奏、格律都非常好,但这些特点在白话诗中都没有充分地发挥。"[17]

正是在这种整体氛围下,朦胧诗之后的汉语新诗,涌起一股回归汉语传统的写作潮流,如何从历史语符中重新寻找新诗的出路成为当时众多诗人的选择,陈东东说:"我希望以我的写作去追寻我们的诗歌语言——现代汉语的中文性。"[18]这种观点得到了西川等人的赞成,"正是西方现代诗歌激发了现代和当代的中国诗人们思考两个基本问题:如何写出自己的诗歌? 如何开掘现代汉语的可能性?"[19]其他还有欧阳江河、廖亦武等代表性诗人。如果说欧阳江河侧重的是从精神更新的角度接续传统,将汉语诗歌传统视为一个"运动的整体",有其自身的内在规律性,"不是一个序列,也不是朝一个方向运动,而是运动着的自身",并且从一切历史都是当代史的角度去理解传统,"传统的过去、现在和未来同时并存"[20]。其写诗的目的在于"谋求民族文化心理的总体结构在现代化目标下的再创造,从而使之与开放性的社会现实相适应"[21]。那么在相似的面影下,杨炼的诗歌寻找则呼应了西川上述的说法,从重新发掘长期以来被遮蔽的现代汉语的写作可能性出发进行写作。无论是他从对汉语语符的重新考量还是诗性智慧的重构乃至于诗歌语言纬度上的新的时空划分,这些都是清醒而审慎地面对现代汉语语境的前提下展开的。

因为立足于现代汉语的语言特性,杨炼的写作在某种意义上为汉语新诗开掘出了一条更为本体化的写作模式。他在很多场合和文章中一再表示,"对中文文字及其思维方式的大规模发挥,才是中文当代诗的正路"[22]。"丰富与深化'中文性'的程度,是评价一首中文诗的标准。"[23]在他所列举的三个贯穿其写作历史的诗学层次中，前两条都是关于如何处理新诗与汉语的关系的，即"现实与语言的互相启示'中文性理解深度与诗作形式思考的互相激发'"（另一条是"传统重构与个人独创性的互相引导"）[24]。具体而言，"在语言的层次里，我一直反复强调中文性。中文动词没有时态变化，是它跟欧洲语言最大的区别。这也许是某种约定俗成、自然形成的语言性质，但它又潜意识地左右着我们对生命和历史的理解，因为语言是思想最基本的载体。中文语言的非时间性，和中国历史的循环感之间，到底有没有某种必然的关联？谁为因谁为果等等，都是我们写作中必须思考的东西。在我来说，我希望有意识地使用这种非时间性，去表达处境和命运的不变这样一些对我来说非常重要的诗意。在某种意义上，我甚至觉得没有中文的这种特性，我就几乎无法表达那样的意"[25]。

　　杨炼所出版的三部诗集中，都有意识地取消了每部作品写作和发表的具体时间，在消失了时间背景的限定后，读者的阅读接受愈益自由和阔达，从而进一步模糊了诗篇意义指向的具体性。在他的长诗《同心圆》中，杨炼正是基于汉字语符的相对独立性和语言结构的自由性，而用不断叠加的圆形来命名每一个诗篇，归结到整体上，又形成一个复杂的同心圆结构。在同心圆的第四个片断中，作者又在标题上做文章，"构成的地点，重复的喜剧，递进的迷宫，递进的迷宫，递进的迷宫，递进的迷宫，重复的地点，构成的喜剧"，其中的四句"递进的迷宫"中的每一个又都围绕杜甫的《登高》中的四句诗"无边落木萧萧下，不尽长江滚滚来，万里悲秋常作客，百年多病独登台"来展开叙述，层层递进，最后又回到原点。这样运用重复和反复的标题来构造出"同心圆"的诗学结构。汉字符号本身不象西方的拼音文字，靠自身的变形来表达时间观念和逻辑关系，它本身不具有时间性，并且每个字又都是音义统一体，汉语本身又是在语法观念上相对散漫的。因此,正是这些特点,为杨炼能够成作出这些诗篇提供了语言前提。这种有点类似于古典回文诗的表述方法,应该说是杨炼诗歌里面,发挥现代汉语语符特点的一个值得关注的地方。

传统汉语诗歌是以意象为中心的,甚至是抛弃掉意象间的阐释连接语言,单纯的堆积意象就可以成为诗歌。汉语新诗在注重整体意境表达的过程中,相对忽视意象的作用,多采用逻辑严谨的叙述,借用小说、戏剧等文体的语言模式来重构诗歌。汉语新诗在意境上的直白相对于古典汉语诗歌的含蓄蕴藉来讲,恐怕多在于汉语新诗注重语言的说明功能,相对忽视意象对诗学意义的映现功能。周作人在评论刘半农的《扬鞭集》时说,这里面的诗歌多像一个玻璃球,玲珑透澈得太厉害了,少了某种可玩味的东西,说的恐怕就是这个。杨炼在诗歌创作中将传统汉语诗歌的"意象"语言重新捡拾起来,并在现代汉语的语境中有创造性地发挥。比如他在《自在者说》里,围绕"同一"的意象展开写作,将中国哲学的天人合一的哲学融入到此一意象中,以《天》为题目写了八首诗歌,分别阐释"狂欢、陨落、环绕同一仪式""翱翔,黑色胎盘黑暗地轰鸣,以同一节奏""宣谕的天空越来越深通体赤裸,吞吐同一渊薮""逝者,比时间更苍老,聆听风于同一空穴""死亡般富有,暴露出嶙峋海底的同一深度""淬了火,同一赐福,看见万物是神是白骨""从未开始,而同一片刻,鼓声沉寂成为主宰""赤足同一黑暗,我一脸黄金赫然无人之座:空旷。不朽"。等同一在"同一"意象下的从生命"仪式"到死亡,以至最后的永恒的过程。将抽象的哲学理念,用生动活跃的意象群落展现出来,既具有现代汉语诗歌语言表述上的逻辑层次,又具有汉语古典诗歌的意象思维理念,其中文性特点体现得较为淋漓尽致。

第二节　多声部诗学结构的呈现

在二元对立思维和价值观念依然盛行的汉语新诗领域,追求诗歌价值标准的"纯粹性"和审美追求的身份界定成为一个潮流。每出炉一种理论,高举一个旗帜,就标志着一种诗学身份的确立。过度强调诗歌写作的身份,带来的也许并不是诗歌的多样性,也许恰恰是单一性。相比较而言,杨炼的诗歌写作呈现出的是多声部的特征。

首先,个体语调下的宏大叙述。当今汉语新诗写作是一个越来越具体,越来越追求细微题材,日常生活叙事、身体写作、私人化写作的年代。杨炼却没有放弃从 20 世纪 80 年代一出道就高擎的文化诗学的理念,以文化代言人的身份穿梭于古今中外的诗学资源中,用现代汉语的语境和现代人的视角来重构传统文化的时代身份,寓古于今,书写出一部诗学的文化史。他写诗,他的建构诗歌的空间诗学,都是"为了完成诗与整个人类生存的总体观照,诗抛弃外在的时间性,而在语言内部让不同层次的感觉互补,让相异的思绪相交,让局部充满流向和喧嚣而整体又浑然寂静如一。于是,构成方式本身成为诗之内涵的同义语"[26]。对诗与整个人类生存的观照,决定了杨炼诗学主题选择的宏大性。早期的《大雁塔》从"我"与"大雁塔"的换喻来思考"民族的悲剧","我将托起孩子们/高高地、高高地,在太阳上欢笑……"这种接续鲁迅《狂人日记》"救救孩子"呼声的未来叙事成为杨炼风靡 80 年代的标志,并成为他一生的诗学坚守。再比如他在以佛教为题材写作的《雕塑》组诗中,这样写"菩萨","完美的裸体/被成千上万不信神的目光/强奸",世人对佛文化的亵渎和戏谑跃然纸上。虽然佛教同中国本土哲学相结合诞生了"禅宗","酒肉穿肠过,佛祖心中留",但毕竟"心中之佛/像一笔所有人都在争夺的遗产/早已残缺不全",于是乎菩萨只有"手合十/任尘封的夕阳写出/一个受难的典故",一个在发源地以苦修为特质的宗教,毕竟难以抗衡中国的日常哲学,自然成了一个"受难的典故",但毕竟菩萨还是原来的菩萨,真正的菩萨还是无视世俗的偏见,"然而,你还是你/歌留给嘴唇,舞蹈留给风/荒野的清凉,总一样新"。再比如在《三世佛》中,他写了代表过去、现在和未来的三尊并列的佛像,通过宗教精神去感悟时间的哲思,"三张脸之间是一种不可证实的距离/三张脸,三副梦游者的微笑/呆滞如变幻时间的同一个抽象/或同一片刻中三重世界/谁也无法逾越这层薄薄的黑暗",过去、现在和未来看似有了明确的区分,但这种区分往往是徒劳的,在永恒的生命和宇宙中,时间的划分必然包含着荒诞和黑暗的未知。正如他在另一首诗《命运》里说的"时间到处都是空洞"。杨炼的诗歌总是喜欢选择宏大的题材,比如写中国的易经所体现出的哲学思想,"六十四卦卦卦都是一轮夕阳/你来了 你说 这部书我读了千年/千年的未卜之辞/早已磨断成片片竹简 那黑鸦/俯瞰世界万变而始终如一";写神灵,"我是瀑布的神,我是雪山的神/高大、雄健、主宰新月/成为所有江河的唯一首领";比如在《自在者说》里写天与风,在《与死亡对称》里写地和山,在《幽居》里写水和泽,在《降临节》里写火和雷,等等。其中,在写"地"意象的时候,还将其幻化成商纣王、武则天、西施、司马迁等在某一个时段可以主宰中国文化历史走向的历史人物,从诗歌的感性视角重新解读中国历史,比如这么反思武则天,"她以喝令百花的威严凌驾山势/血光之灾一气演变/双乳坐北朝南,诸天星象缤纷神女//她以雾中长发挽成苍苍林海/欲归无路,高高在上的谥号无辞","老妇蜷缩于棉被中,阴唇枯朽如纸/无字碑文于万载茫然里似笑非笑,斑斑脱皮",这里,诗人已超越历史评判的勇气,来反思武则天作为一个普通人或者说一个女人的失败,历史舞台赋予的权威并没有成全她的幸福与美好,所谓历史功绩都随着历史的变迁而逐渐模糊,"斑斑脱皮"。杨炼对文化诗学的坚守毫无疑问来自于对汉语文学精神的深入反思和做出的现代性考量,相对于盛行的以消解深度为己任的平面写作来说,杨炼的诗歌自是难能可贵。这种宏大叙述显然和曾经流行的集体话语的宏大叙述有着根本的区别,它首先是立足于个人的视角,从诗人独特的个人体验出发来展现的历史宏观场景,并不具有代言的他者视角。

其次,建构穿越时空的对话体。将不同时代的诗歌和诗人,穿越时空,在一个共时的空间里进行对话,在汉语诗歌里面是有传统的。比如古人的集句诗,就是以今人的眼光将不同时期诗人创作的诗歌断章取义之后,重新组成新的诗歌的过程,比如洪升《长生殿》里的下场诗中的《私祭》诗,"南来今只一身存"来自韩愈的《过始兴江口感怀》,"新换霓裳月色裙"取自王建的《霓裳词》,"人生几回伤往事"来自刘禹锡的《西塞山怀古》,"落花时节又逢君"则是杜甫在《江南逢李龟年》中的佳句。戏剧家洪升是清朝人,诗歌里集聚了唐朝不同诗人的诗学感受,放置在一起,形成一种超越时空的对话,也是今人以现今的眼光重新审视古人诗歌的一个超越时空的对话。到了汉语新诗,这样的对话诗体依然时见笔端,相对于古典的集句诗,自有创造。比如闻一多的《红豆》一诗的开头引用王维的"此物最相思",然后再展开写作,《孤雁》一诗则引用杜甫的诗"天涯涕泪一身遥"。诗人穆旦的《五月》则将汉语传统诗歌体式同现代新诗缠绕在一起,展开一个丰富有趣味的对话:

五月里来菜花香
布谷流连催人忙

万物滋长天明媚

浪子远游思家乡

勃朗宁，毛瑟，三号手提式，

或是爆进人肉去的左轮，

它们能给我绝望后的快乐，

对着漆黑的枪口，你就会看见

从历史的扭转的弹道里，

我是得到了二次的诞生。

无尽的阴谋；生产的痛楚是你们的，

是你们教了我鲁迅的杂文。

负心儿郎多情女

荷花池旁订誓盟

而今独自倚栏想

落花飞絮漫天空

而五月的黄昏是那样的朦胧，

在火炬的行列叫喊过去以后，

谁也不会看见的

被恭维的街道就把他们倾出，

在报上登过救济民生的谈话后谁也不会看见的

愚蠢的人们就扑进泥沼里，

而谋害者，凯歌着五月的自由，

紧握一切无形电力的总枢纽。

春花秋月何时了
郊外墓草又一新
昔日前来痛苦者
已随轻风化灰尘

还有五月的黄昏轻网着银丝，
诱惑，溶化，捉捕多年的记忆，
挂在柳梢头，一串光明的联想……
浮在空气的水溪里，把热情拉长……
于是吹出些泡沫，我沉到底，
安心守住你们古老的监狱，
一个封建社会搁浅在资本主义的历史里。

一叶扁舟碧江上
晚霞炊烟不分明
良辰美景共饮酒
你一杯来我一盅

而我是来缮宴五月的晚餐，
在炮火映出的影子里，
有我交换着敌视，大声谈笑，
我要在你们之上，做一个主人，
知道提审的钟声敲过了十二点。

因为你们知道的，在我的怀里藏着一个黑色小东西，

流氓，骗子，匪棍，我们一起，

在混乱的街上走——

他们梦见铁拐李

丑陋乞丐是仙人

游遍天下厌尘世

一飞飞上九层云

这种无论从诗歌文体上还是表现内容上的相对表现，运用反讽的手法所展示出的诗歌意境的错乱，都赋予这首诗以无穷的张力。儿歌的牧歌情调和浪漫气质，战争的残忍和痛楚，相互照应。同时期的辛笛的《门外》也基本采取了这种诗学结构。这种写作方式从一个细小的侧面贯通了汉语古典诗和现代新诗的一种对话，是一种很好的系接选择，只可惜随后的诗人并没有对之作更好的、更为深入的探讨。

新时期之后，杨炼在继承汉语新诗的这种传统之后，又颇富独创性地进行延伸，在更为完善和深刻的基础上作了探索。他的那首《与死亡对称》中的诗，比如《地·第一》：

地·第一

（他：商纣王）

黄昏　　　静

　而生坛

　字　一个一个逃离

黄土盛大涌起

星宿湮灭远方

静于中心

暴君的庭院坐着　石头累累如光

是这日子择定他,火择定他

反叛的莽原野性如吼,狼烟逼近

高台孤零零被弃像一尊巨鼎

松弛的膂力,宝弓鹰犬四散为暮色

那一袭玉衣

他说,是死神:天命玄鸟

　　　　　　降而生商

群山俯首这一张犁下

四季的种子

膨胀成一只将出土的蝉

夜一击　白杨脱身而去

像悬空腐烂的尸体

太阳享受他的祭祀,堕胎之血一池烈酒

泼洒于地女人背叛的翩翩舞蹈

太晚了,如今已没有一只杯子能举起

游夜之火祈天之火,骸骨嘶嘶复仇的音乐

在云端盲目威严　这时辰空前

袭杀每一只飞鸟的嗅觉

预兆烧成琉璃瓦

零碎地死在周围

如水的静脉将引爆：兀立铜柱上炮烙的欲望

玩腻了心，漫天扬起耀眼的蝙蝠

当幽灵黄昏最后一道谕旨

通体透明地巡游碧空

他说，够了：天曷不降威

    大命胡不至

  拾阶而上

  脚掷进汉白玉的盘子哑口无言

  被践踏的土　至高无上的土

  黄　红　蓝　白　黑

  聋于中心

  推开一扇门　月亮罪孽深重

山上青烟袅袅

  是积雪

  在这首诗里，融汇着这样几层对话，一层是杨炼创作的现代诗歌部分，体现在现代汉语语境下，作者对商纣王的酒池肉林、炮烙之刑以及遭致的遍布"野性之吼""狼烟逼近"的窘境的描述，感性而细微，真切而震撼世人，这当属历史的共识。另一层对话则是里面突兀出现的"天命玄鸟，降而生商"和"天曷不降威，大命胡不至"两句古典诗词所形成的意境。"天命玄鸟，降而生商"出自《诗经·商颂·玄鸟》，说的是商朝诞生的故事，据《史记·殷本纪》记载，"殷契，母曰简狄，有娀氏之女。"后来简狄在洗澡的时候,"见玄鸟堕其卵,简狄取吞之,因孕生契"。自此诞生了商朝,得自神灵,朝气蓬勃。"天曷不降威,大命胡不至"则出自司马迁的《史记·殷本纪》,记载的是商朝末年,不堪忍受周王虐待的老百姓发出的亡国呼声。这样,司马迁、《诗经》和杨炼对商纣王及商朝历史命运的不同理解共同汇聚到这首诗歌当中,穿越时空的阻隔呈现在一个共时的空间里,从而形成一种有意味的对话,从历史的在场人物到历史的评说再到当代诗人的评论,主题虽然是一致的,但表现方法还是值得赞赏的。在杨炼的诗歌中,还有另一种相似的诗歌结构,比如《同心圆·第四》里面的好几首诗歌的副标题都是杜甫《登高》中的诗句,《递进的迷宫——无边落木萧萧下》《递进的迷宫——不尽长江滚滚来》等等。这种围绕一首古诗而展开的汉语新诗写作,在一定意义上引发人们对现代汉诗和古典汉诗,现代汉语和古典汉语关系的思考,在断裂的历史关系中,用融合与系结的方式来处理两者的关系,还是值得肯定的。在他的《幽居》组诗中,杨炼熟练地运用反讽的手法来,将看似突兀的民间俚语、俗语创造性地嵌入到诗歌的创作中,彰显出另一种诗歌对话结构。比如《幽居·水·第一》:

水·第一

在死核桃中挣扎　　**泥菩萨们**狂饮自己的命
在砸碎脸的一刻　　像貌出走
扑到我肩上吃我　　日子回来吃光日子

灭了顶笑抽着烟笑
喂我说时间有的是
陷入死核桃中的脚　　又在枝头倒吊着

像被掐住鳃的鱼　快活地游

那儿风多的是

流啊流啊流啊流啊

猪八戒照镜子　这片晴空不远也不深

总得有一条狗泡涨在脏水里

饶成舌　流成诗人

总得会　透过黑暗狂饮自己

像石饮叶　叶饮鸟　鸟饮云　云饮梦

知足者长乐臭烘烘的姻缘遍地是

不逃了**那都是昨天的事啦**不逃了

死核桃一副地狱的面孔

石在石中漠然逝去而叶在叶鸟在鸟云在云

梦沤烂了我被影子狠狠嚼食

残缺的手　散落在朽坏的杯子旁

隔开一秒钟我已看不见我们

　　在这首诗中，我们看到，诗人用新鲜的比喻来描述"水"意象，如"核桃"被砸碎后的样子，水被击中后"像貌出走"的景象。尽管水在树叶、飞鸟、云乃至人的梦中不停涌现，互相饮用、吞噬，连人的姻缘都用到"水到渠成"这样的词汇，但这些并不能够改变"石在石中漠然逝去而叶在叶鸟在鸟云在云"的现实状态。其实，这些诗学思想上的表述还不是最引人注目的。最值得瞩目的是，诗歌里的那些黑体字，这些突兀出现的民间俗语或者说哲理名句。这首诗如果删掉这些句子也能成为一首现代诗,但恰恰是这些句子的存在,给诗歌带来一种反讽的色彩,在深邃的哲理和肤浅的大白话之间交错,在阅读上产生一种意境的间离效果,有点类似于马原小说中的叙述套路。"归根到底,诗人生存的深度,认识的深度、思想的深度,最后都要落到诗歌语言的深度上。《幽居》的结构,前八段和后八段是一种互补的曲线:泽泽水水水水泽泽——水水泽泽泽泽水水,从文字上也是相对的。如果说'知人知面不知心'是一种约定俗成的公共格言,那么'声援时间与生命为敌并不是罪恶'就是我个人的格言。我所引用的大众的格言和我自己创造的个人的格言之间,也是一个既相对,其实又呼应的关系。即使在语言的对比上,也反差强烈,色彩鲜明。像'猪八戒照镜子'和'咬人的狗不叫'这类大众口语的直接引用,直触某种语言的集体潜意识。别忘了我也是这集体的一部分!后面的个人格言呢,像不像对那潜意识的一种回答?这种语言组合又最终被这部诗的标题《幽居》所概括。'幽居'就是个人的内在困境。不管是大众格言还是个人格言,都是自我之内层层困境的隐喻。"[27]同样的诗歌还有很多,比如《水·第二》中将"知人知面不知心""防人之心不可无""咬人的狗不叫"掺杂在写作中,在《水·第三》中将"自作孽不可活""哀莫大于心死"等掺杂其中。尽管很难说杨炼诗歌中的这些叙述模式有多成功,但至少为汉语新诗写作提供了一种可能。这种可能在海峡另一面的诗人余光中那里能够找到大致的回应。余光中说:"我理想中的新诗的语言,是以白话为骨干,以适度的欧化及文言句法为调剂的新的综合语言。只要配合得当,这种新语言是很有弹性的。我想在实践上,不但新诗人,即使现代小说家,也多少有此信仰。"[28]也许,在这条实验的路上,能为汉语新诗重新开创中一条康庄大道来。

第三节　重思的必要

对于汉语新诗来说,杨炼是一个恒久而卓异的存在。他的创作贯穿整个新时期以来的汉语新诗,并且将继续下去。他虽然作为朦胧诗的代表诗人之一,但从一开始就显示出迥然不同于其他朦胧诗人的诸多特征,比如,当众多的诗歌或明或暗地来控诉刚刚过去的时代,揭出伤疤来诉说冤屈的时候,他从一开始就超越了这些具体的形式之痛,走向更远的思索,因此有了长途远足之后的《诺日朗》,这样的既有诗剧、对话又有抒情写意笔致的诗篇,从民族宗教信仰到具体的山水风景,其遍布的象征意义并非能为当时代所能理解。无论是题材选择还是意象选用,乃至诗歌理念的阐发,除了接受层面的"晦涩难懂"外,他都不同于其他的朦胧诗人。如果说,归来者诗歌和朦胧诗都属于"应激"作品,也就是出于不满和激愤而进行反驳式的写作的话,那么杨炼的写作则是立足于诗歌自觉,他在写于 1986 年的《诗,自在者说》中提出要"学会以诗歌的名义说话",反对用现实、浪漫、象征等各种"主义"来"囚禁诗歌",并认为 80 年代中期的诗歌面临一个如何摆脱西方诗歌资源的拘牵和对"古老遗产脸谱化搬用"的陈旧模式的关键时刻。"在中国,诗歌已经到了这样一个时刻,它对任何古老遗产的脸谱化搬用或追随西方流行观念后亦步亦趋均不屑一顾,它毫不容情地把那些猎奇者、故弄玄虚者、哗众取宠者和西方文学'未注册的函授学生'们从自己身上淘汰下去。"[29]

杨炼诗歌的被忽视,或者说没有获得应有的关注,并不是个例,它几乎是一代诗人的景象。诗歌评论家唐晓渡说:"《诺日朗》在很多人看来是杨炼的代表作,这个事情很悲惨啊! 这也不是杨炼一个人,大家现在一说北岛就是《回答》,北岛很郁闷呢！那是我早期的作品而且是问题非常大的作品,都羞于再提,但是没办法,一说,就是《回答》。有的时候这种东西,就是非常要命,后面有的东西就完全被遮蔽掉了,像杨炼后来的《大海停止之处》、《同心圆》等。"[30] 汉语诗歌史的讲述基本也是停留在朦胧诗的阶段,相对忽视了这些以朦胧诗起家,但创作重心并不局限于朦胧诗的一代诗人。杨炼认为自己朦胧诗时期的创作只是"练笔的'史前期'",并因此"而从自选集中统统删除",其理由在于那些诗歌不具备他理想的"从生存感受,到语言意识,再到诗歌观念的整个'诗学'特征"。[31] 相比较于他后期众多的诗歌写作和诗学论文,重新厘定杨炼对汉语新诗的贡献显然是必要的。

　　杨炼本人对目前文学史对他的认识也是有深深的怨言的:"今天中国的'诗歌批评'(文学批评)百分之九十五压根儿没碰到诗本身。它们充其量只能被称为蹩脚得吓人的翻译,在讨论着不知是谁的问题!"[32] 这种不满,显然是有其个人意绪的,但也反映出一定的批评现实。造成这种窘境的,固然同这些诗人的作品的出版情况有关,但另一方面也彰显出文学史书写的沉滞,同时为当代诗歌研究提出了新的挑战,面对那些曾经叱咤风云,基于各种原因消失在视野中很长一段时间,忽然又出现的这么一批诗人诗作,该如何处理? 采取什么视点? 该如何重新面对这些延伸出来的新的诗歌生命? 从整体和微观两个角度给予新的文本分析,重新厘定其文学史位置,以掩盖和补足当代诗歌史因为时间的域限所带来的学术尴尬。

注释

［1］杨炼:《一座向下修建的塔》,凤凰出版社2009年版。
［2］郑敏:《思维·文化·诗学》,河南人民出版社2004年版,第235页。
［3］［瑞士］索绪尔:《普通语言学教程》,高名凯译,商务印书馆1980年版,第

194 页。

［4］西川：《答米娜问》，见西川：《深浅——西川诗文录》，中国和平出版社 2006 年版，第 290 页。

［5］杨炼：《诗，自我怀疑的形式》，《一座向下修建的塔》，凤凰出版社 2009 年版，第 51 页。

［6］春燕：《汉诗的未来——杨炼访谈录》，《中华工商时报》2001 年 07 月 25 日。

［7］杨炼：《一座向下修建的塔》，《一座向下修建的塔》，凤凰出版社 2009 年版，第 244 页。

［8］杨炼：《诗，自我怀疑的形式》，《一座向下修建的塔》，凤凰出版社 2009 年版，第 51 页。

［9］杨炼：《IN THE TIMELESS AIR——中文、庞德和〈诗章〉》，《一座向下修建的塔》，凤凰出版社 2009 年版，第 170 页。

［10］傅斯年：《怎样做白话》，《新潮》第 1 卷第 2 号，1919 年。

［11］鲁迅：《鲁迅与瞿秋白关于翻译的通信·鲁迅的回信》，见《翻译论集》，商务印书馆 1984 年版，第 266 页。

［12］周作人：《与友人论国民文学书》，《语丝》第 34 期，1925 年 7 月 6 日。

［13］何容：《中国文法学》，转引自昊乐：《母语与写作》，山西教育出版社 1999 年版，第 51 页。

［14］语言学家王力如此认为："有些研究外语的朋友反对我们建立汉语自己的语法体系，以为看不懂，看不惯。这是善意的批评。但是我们也诚恳地告诉这些朋友们，五亿五千万汉族人民完全有权利建立自己的语法体系，而不依傍任何语言的语法体系。有些人说我们标新立异，没有事实根据的标新立异当然是不对的；但如果是根据汉语语法特点而建立自己的语法体系，那应该是无可非议的。""新，就是我们所要建立的新的语法体系；异，就是我们将来这个语法体系的汉语语法特点。这个新体系建立了以后，将无往而不利。不像现在我们天天谈汉语特点，天天还是在西洋语法的范围内兜圈子。必须跳出了如来佛的手掌，然后不至于被压在五行山下。"（见王力：《汉语的民族特点和时代特点》，《中国语文》1956 年第 10 期。）

［15］王力：《中国现代语法》，商务印书馆 1985 年版，第 335 页。

［16］余光中：《余光中谈翻译》，中国对外翻译出版公司 2001 年版，第 99 页。

［17］郑敏：《思维·文化·诗学》，河南人民出版社 2004 年版，第 262 页。

［18］陈东东语，《访问中国诗歌》，西渡、王家新编，汕头大学出版社 2009 年版，第 146 页。

［19］西川：《答米娜问》，《深浅》，中国和平出版社 2006 年版，第 290 页。

［20］江河：《小序》，《青年诗人谈诗》，老木编，北京大学五四文学社 1985 年版，第 25—26 页。

［21］谢冕：《诗在超越自己》，《黄河》1985 年第 1 期。

[22] 杨炼:《一座向下修建的塔》,《一座向下修建的塔》,凤凰出版社 2009 年版,第 235 页。

[23] 杨炼:《中文之内》,《一座向下修建的塔》,凤凰出版社 2009 年版,第 92 页。

[24] 杨炼:《诗,自我怀疑的形式》,《一座向下修建的塔》,凤凰出版社 2009 年版,第 45 页。

[25] 杨炼、叶辉:《冥思板块的移动——杨炼、叶辉对谈录》,《诗探索》2003 年第 1—2 辑。

[26] 杨炼:《诗的自觉》,《一座向下修建的塔》,凤凰出版社 2009 年版,第 82—83 页。

[27] 杨炼、叶辉:《冥思板块的移动——杨炼、叶辉对谈录》,《诗探索》2003 年第 1—2 辑。

[28] 余光中:《论新诗的语言》,《余光中集》第 7 卷,百花文艺出版社 2004 年版,第 47 页。

[29] 杨炼:《诗,自在者说》,《诗刊》1986 年第 1 期。

[30] 张学昕:《"后锋"诗学及其他——诗人杨炼、唐晓渡访谈录》,《当代作家评论》2009 年第 4 期。

[31] 杨炼:《我的文学写作——杨炼网站"作品"栏引言》,《一座向下修建的塔》,凤凰出版社 2009 年版,第 161 页。

[32] 杨炼:《一座向下修建的塔——答木朵问》,《一座向下修建的塔》,凤凰出版社 2009 年版,第 227—228 页。

——原刊《中国现代文学研究丛刊》2013 年第 12 期

第三章　杨勇诗歌印象[1]

作为卓有成绩的青年诗人,杨勇写诗是比较早的,并在黑龙江省绥芬河这样一个边缘性地域获得了新诗写作中心的关注。"诗歌于我,只是我无限地接近没有诗意生活的助推器,是我无限接近世俗生活的力量。尽管实际上,它起到了相反的效果,把我一次次一层层地从生活中踢出来。"[2]实际上,虽然稍嫌寂寞,但他的诗歌创作和诗歌活动早已自成气候。20世纪90年代和诗人杨拓一起创办的《东北亚》民刊,在创办初期以《东北亚诗报》的名字面世的时候,就刊登了王小妮、翟永明、韩东、宋迪非、阿西等有较大影响的诗人作品,彰显出阔达的诗歌视野。进入新世纪,随着经济的发展,众多民刊蜂拥而出,印刷质量和内容也都有所超越,但《东北亚》的坚持,使它至今仍保持有较强的影响力,和《剃须刀》、《诗参考》等创办于黑龙江的诗歌民刊一起,构建着遥远北方的诗歌景致。作为一个诗歌整体,《东北亚》焕发着新的生命,杨勇的诗歌也有所变迁,从2005年的《变奏曲》、2012年的《日日新》,再到近几年对生活细节的深度探索,产生了诸多值得关注的新质。

第一节　回望故乡：羁旅的意义

20 世纪 80 年代末之后,汉语新诗的生存境遇发生了很大变化,江湖气息减退,学院氛围愈益浓厚,并在保存和延续汉语新诗传统的同时,具有了自我审视的理性眼光,汉语新诗得以超脱长期以来的非诗化因素,在属于自我的园地里耕耘、收获,以中年写作的从容姿态和叙事性为表现的形式意味成为 20 世纪 90 年代的标志性诗歌术语。在这个新诗整体潮流中,杨勇的诗是具有学院风格的,尤其是诗行里浸透出的丰厚的知识底蕴、读书人的智性表达风格,以及那些恒久而深远的超越性主题。他的诗习惯于在冷静客观的文字之下包裹来自生活的脉脉温情,而不是做诗意的夸饰张扬。他的一些诗善写读书人与生俱来的孤独情绪与羁旅沧桑,并因之而走入不及物式的写作,这也使得他的诗能够摆脱地域边缘的影响。新世纪以来,对精神原乡的追寻,一直是文学表达的主题。这一方面表现为精神坚守、书写相对固定的精神孕育地,于坚和雷平阳笔下的云南,张曙光、桑克笔下的哈尔滨,等等;另一方面则是离开现实的地域境,以旅途的方式去寻找彼岸的精神故乡,以反衬现实故乡的窘迫,比如海子、胡弦等人的诗,这也符合反工业文明背景下的诗歌潮流。因此说,"车站""火车"等意象成为新世纪新诗中的重要意象,被众多诗人所书写。路也的《火车站》、肖铁的《一个人的车站》都专注于此。从生活方式到诗歌表现,杨勇对旅行本身及其对生命的意义都有独特的理解,既有时代的内容,又有个性化的赋予。在《旅途》里,诗人从旅途的漫长而心生无限感慨,生命的瞬息与理想的遥远,"有什么东西死掉了/前程还很遥远",一直坚持走在路上,这就是旅途的魅力和意义所在,也有无法解脱的绝望。提及火车,就不得不提到诗人对驿站这一词语的钟爱,在《浮生》中,火车与驿站构筑起整首诗的意象框架,成为诗人笔下独具风格的意象选择,"梦是铁轨/身体是火车/驿站/醒来一站又一站",旅途永恒,浮生若梦,不安的身体与灵魂即使是在无意识的梦中也重复着行走,呼吸声被同化,有着如火车驶过铁轨般的律动。这种孤独也被浸透到异域物象上,"巴尔的摩街头/雨下雨//一个神经轻轻地被一笔带过/四十岁/就结尾了//百年后/寒冷的小说才点燃热烈的人格//壁炉/却一辈子没亮过"(《埃德加·爱伦·坡》)。忧郁从来都是属于全世界的诗歌,它不会只独属于某一个单独的个体,也会跨越千里万里来到中国北方诗人的笔下,带着自身的苍凉,走向他的诗行。在《听杜拉斯讲述〈琴声如诉〉》中,诗人在别人的故事里陷入沉沉的痛苦无法自拔,诗歌要展现的不是只有娱乐与狂欢才能被公之于众,那些藏在角落里的发霉的哀伤也可以被翻出来晒晒太阳。这样我们估计也就更能领会他在《火车站》所写到的结尾,"靠背的车站黑下来/行李、旅程和子夜/沉入流霜里颤动。/还是没有人接我"的凄凉感。这种感觉甚至已经成为一种地域性的感受,在北京"看见那些钢铁的车,那些波浪/拐向更新潮的广厦/我在那儿没有家"(《北京》)。圆明园则是"瘦硬的山骨/挤着毛发里秋雨和雾气/我的皮肤冰凉"(《圆明园》),《哈尔滨站》《大庆》《绥芬河》,甚至是这些数量众多的诗篇,富有地域性特色的北方城市和车站连绵相遇,诗人双脚的跋涉让地图上的标记变得格外丰富和鲜明,在中国的北方行走出一条优美圆润的弧线,"落日在石油浸泡里烙成一张金色的大饼",在诗人笔下饱饱眼福,重复着咀嚼、消化,营养充足,进而能跟得上极富跳跃性的表述思路。以食物标注地标,让未到之处变得生动可感,并充满追求的欲望,"野蘑菇打着脱胎换骨的小伞//菜地一夜之间拱出高楼/豪华餐厅烧在花苞里"(《绥芬河》)。从日常生活的审美出发,寻常小物也美得如此可爱迷人。从北方离开,满怀期待搭乘诗人的列车,黄土遍野的山西让我们看到了俏皮的嘲讽和无比辛辣的想象,"枣子点燃炼狱/黑色之火搭上一列天堂的火车跑//黄皮肤的黑脸但丁/在那里挖煤"(《山西行》)。诗里的火车走的不是寻常路,诗人对神话的解构与重组让旅途在想象和现实之间来回踱步。火车的风雪载途,一段路途无外乎有两个极端的方向,离家与回家永远是天平的两端,如何寻找到平衡,也许是开启一段旅途最大的难度。离家千里便可领略异地风光,年轻的心是向着新鲜的方向生长,可是一棵枝杈横生的树,缺水的时候还是会不自觉地望向自己的根须,那里孕育着一份长久的期待,这期待足以解游子的长途沧桑,寂寞荒凉。为此,除了一辆火车,诗人还勾画了一个不在场的母亲,但不在场远非缺席,而是另一种程度的思念,想念母亲就是游子思归乡,在午夜梦回的时候泪水涟涟落在异乡的枕边,"想得家中夜深坐,还应说着远行人",正是这份不在场构成了符号般的隐喻,故乡在这里成为一种诗意的修辞。在《母亲》中,诗人写到"像一只麻雀,像一片落叶","有人走了,我回来。"这一切都是母亲所赐,叽叽喳喳的活泼话儿只想说给母亲听,落叶归根,母亲热切深情的眼光在儿女心中扎下了不可撼动的深根。一次"《偶遇》",想到母亲丰富的赐予,"它们腹下的一排鼓胀的乳房叮咚响/引导着更小的花牛仔/它们就从两排绿色山林夹成的幽暗峭崖里跳出来/我刚从那里来/那里的坟墓静极/那里的鲜花缤纷"。坟墓的意象在这里出现,可并没有使人感受到冰冷,因为有了母亲的指引,花牛仔们已从布满坟墓的幽暗峭崖里跳了出来,是母亲护佑它们一次次远离危险与死亡,是母亲的呼唤让它们从迷失中重新归队,如果不贪恋缤纷的鲜花就不会靠近冰冷的坟墓,放弃迷恋,才能走好前方的路,也才能体会母爱的意义。诗人的一篇《幸福》,一语双关,幸福既是母亲的居住之地,是他的家乡,又是和母亲在一起散步的难忘安闲,"我和刚病愈的母亲围着幸福/兜圈子"，"现在,我陪着母亲走/在微冷的天底下/围着她走/随便地谈着往事/乡关夜暮/又回到了幸福"。回到幸福,在这里又是双重之意,乡名幸福,游子归乡。陪伴是幸福,母亲在身旁。诗人巧妙地将"幸福"二字运用到诗句之中,读过之后,让人在歆羡诗人文字功底深厚的同时,又体会到了诗人对母亲的爱与深深的依恋,匠心独运。

列车和母亲作为高频词语出现在诗人的诗行之中,通过一个家乡又把它们紧紧相连,写思乡、写亲情的诗歌不可谓不常见,但当杨勇将旅途的孤独与故乡的温情相结合、相对比,以一种平中见奇的感慨呈现出来,饶是动人,没有过多的修辞,没有过分的夸张,朴实的情感直直地捧到眼前来,像一部真实的纪录片,让看惯了"连续剧"的我们看到了诗歌脱离故事情节之外的另一面。"我们无须夸张故乡的意义,无须对文化的地域性积累过分地固定。我们在不可逆的时间里远行,正在卷入越来越范围广阔的文化融汇,但我们无论走出多么远,故乡也在我们血液里悄悄潜流,直到有一天突然涌上我们的心头,使我们忍不住回头眺望。回望故乡,是每一个人自我辨认的需要,也是远行的证明。"[3] 母亲不是太阳,不是月亮,不是万能的化身,母亲只是那个在院子里房前屋后来回走的头发花白的人。有了这种情感底色,旅途也并没有那么可怖与充满艰辛,几张车票就能和诗人一起体验北国的万种风情。

第二节　古意今释：汉语新诗的一种可能性写作

汉语新诗除了自由性的标签外,很难寻找到更为本质性的特质。因此说,当代诗歌的写作谱系上,无论是诗歌内容的驳杂性还是语言形式的创新性方面都呈现出日渐繁荣与庞杂的状态,无论是"翻译体"的域外影响,还是本土资源的重新淘洗,都是探寻汉语新诗写作可能性的积极行为。相比来说,对西方资源的青睐要远大于对传统汉语诗歌资源的重新梳理,多少缺少了些许对古意的归化与探寻,并没有继承卞之琳、废名、徐志摩等人开创的"化古"传统,无论是知识分子写作还是民间口语化的喜好,都相对忽视对传统的再吸收与创造,当然,这其中有一些向传统汉语诗歌"致敬"的作品,比如以杜甫、李白的名义来树立旗杆来写作的诗人,但这些有益的探讨也多倾向于对诗歌在语言技巧上的锤炼与翻新,甚至是直接将古语古字放置在诗句中,以形成对话的关系,但还是略显生硬和将就。在诗歌意境的营造上似乎也更加追求陌生化,意象中写古、寻古也许在数量上尚呈现出可观的样态,但历史主义的追求仿佛逃离了诗人的视线,对时下热门话题的关注似乎已经足以满足诗人的写作需求了,为了追求新奇而走向生涩,或者干脆继续沿袭口语化甚至口水化的路子狂奔下去,虽然诗歌的种类、形式和内容在不断被丰富,被改写,被创造,但总是觉得缺少了什么。这就是汉语新诗如何在诗学精神而非只是在技法上重新处理传统汉语诗歌的资源。进入新世纪,汉语诗歌的现实证明这种迷失已经成为诗歌的"阿基琉斯之踵",成为汉语新诗写作实现厚积薄发的隐患,需要进行新的有创造性的探索。在这个意义上,我们有必要关注杨勇的写作。他曾在短短的几年之内,集中写作了这样一批具有实验性质的诗歌,提供了诸多质量上乘的文本,以独特的视角和深厚的文学底蕴对古题进行了一系列翻新,不停地在与古人进行着精神上的契合与心灵上的沟通,这种沟通甚至有时候是返回到了古诗写作的现场。可以这样说,如果你只是单纯地读杨勇的这类诗,旁边不放上几本《唐诗集注》《宋词集注》或者在阅读过程中不使用搜索引擎等现代传播检索工具的话,就很难进入到他的诗歌境界里去。去领会《蜀道难》背后的热爱与赞美,《秋浦歌》背后的深情与难忘,《秋风辞》背后的哀伤与感叹,这些都在杨勇的诗行之下展现出世界的广阔与优美,也只有这样厚重的汉语诗歌资源让杨勇的诗能够超越传统视野中海上的点点冰山,感受到海平面之下的震撼,感悟到河水的流速缓慢的同时领会到河底的鹅卵石被冲刷得有多迷人,能够引领读者扎个猛子到河底看一看,触摸那隐匿在表象之下的迷人的美。或者说,诗人向历史借了一个李白,便让他的诗浪漫异常,不谈及爱情的浪漫也不会让人觉得兴味索然,"李白还在抬头/醉酒壶里有醒公文/月票不是月光/有末班车/回家也不用那么着急了"(《静夜思》),曾经的思乡只能是借酒浇愁,与明月邀舞,对影成三人,而今,坐上末班车,思念的距离似乎也被忘却,如今的《静夜思》可能吟着、吟着就到了家,日思夜想的人儿在刹那间就会笑颜如花。古今之比,李白之思与如今之思,哪一个更有意味?"唯余情节由黑至白/你猜/什么在由白至黑?"(《秋浦歌》),"白发三千丈",李白的一份比喻汪洋恣肆,明镜里何处得秋霜怎会不知?不忍承认的只是无端的岁月流逝、年华老去罢了,诗人借李白之镜表达了自己的感叹,可知要理解这份感叹需要跨越千年去看看那时那人的两鬓斑白。诗人也写《蜀道难》,写的却不是道路的艰难险阻,写的是现实世界中的困难重重,重压之下的人们在做着无形的攀登。一首《忆东山》是诗人对李白的致敬,诗人以超常的想象力借助于李白的古典诗意来阐发今天的命运思量,以现代的非诗化语词来对抗抒情写意的古意象。《春风辞》《秋风辞》《青玉案》《如梦令》,这些现代新诗的文字都透着丰沛的古典美,用古典的词牌来抒写着现代的诗情,把古典情感的语词品格完美地嫁接到现代的诗情之上,精湛的技术促成了它们的完美融合,跨越千年的优美在诗行里开出充满异香的花。"我写出的文字呈现出的是真实的一个人和真实的处境。

古代的诗歌,几乎都是发于内心而喷发的,写的也都是自己,只不过因个人的境界、学识、经历不同才产生区别。这一点和现代文人不同。"[4]这份与古人写作心境的契合也是诗人选择将古意投射进自己诗歌写作的重要原因之一吧。

第三节　超越性写作:关注日常的意义和方法

在古希腊故事中,不明真相的痴情种阿波罗对月桂女神的钟爱成全了月桂树,从此由它编织的桂冠和花环便蒙上了一层神圣的色彩,继而被冠以圣物的美名流传至今,每一份荣耀的获得都少不了它的见证。毫无疑问,诗歌的头上一定也是顶着一顶月桂冠的,以诗记史,以诗记英雄,以诗写壮志,以诗诉情怀,以诗表信仰,诗歌似乎成了一条通往神圣与高尚的快捷通道,一种精神礼仪。随着日常生活审美化哲学的深入影响,以及多样化、多姿态的美学风格被普泛接受,20世纪80年代中期以来,诗歌也被卷入到对生活琐屑的描述之中,寻常小事闯入了诗歌的描写队列,如果不能够赋予诗的意义,或者如新的叙述方式的介入那样,重新编排诗歌语言的格局,那么,对日常琐细的描述则是危险的,难免流于世俗。所以说,如何能在世俗凡常中发现美,让庸常的生活开出花,举手摘下诗歌头顶的月桂冠的时候能被人们发现却不加以指责,也是件十分不容易的事情。应该为杨勇在这方面有意味的写作并形成独立的风格,表示赞赏。杨勇的一篇《日记》表面上是流水账,实际上诗人却挖空心思将美藏在了最后,用熟悉而又陌生的语词和读者做"捉迷藏"的游戏,在精心的设计中不断提升诗歌的可读性。"什么都没有停下来:一箱瓶子空了酒/夕阳空了山//山空了林/林空了鸟/鸟空了我们/我们空了暮色。"这种类似于"顶针"的语言修辞,链条式的语言结构锁住了一幅"暮色下,夕阳里,酒尽人散乱"的画面,画面的意境美和快节奏遮盖住了诗歌开篇时一系列意象堆叠的拥堵感。他的不少诗篇在看似平实无物的庸常标题之下,埋藏的却是诗人丰富的想象,在《给颈椎》中,诗人围绕颈椎大做文章,这份困扰众多人的新奇的选材让人一震,通过低头、束缚、疲倦等关涉到这类病症的词汇,彰显出干预现实的思想意义,因之有了更为丰沛的象征能量,诗歌以有力的反问开篇:"试试能否硬过时世之积弊? 当我一低头/你的疲软感就来了。"被颈椎病所困扰的诗人不吝惜将这以现实写入诗行之中,与身体进行的一番有深度的挑衅性对话,"现在,秋声沥沥,低头太久的文章,即使耿直脖子去写/也是萎靡的病。你向饭碗、机关、文件和电脑弯曲得太久了/通向中枢的思想和行为,早早惯了例,黑了客,八了股",从身体的病症走向文化的隐喻,鲜明地彰显对现实世界的嘲讽。《11 月 22 日:X 光片》中,"众神挖啊挖/挖到最后/满眼都是煤黑//没能挽留的一代/驱逐雪下去盗火",这里诗人借用西方神话的故事,从曾经黄皮肤的黑脸但丁到盗火的普罗米修斯,描述灵与肉在诗行中的随处交织,以挖掘躲藏在庸常生活背后的丰富隐象,"他们屁股还在椅子上。毛领上的计划脑袋,/从体制上拆不下来。落座后,两手按在政治经济学上,/用那些黑小丑的黑,用那些石头的穷和硬",X 光片透析之处不可谓不深刻,不可谓不透彻。另外,《生活报》是报生活,《庸》是记梦诗,《暴雪夜翻读〈红楼梦〉》中看出大悲悯的感慨:"看,白茫茫的大地真干净",历史与现实相同一并去区别。《俗可忍》里表达颠覆生活的枯燥与乏味,在死循环中寻找着妙趣横生的意趣所在。这些细致而又深刻的对生活中庸常景致的理解,部分应该来源于他喜好摄影的习惯,养就了一双敏锐观察的眼睛,诗人的直觉又让他对待日常生活中的诗意有了更为别致的理解。

能够将日常生活入诗而尚能免俗,把生活解剖出美感来,将生活里有着的犹如肌肉般紧实的纹理,有着的阻隔人们与它直接接触的厚实筋膜,有着的白森森却坚硬的冰冷之骨,以诗的笔法一点点剖析出来。不沉溺于英雄美人,不写花前月下,就能够摘下诗歌头上爱与美的荣耀月桂冠,也谈菜价,谈感冒,不是琐事不近身的闭关自守。渴望寻访桃园,但也学会接受柴米油盐酱醋茶,从来不缺少美,俯拾皆是诗意的灵动:"白月亮也从刀劈的峭崖羞羞地落下""然后—然后啊/看她有女初长的十八变/天天的清鲜/我为她醉了一回又一回"(《喀纳斯》)。亦不缺少清新的比喻:"蒙蒙绿柳下/藏着/一丛迎春花//恋恋不舍的/黄衣小女孩/向黑暗里张望。"(《清明小记》)从小女孩到少女是成长的到来,从少女到老妇是走向衰亡与沉睡,祭奠岁月的同时又在歌咏新生。从日常生活的零碎中进行超越性写作,杨勇的诗是有优秀的质地的。

随着 70 后诗人的诗歌创作日趋成熟,并且以高昂的姿态走上舞台,对于诗歌的解读似乎又有了新的入口和方式,他们思维的灵动与意趣的活跃赋予诗歌以新的动力。从杨勇的诗行中,我们不仅能看到疾驰的列车、慈祥的母亲、不断被注入的古意与对西方资源的借鉴、对生活场景纪录片式的拍摄与呈现,我们还能看到他不断探索新诗形式的努力与开辟新的诗歌路径的辛苦。他的诗歌里不时出现的副标题让人印象深刻,除去一些赠诗的交代,他还常把富有哲理的短句加入到此行列中来,如"存在不断碰撞着黑暗与虚无""万物周流,却不流动,又不曾消逝""虚幻的历史真相,全还原于假象的现实",提纲挈领,当头一棒,让人感悟到诗歌强烈的震撼力的同时随即陷入思考,这其中透析出佛家、道家关于存在的思考,贯穿对人类爱情、亲情、死亡、存在等永恒命题的个体化思索,这都让杨勇的诗呈现为超越性的、综合性的写作样态。因此,如果渴望只读一遍就能完全读懂杨勇的诗,可以说是件富有难度的事,但这么说并不意味着他的诗生涩难懂,枯燥乏味,而是因为包叠着众多的解读空间,而显得幽微深入。

在诗歌的结构与形式上,他也在做着不懈的尝试与探索,有着超越当前新诗写作的成绩。《词语解释》借用词典的行文方式呈现了诗歌写作的另一种可能,以丰富的想象将词语的诗意做了非词典的阐释,"死亡:像一条暗河,一座渡桥,一把钢钻",使用互不关联的比喻在另一个层面上以新鲜而陌生的方式重新诠释了死亡的多样存在,"大梦"则映现出无法摆脱的绝望,"在乌有之乡醒来,毫不羞愧,思索、走路、生长和腐烂"。解释词语的本意是为了让人更容易理解词语,在这里,却走向反途,把词语更加复杂化,以张力性的语言给诗歌以更多的可资诠释的空间。诗有别于字典的方面就在这里,字典是以理性解感性,而诗是以感性映照感性,如日月同辉,亦如四下铺散开来的藤蔓,疏朗之处,牵一发而动全身。《五行诗》将意象以短句形式排列组合,并把固有的顺序打乱,如同放映一张张投影,让人们自己在脑海中寻找系接关系,组织画面,完成读解的拼图,介入到诗歌文本的创作中,从而享受到文本外介入写作的快感,更好地享受诗歌。阅读方式的不同会使得每个人脑海中会有着不同的画面组合方式,不断使诗行的排列组合趋于最优化,一首短诗可以被读成无数首小诗。《乾坤卦》的跳跃性想象让人看不透这卦象背后的真相,诗人洋洋洒洒的诗行卜出的卦相究竟该做何解,不断挑战着读者的阅读经验,增加了诗歌表现的难度和深度。《拜访者》中,诗人和平行时空中的另一个自己对话,以虚幻的视角展示着现实生活中的场景,精神自我与物质自我两相比照,"一个人独居/另一个拜访者就会慢慢走来/黑暗的身形让阳光也措手不及",这种现代哲学常用的反思方式增加了诗歌表现的思辨性和话题深度。杨勇诗歌对传统汉诗资源的化用成绩,还应注意到修辞层面的实验。比如以反讽和解构的方式实现古今的对话,他的《过故人庄》,题目来自孟浩然的同题诗,"故人具鸡黍,邀我至田家。绿树村边合,青山郭外斜。开轩面场圃,把酒话桑麻。待到重阳日,还来就菊花。"在表述方式上则是对后者的解构,"铁牛都是硬骨头,没肉,在稻谷旁/现代化得旁若无人。酒倒是有酒,一桶桶柴油/我们午餐,一碗米饭,外加慷慨的化肥//不说桑麻,不说鸡黍,电视机播种的菊花/早在重阳节前就锄光了。又上来一盘走私的狗肉/出自羊身上,村长叼住个新村庄,卧在采矿的青山下"。生物的牛与现代的机器,酒、鸡黍和菊花也都没有了田园的闲适意味,而来自羊身上的狗,则将虚伪与虚饰的故人世界展现出了另一幅糟糕的面孔。《静夜思》中对读者潜意识期待视野的消解,《蜀道难》借用古意的意境对现代"煤渣和乌鸦"生活的反讽和宣泄,《游子吟》中现代话语的细节琐碎的叙述,《如梦令:流感》《青玉案》《二人转》等运用古词、古意象对现代汉语语序、寓意的穿插和消解、凸显,都为汉语新诗传统与现代的结系提供了可资借鉴的思路。

注释

［1］哈尔滨师范大学文学院 2016 级研究生包晰莹对本文做出了贡献。
［2］［4］杨勇:《日日新》,阳光出版社 2011 年版,第 145 页,第 149 页。
［3］韩少功:《灵魂的声音》,吉林人民出版社 1997 年版,第 78 页。

——原刊《百家评论》2017 年第 1 期

第四章 论诗三札

第一节 石头醒来之后
——从赵亚东的近作谈起

在以平等和公平为价值共识的社会结构中,阶层固化会在不同阶层之间产生间隙和积郁。在试图平衡不同阶层诉求的过程中,尤其是当文化认同整体失衡的时候,这种基于自身族群的修复本能,很容易移情为基于底层基本生存的话语塑造,借此来彰显一种公平和正义的努力倾向,宣扬统治力量的积极意义。无论是精神启蒙还是思想重建,这是文学现代化的过程中的常态,并成为中国乡土文学的重要组成部分。对于乡土写作,我们总有一种悲天悯人的叙述格调,以旁观的姿态彰显知识分子的精英身份,这自然无法真正接近乡土的真实。

新世纪以来,乡土写作有了新的面孔,"底层"让这种写作具有了阶层的群体概念,从新诗领域辐射出来的底层故事,一直在被以各种脸谱展演,唱腔纷纭,姿态各异,源出于这个群体自发的文字控诉,后来在充满怜悯和窥视的精英意识中,被逐渐营构成社会文化事件。无论是郑小琼、谢湘南还是后来的余秀华，都是在非常态的诗歌文本中烜赫一时，在各种凹凸镜中刻意书写表层创伤和生理苦难，或许这不应该是身处其中的从业者最为关注的对象，而是归结为文学对这个群体一厢情愿的先验想象。对于这个群体在文化整体中，更值得关注的性格创伤和命运型构的理解，则相对薄弱。这也导致底层写作只能是一种白描性的写作，无法建构可以同精英文化或者其他大众文化相抗衡的理论话语。相应的，底层写作也不可避免地成为精英文化的旁置物象，无论怎么折腾，底层写作同时也必然是边缘写作。鲁迅很早就说过，"在现在，有人以平民——工人农民——为材料，做小说做诗，我们也称之为平民文学，其实这不是平民文学，因为平民还没有开口。这是另外的人从旁看见平民的生活，假托平民的口吻而说的"，"现在的文学家都是读书人，如果工人农民不解放，工人农民的思想仍然是读书人的思想，必待工人农民得到真正的解放，然后才有真正的平民文学"。[1]现在看来，鲁迅的论断并没有成为历史符号。底层诗歌曾经有一个很好的开始，郑小琼、余秀华、许立志等人都是一线的底层诗歌写作者，但却在不长的时间内，在各种力量的牵扯下，有的迫于生活的窘迫而自杀，有的则进入体制，离开原来的写作路向，向精英写作趋同，底层诗歌也就趋向瓦解，而非诗人安身守命的乡土，一如当年朦胧诗的生成轨迹。

那么究竟怎么样才能讲出属于底层的诗歌故事？该由什么样的讲述人来叙述这个故事？也许我们阅读诗人赵亚东的诗作，会有所启发。

生于龙江长于黑土的赵亚东，创作生涯并不短，最早发表诗歌是在上世纪末，先后在《诗刊》《人民文学》《青年文学》等发表诗作，出版有《土豆灯》《石头醒来》等诗集，获得过"诗探索·春泥"诗歌奖。二十余年的创作，从青春到中年，从展现乡村与苦难到理性地接受并超越底层题材，上升到形而上的生存之思，赵亚东的写作是严肃而真诚的。

说赵亚东的诗歌能够代表底层写作的某一种样态,恐怕没有人会否认。无论是出身乡村的阅历还是诗歌写作的焦点,都比较充分彰显了其以乡村人客居城市的存在状态。在这个过程中,现实中的他有着一般人难以经受的生活磨砺,生存环境变化所带来的对城乡关系的理解和处理,从遍阅社会底层心酸,历经各种严酷风寒,到现在的高级新闻从业者,在城市精英文化中游刃有余。这些为其诗歌写作积累了丰沛的经验,也是成就其诗歌创作成绩的必要准备。正是因为有了城市文化的背景,让他更愿意将诗歌写作的视角驻足底层,敏锐的洞察力和过于勤勉的自觉创作,共同孕育出赵亚东的诗歌场。在新近出版的诗集《石头醒来》中,写土豆、飘荡河,写落叶、大地,写芦苇与水塘,写城市底层成长的苦难,写狂风暴雨之后的恐惧,等等,这些都是他中意的核心意象和基本主题。而这些远离贵族气息和安逸的诗歌想象始终伴随他的生活,并日益熔化为内在的精神。

　　新世纪文学中的底层叙事大多走的是自然主义的非虚构路线,以忠实的现实呈现来昭示底层最为脆弱和痛苦的征象,表面上追求零度情感的介入和客观叙述的尺度,但其内在宗旨是需要获得关注和承认。相比较而言,在写作姿态上,赵亚东的诗歌则传统得多,这尤其体现在抒情性的使用上,绵绵不绝的情感力量让他所塑造的底层形象立体而丰满,沉郁而坚韧。《醒来的人》中,以局外人的角度写城市带来的陌生感,由之而引发的孤独与悲怆,"他看见广场上,角落里,沙发底下/连他变形的手指缝里/都挤满了人,但他一个也不认识",城市人群的快速流动性和文化格局的频繁更迭,在钢筋水泥的组合里以分割的方式营构出孤立的空间和孤独的生存体验,在这其中的每一个人都是一个无法寻找精神原乡的异乡人;《渴望》中寥寥数语述尽命运的羁旅孤独,"草率地奔走,常常魂不附体",这种原生语境带来的仓促与慌张,让诗人对生存的反思有了难以从容的失措,这映现的是从乡村底层迈入城市文化之后,大多数人的茫然,有着时代的强烈痕迹;《微小的角落》里那个低到尘埃里的乡下人,在恐慌和否定中直面将来,"当我说自己是一个乡下人/我感到如此惊慌",来自原生身份的潜意识自卑映现的是一个群体面对隔膜的颤栗;《画棺材的女人》中那个命途多舛的女人,是乡村底层女性的一个缩影,"苍白的面孔,比这初春的河水更冷";在他的诗中,我们似乎能找到乡村生活中的各样面孔,以鲜活的样式呈现苦难命运的同构色彩,并组成诗人漫长的成长历程。长诗《唐岛湾信札》则以自诉的方式,以对话者的口吻通过儿子成长的坎坷经历,来写底层人融入城市的艰难窘境,并能够超越个人悲情的单纯展现,从城乡二元关系中思考人性的复杂性,以及如何面对命运必然要处理的苦难和孤独;《在墓地散步》中,写死亡的丰韵和永恒,"相对于被遗忘的丛林,腐朽的/树木更能说清归途。但我们/却不知来路",这里的诗人用恰如星空之于敬畏的方式来阐释死亡之于生存的意义。显然,曲折多变而又痛彻肌肤的生活阅历,让他的抒情是触及灵魂的,能够抽象出具有代表性的、普泛性的情感质素,移情到普通的物象中,用娓娓道来的语言生发出对时代、命运、时空等各种关系的情感寄托。从《土豆灯》的自发性到《石头醒来》中的自觉与自为性写作,赵亚东诗歌创作的进程是和他的年龄和阅历相应和的。从青春难耐的抒情到中年的沉稳智性,他的诗歌创作愈发迈向深度和广博,在处理经验的复杂性上有了更多的可能性,也具有了较高的辨识度。并渐渐认识到,从乡间步入城市的赵亚东,首先是以诗歌的样式建构价值认同的。相对于谋生的职业来说,诗人是他最为倚重的身份。

对于底层写作来说,基于人性关怀的抒情是重要的,也是文学想象必须的出发点和归宿,是实现"手之舞之足之蹈之"的传统诗学理念的。

与之相对应的,抒情也是浅显的,在厚重而复杂的现代生活面前,单一的抒情并不能承载诗歌应该完成的使命。也就是说,如果无法超越为对底层群体生存和走势的拷问,以及描述不同阶层之间原生命运必然的差异性所带来的无奈与悲凉,那么,赵亚东的诗就将是背离诗歌写作的初衷的,也会局限在狭窄的圈子里,无法实现超越具象生活细节的宏观之思,自然也就沦为和其他底层诗歌写作并无区别的同质性写作,正如美国学者弗兰克·伦特里奇亚说的,"想要成为一个诗人,最重要的品质是什么?就像批评家必须将自己从稍有差异的主观性中解放出来,以便发现文学的原型一般,诗人也必须将自己从自身特殊的存在中解放出来"。[2]只有如此,诗人作为经验的预言者和语词代言人的身份才能实现,也才能寻找到艾略特为现代诗所寄寓的"非个人化"的诗学旨归。其实不光诗歌,小说也是如此,我们无法忽视后期的"城堡""诏书""法庭"等专制符号代替前期来自"父亲"的虐待对卡夫卡小说思想性力量塑造的影响,这种转变是从具体向抽象,从事件向群体命运转变的重要象征,也是抒情受到节制之后呈现的理性深度。也正是这种"解放",让赵亚东的诗歌在基于个性经验的底层写作中,有了群体性格代言性的可能,让底层语词剥脱物质生存困境的狭隘性,逾越到更为深层次的精神困囿。比如他笔下的"飘荡河"是"已经远去的人,那向天空张开嘴的棺材/现在灌满了风",在同感和同理的经验系接中,"到底是谁,把他引荐给天上的神/又把他推回到我的身边",现实的飘荡河和精神的飘荡河,在信仰和想象中,重新构造自我与生死的关系,将本属乡土伦理范畴的河流扩展为自我、命运与神灵之间生存关系的符号,乡土或者底层精神的超越性象征意义明显;《落叶很快覆盖了这一切》中,对乡村时空因变痕迹有了深度的凝思,"这个秋天,我常常感觉到恍惚/雨中的拖拉机,早已经变成一堆废铁/老房子的主人去了山里,再也没有回来/旧时的车马,在雨的抽泣中瑟瑟发抖/是谁丢下了这些金黄的玉米/在院子里,落叶很快覆盖了这一切",虽然依然纤细琐碎,但至少懂得节制。循此而行,也就有了《苦豆寺》中的彻悟和悲凉,《另一种禅悟》中的自我、父亲和农耕三者关系的重新打量,一种对存在的形而上思考。

或者说,塑造自我和世界的复杂关系,成了他的诗歌关注的核心对象。无论是土豆的隐喻还是石头的醒来,都是恰如其分的自况,土豆的天然与纯粹,石头的沉稳与深刻,都足以代表诗人某一个阶段的身份指向。读者可以在土豆里寻找"被涂抹的天空,下坠的夕阳/挂在牛角上的残月",也要在土豆里寻找"人间另外的样子"(《遥远的土豆》),这样的赵亚东动人心魄,涕泪涟涟;我们又看到"最后一枚果子也要掉下去了/你亲手种下的菊花,一天天瘦下去/我担心再过些日子/就只剩下一身雪白的骨头了","为你熬的药还在罐子里/我们种下的粮食,还没来得及收割/当寒风带走最后一片叶子/亲爱的,我们绝不会为自己祈祷"(《我们决不会为自己祈祷》),这种戏拟带来的对话让诗人的视野荡漾开去,在更为阔达和超越性的时空里,以彼岸性的映照,来思考自我的存在方式。这同样体现在《原来的人》中的想象,两个自我的对话与交流,"如果真的从某一时刻开始/我们变成另外一个人/走路,吃饭,惊慌失措地睡去和醒来","那原来的人在哪儿/他守着最初的时间,老旧的马蹄声/某一个深秋,澄碧的星空/满满降临到此世",这既是对往生的质问也是对现存的怀疑,既是对时空变离的怅然若失,这种缺失带来认知失衡,"今天我们所经历的一切/烈酒,烟草,废弃的楼宇/慌不择路的骏马隐身成一张白纸/正被原来的人注视",也是对未来充满警醒的质问,"他反复质问我的姓名和来历/斜叼着遥远世纪的烟卷儿/落魄而又骄傲,并不急于拆穿/我们今天的生活"。多重身份和阅历,决定了他在对底层写作的处理上,能够兼具诗歌旁观者和精神当局者两种视角。

在生存经验脱离原生文化圈的同时，又可以从精英文化的视角重返底层话语，多视角讲述底层的诗歌世界，也让他能够更为从容地考量城乡二元关系的空间转换意味，以超越单纯空间挪移的意识，将这种关系的变化想象出诗歌的家园。比如在《冬日回乡》中写返乡，"炊烟已成传说的一部分"，"土坯砌成的老房子，低着头/像一个犯错的老人，等待责罚/而过去的一切，房子里的人/他们曾经站在寒冷的风中凝望什么/这一切已经没有任何痕迹"，乡土的失去在留恋中引发出对生存境遇的思考，在时间的磨砺中，生命的历史脆弱而迅速。《芦苇割倒了秋风》中，写自我的深省，"苍茫的芦苇，割倒了一片一片的秋风/竹筏缓慢而悠然，一切都是/不经意的，我们突然看见了自己/那些在水底的幽暗的火焰……/哦，原来是我们把自己藏得这么深"。

赵亚东的诗经常会出现的意象是"门"，如《所有的门都隐去面孔》《与一扇门的和解》等，还有"坟"，如《夜路》《忏悔书》等，门开处是坦途，关闭则是阻隔，在思考底层生存如何蜕变和获得拯救的时候，他将其作为一种命运的隐喻，无奈、苍茫甚至是不可遏制的愤怒，那种只有不懈地勤奋和努力才能压制的不安感，都是同样的底层写作相对疏忽的。

无论是诗还是人，赵亚东都是清醒的。相对于抒情时期的清晰性和明确性，今天他试图走向更远，在组诗《隐身术》中写"禅悟""遗忘"，在《发烧》中否定语词的有效性。他曾经在《苦豆寺》中感叹"枯败了的最后一株蓝野菊"，以及"我吟诵天下所有的经文/也没让菩萨闭上眼睛"的一声叹息。恰恰是这一声叹息，将个人的苦难、孤独与恐惧，做审美化的处理，尽可能上升到对底层群体内在精神经验的本真状态的书写，艰涩的石头醒来，赵亚东的诗迈向熟稔。

［1］鲁迅：《革命时代的文学》，《鲁迅全集》第 3 卷，人民文学出版社 2005 年版，第 441 页。

［2］［美］弗兰克・伦特里奇亚：《新批评之后》，南京大学出版社 2017 年版，第 13 页。

［3］文中所引诗歌来自诗集《石头醒来》，赵亚东著，哈尔滨工程大学出版社 2018 年版。

——原刊《廊坊师范学院学报》2019 年第 1 期

第二节　怀乡：以后锋的方法
——阅读宋心海的诗

无论是从明末的手工业经济算起，还是从 19 世纪中后期的洋务运动算起，中国乡村经济向现代身份的转变都如滔滔江水，经济的流变自然带来精神意识的重塑，也就有了社会文化的现代化，文学有了书写工业文明的机遇。作为舶来品和被动的产物，汉语文学的现代化并不是发自肺腑的一次自然因成，而是外力强袭的结果。面对令西方现代文学望尘莫及的厚重传统，这种转变势必是一次综合各种时空因素的过程，线性逻辑的进化论或者是非此即彼的替代论，都无法恰适地阐释汉语文学历史面孔和各种现实景象，自然也就无法准确地未卜先知。譬如汉语新诗，抒情为先的古典诗和叙述的现代诗相得益彰，统一在汉语的语符下，各自有不菲的拥磊。跳跃的意象和语词逻辑的直书，让文体形式现代性的大一统梦想形同虚设。乡村的古朴之风和城市喧嚣的机器流水线的并置，同样让现代城市诗的充分孕育至今仍是泡影。在很大程度上说，我们生存的重要样式之一依然是乡村，从形式的描摹到内在质素的厘定，炊烟和亲情钩织的生长线索，牧牛和乡邻连缀的童年故事,此类文学想象仍旧是大多数人落月之后,面对自我的归乡,构建着从容而又不停纠缠的精神原乡。也就是在这里,我找到了阅读宋心海的诗的路途,并试图寻求其诗歌的精神世界。

乡村一直是汉语新诗浓墨重彩描述的对象,并引致出各种各样的乡土诗歌、乡土诗潮,风格和主旨也有所变迁,比如民国的乡村是落后的宗法制和苦难的象征,北大荒诗歌的乡村则是战斗青春勃发的地方,20 世纪 80 年代的麦地、黄土地则是文化寻根之后的圣地,20 世纪 90 年代的乡村与乡土则是反思城市文明弊端的另一种标志。在现代化的宏观浪潮中,乡村一直是象征文明走向的城市文化弱化的对象,这种轨迹还获得了先锋的意义。但在以城市文明为代表的工业文明越来越呈现出不契合于人类合理化生存的负面效应之后,这种先锋的合理性也遇到了瓶颈。

究竟该如何思索乡村? 宋心海诗歌的"后锋"写作自有其启发意义。

宋心海童年在乡村长大,然后进城求学,并长居都市,是改革开放以来,现实乡村的沦落与城市文明崛起的二元变迁的见证者。作为诗人的创作经历,又决定了他不同于一般的旁观者,而是思想意义上的重构者,并因之而建构起属于"这一个"的乡村诗意镜像。作为资深媒体人,他所主政的新闻媒体为居住的城市塑造出清朗、优美的文字"风景",这种都市经验也为他的诗歌创作提供了多姿多彩的背景资源,城市与乡村,童年与中年,甚至是存在与死亡,为他的乡村镜像提供恰当的时空对照,让这些思想的种子来源有自。这些经验聚焦于富有承载力的典型意象上,比如《回乡记》中,借助于"铁"来写"返乡"。返乡途中,一路奔波,飞机、火车、客车、自行车都被诗人比喻为各种各样的"铁",冷漠而又充满疲倦,"层层包裹的铁/挤压的铁,就要窒息的铁",

在这种令人厌倦的物理景象和焦虑情绪中,过渡到"回到故乡的铁/找不到锁孔的铁",惶恐中的自我迷失于对故乡的寻找中。城市经验中钢筋混凝土的"界限"和"冷漠",各种交通工具的物理构成,丢失精神世界之后自我认同感的缺失,失去功用的曾经的"钥匙",这些跨时空、跨物象的不同情感指向,共同融入到"铁"的意象中,可触可感,以通感的手法,将现实的返乡与想象的故乡之间的差距映现出来,如此的恰切,应该说他为汉语新诗写作的乡村贡献了新的意象。也正是这种对复杂的经验的匠心,使得这首诗呈现为复调的意蕴状态,丰富而立体。也正是从城市视角反观乡村景象,诗人的乡村也才有了更为深远而阔达的书写。在《套住太阳》中,诗人将理想幻化之后的乡村自然经验运作于城市的诗意生存中,"在想象的街市/城市不再需要围墙",然后可以借此遥望来自童年记忆的天空,"用多彩的积木/为他们搭建/童心歇脚的地方",并在汪洋恣肆的想象中,"放飞我的木马/它嘶鸣着,咬住长杆儿/套住那太阳",这里我们似乎找到了郭沫若在《天上的街市》中绮丽的意境,那种悠游而从容的心境。从心理学上说,这种来自乡土自然印象的城市构图可以解释迪士尼乐园那样的构思为什么会出现在繁华的都市,并为孩子们所陶醉,成年人艳羡不已。人类长期历史进化所积淀的自然记忆,在后工业文明带来的城市精神空洞中,自然需要来自童年的乌托邦理想的弥补。这种久居城市的弥补,让他对故乡充满眷恋之情,路旁的一棵树,一粒爆开的豌豆荚,盐碱地里的土坟,甚至是回家时张开的泥土里,故乡无时不在(《关于故乡》)。以至于要去皱纹里翻找,在被贫穷熬干了的小溪里翻找(《回忆往事的某种方法》),那个沉默无声的故乡,"拿起笔/就有一只只小船/缓缓地/靠岸"(《故乡》)。于是,故乡在精神而非现实的意义上具有了栖居的可能。"家乡的山冈,最安稳的座椅/每次临水而坐,都感觉/进入了一座宫殿/我和风都是这里的仆人"(《我和风都是这里的仆人》),或者是"飞来飞去/两只眼睛注视我/清晨的雨水/晚霞映红的老家"(《那只麻雀》)。

在城镇化成为大势的格局下,乡村的符号性意义远大于现实性,从而上升为一种生命的持存方式,为人类提供反思当下行为的机缘,并彰显出"生活在别处"的最为恰当的版本。相对于轻率而浅表的抒情,综观宋心海的反思具有哲学意义,借助于抒情的话语,揭示语词背后的孤独与悲悯。"年轮里那么多河流/滋养童话的天空","在河边静坐良久/忽然懂得/星星,都是从水中升起的/似乎为了我/她们才睁开眼睛"(《水的味道》),以回避的方式,在超越时空限制的河流旁,回归到童话的世界里,在适当的情感节制中营造如此丰沛而清朗的意象,这种浸润着无法挣脱的孤独的想象让"故乡"的忧思丰满起来。在《小村》里,写与炊烟的对话,"她认不出我的样子了/嵌进山脊的炊烟/有了太多的皱纹",然后看到孤零零的墓地,"还是我离开时/憨厚的样子",此情此情,只见"破碎的屋瓦上/只有我,和两三棵枯草/在摇晃",写老宋家的树,"那些树根本就不认识我/那些树根/裸露在大地上/没有一课树求过我/我也从来没奢望/变得和这些树一样"(《老宋家的树》)。这种自我隔断式的书写方式在他对伦理亲情的描述上体现得更为优卓。他写对已故大哥的追念,场景选择在黑天之时的柳树林里,借助于和伙伴祝老二打鸟过程中的失散,展开叙述,"在柳树林子里/一黑天,谁也找不到谁/我就在秋风里哭",时过经年,祝老二和天空依然,"大地只剩一只鸟/唱他们当年的歌","我不知道那是不是我的大哥/从另一个世界里/回来了",平铺直叙中,阴阳相隔的失兄之痛,举重若轻。或者是移情于具体物象上,"我们去看大哥/看着烧纸钱的母亲/我忽然发现/她的大拇指烧掉了/二拇指正在哭成泪人",这一哭,让兄弟之谊、舐犊之情跃然纸上(《母亲的手指在哭泣》)。

犹记得，鲁迅在《阿Q正传》中忧虑阿Q的姓氏与名字，而且是孤身一人住在土谷祠里，其身份事迹并没有任何传记可以纪之。之所以忧虑和为难，因为这些都涉及到阿Q的身份认知，舍此，阿Q就只能是一个问题（Question）。鲁迅的时代是一个重在轰毁而鲜顾建设的时代，自然更多是立足于从解构的意义上呈现农耕乡绅文明的流徙，幼年私塾攻读，青年博取功名，中年在外为仕，然后告老怀乡，落叶归根，传统仕人的这种"大团圆"的生活轨迹在新的世纪里只能是逝水流年。作为文学事件，鲁迅对阿Q的忧虑显然是既具有历史意识又具有前瞻性的。强调"任个人而排众数"的城市文明面前，孤身一人的阿Q具有普泛意义。随之而来的，则是家乡变成了故乡，成为每一个生活在现代都市人的"原风景"。身居与遥望，此在与回望，百年之后，这种孤独与悲怆在宋心海诗歌中的赓续，同样有普泛性的意义。

当20世纪90年代的新诗立足于叙述性的时候，注重逻辑关系和语句完整性就成为这一时期的文本现实，口语诗的大行其道，重新将"文"的质地呈现出来，带来诗写新质的同时，又将"诗与散文"的历史魅影浮现出来。基于此，新诗形式的"意味性"重新被诗人们重视起来。语言的省略与留白，句法与词语搭配的陌生性，语言经验上的个人化，等等。都为新诗的文体意义做了有益的探索。宋心海的诗显然在这方面做了有意识的努力。他的诗少长句，多短语，强调语词本身的空间呈现方式。比如《宋朝汝瓷》：

宋朝汝瓷
凝神。静气。深入禅境
去召唤

大地就醒了
宋朝也就醒了

汝之土，之火
骨头最纯粹的光芒
是汝瓷

我是在
一个写满宋词的朝代
读到了汝瓷
这最炉火纯青的一句

　　这首诗善用动词来彰显动作的节奏，"凝神。静气""深入禅境"与
"去召唤"之间另起一行，充分利用视觉上的空间缓冲和阅读留白，强调
意图。"大地就醒了/宋朝也就醒了"，以及之后的分行，都能够在营造
诗歌文本的空间结构上下功夫，从而丰富诗形的张力。这种写法依然
形成他的诗歌美学的一个标志。比如《感谢谁》《梦到一句话》等等。相
对于口语诗或者叙述诗依然占据主流写作姿态的新诗来说，这也是"后
锋"写作的一个征象，但却具有先锋的意义。

——原刊《中国诗人》2019 年第 1 期

第三节　此刻的诗意如诗亦如云

——子张的诗与诗论

一

初次识见子张老师，是在 2016 年暑期的南开大学罗振亚教授主持召开的"穆旦与百年中国新诗"的研讨会上。是日酷暑，汗浸衣衫，他做大会主持人，依然是张弛有度，从容不迫，娓娓道来，颇有谦谦君子之风。他对穆旦诗歌有着重要的论述，写于 2004 年的《20 世纪 40 年代批评视野中的穆旦》是新世纪以来关于穆旦研究的重要成果之一。从当时代的批评来重现昔日穆旦诗歌的样貌，较为全面而细致地整理了闻一多、王佐良、周珏良、唐湜等伴随穆旦诗歌创作的学人评述，尤其是发现了吴小如在 1947 年发表于天津《益世报》的那篇《读〈穆旦诗集〉》，对于全面研究穆旦的诗，有史料价值。第二次见面是在 2016 年深秋的东南大学王珂教授主持召开的"中国现代汉诗研讨会"上，我有幸作为会议点评人，细读了他那篇短小精悍的会议发言，其中对于"现代汉诗"取代"新诗"作为上世纪初以来汉语诗歌命名的质疑，提出警醒之言，"我理解的现代汉诗就是现代的或现在的汉语诗歌，它的基本内涵不超出'新诗'的基本内涵，这也就是说，所谓现代的汉语诗，仍然是区别于传统旧诗的新诗，其主要诗体特征仍然是非定形自由诗。除了诗体上的'定形化'，它有着一切的可能性，这些可能性就体现在它与现代精神、与现代汉语、与现代文体、与现代人及现代国家的种种关联之中，但这种可能性只能是自然生成的，而不是理论家先入为主预先设计、预先规定出来由诗人们按规定动作操练的。'现代汉诗'只能从每一个诗歌写作的个体求之"。显然，这是中肯而又符合新诗创作与批评现实关系的论断,为尚未成熟的新诗批评体系的建立,提供了有益的主张。

　　子张是山东人,"夫齐鲁之间于文学,自古以来,其天性也",其老友傅国涌有艳羡之词,"总觉得他是一杯清茶,几句小诗,一副与花草诗书为伍的闲散样子。他说话永远慢条斯理、不急不忙的,过的正是现代人艳羡的慢生活。与他一起出门看山看水,喝茶闲聊,总是感到放松、悠闲也踏实,生活的脚步仿佛跟着他就会突然放慢"。他的诗歌研究和诗歌创作起步于向来为文化厚土的泰山脚下,并在长期和文学圈的诸如冰心、袁忠岳、朱德发、丁帆等大学者的"雅集"中,养成了诗性人生,这表现在评诗——有专著《历史·生命·诗》(浙江大学出版社 2017 年版)出版,或者写诗——有诗集《此刻》(北京燕山出版社 2016 年版)面世。这让我明白,在强调身份界限的现代知识分子认同中,子张是一位写诗歌文章的人。所谓"文章尔雅,训词深厚",其人其文其诗,自成一格。

二

　　《历史·生命·诗》,凡五卷,分别为"新诗史论""民国诗人论稿""归来者论稿""续归来者论稿"和"当代诗人论"。其中,既有抽象、宏观的诗歌史论述,比如"1949—1978 年的大陆诗歌""困境与突围——蔡其矫'反右'后和'文革'时期的诗歌写作及其文学史意义"等,也有具体细微的诗人论,如"论作为现代诗人的李广田""风雨忧患六十年——吕剑其人其诗"等。总体来看,诗人论的篇幅要远大于诗歌史的篇幅,这是符合上述"'现代汉诗'只能从每一个诗歌写作的个体求之"的批评论断的,从个案的研究出发,由点到面。因此说,子张的诗论是认真做过"田野"调查的,在结论的得出上,慎之又慎。今天的诗歌史知道,蔡其矫诗歌的创作生命长达一个甲子有余,从 20 世纪 40 年代一直到 2007

年去世。可以说几乎参与1949年以来历次重要的诗歌思潮,他的诗歌创作和活动对于20世纪70年代末和80年代初新诗生长的意义,重要性不言自明,没有他,也许朦胧诗会以另一种方式登场。作为个案,其创作历程本身就具有诗歌史的意义。子张用近50页的篇幅,3篇宏论,从友人书信、创作年表、诗歌史梳理等方面,全面而详细地对蔡其矫的诗歌创作活动做考察,具体而微之处有教科书式的清晰,亦有忠实的数据陈列,但却没有多少篇幅用于对其诗作历史功绩做结论性的断言。这颇让人意外,一般来说,斯人已逝,大可盖棺定论。文章算得上有溢美之词的,大致有两处,一处是如此说的,"我认为,无论是'乡土诗''咏怀诗',还是'现代讽喻诗'和'情诗',都是蔡其矫以一颗'大爱'之心,熔铸了自己的生命和理想,奉献给那个特殊年代的独一无二的创作珍品。这些诗章以厚重的内涵和精湛的艺术延续了20世纪中国诗歌的生命,而又推进了它的发展,使它的历史最终没有中断于封建主义回潮的时代,从而改变了它面临绝境的命运。当然,在那个时代坚持真正意义上的诗歌创作的并不只有蔡其矫,但无疑,蔡其矫是其中最优秀、最富有魅力的一位"(《历史·生命·诗》第221页)。另一处是这样的,"蔡其矫的'新时期'是他个人生命的老年,却也是他诗歌艺术的巅峰阶段,蔡其矫对汉语现代诗的独特贡献将使他成为20世纪后半段最重要的中国诗人之一"(《历史·生命·诗》第239页)。两段论述虽然用了"最优秀、最富有魅力、最重要"的激赏性词汇,但其中崇仰之情的情感厚度远大于理性定论的分析性力量,无论是阐释的充分程度还是逻辑论争的合理性,这和文章里对蔡其矫创作状况的考证性梳理都是不"相协调"的,这种重事实呈现而相对弱化主观评述的诗论,更多的是让事实呈现结论,而非作者长篇大论的诉说,相对于学术文章常走"偏锋"的锐利与深刻性路途,对研究对象来说显然更有力量。作为学术习惯,这种学术思路同样延伸到了《唐湜早期文学活动考释》一文,该文通过对九叶诗派的代表诗人之一唐湜早期文学活动的详细梳理,对其文学活动做了准备期和自觉期的划分,并详述其每个阶段的文学活动,指出其诗歌《英雄的草原》在史诗体裁构架上的实验性,重点考察唐湜作为新诗理论家的意义,"他的成就和意义,首先是与《诗创造》特别是《中国新诗》的成就与意义联系在一起的。作为这两个新诗刊物重要的组织者与参与者,唐湜以兼职编辑身份先为《诗创造》组织了'诗论专号',后为《中国新诗》撰写了'卷首'《我们呼唤》,相当于发刊词"。众所周知,《诗创造》和《中国新诗》是 20 世纪 40 年代新诗"才子才女"们发表诗作的代表性阵地,以至于后来的"九叶诗派"也被称为"中国新诗派"写入教科书里。子张的这种论述实际上将唐湜置于"九叶诗派"的理论预设者的高度,一如闻一多对于新月诗歌的作用,可以说这是目前为止对唐湜诗歌贡献的最高评价,而且是言必有据。进一步说,唐湜对"20 世纪 40 年代的新文学现象进行的开拓性、发现性评介,辛笛、郑敏、莫洛、汪曾祺后来成为占现代文学一席地的重要作家和诗人,而对他们的首次专文评论都是唐湜所为,这些评论至今具有珍贵的文献价值"。唐湜的这种发现者身份,与钱玄同为胡适的《尝试集》作长篇序言、茅盾写《徐志摩论》、谢冕和孙绍振对朦胧诗的推介一样,彰显批评在特殊场域下的阐释性意义,唐湜理论家的身份让其接续汉语新诗创作与批评的良好互动传统的同时,在诗歌思潮、文本剖析、诗人论等方面的突出贡献得以凸显。尽管子张在文章结尾处说,刻意降低研究的重要性,"本文的重心不在于对唐湜 20 世纪 40 年代文学文本的细读或分析,而意在对其当时的文学活动历程做出较为清晰的勾勒和考释,因此它只是一种基础性的研究工作"。但毫无疑问,文章本身透出的信息量要远大于这个简单的结论,并在关于唐湜和"九叶诗派"的研究中,有着重要的地位。从《历史·生命·诗》的整体布局来看,子张的诗论并不拘泥于分析哲学的牢笼,并不一定要追求评论的体系化和过于严谨的逻辑推理,而更倾向于印象式的评论。相对于三段论式的学术论文书写方式,优秀的印象式评论需要更为深厚的学术底蕴和熟稔的语言表述积累,以及深入研究对象的真诚态度。子张的诗论,从悲剧情景的营造来释读牛汉的《温泉》是悲悯所致的同理心,所以有"牛汉的诗,是在烧焦的大地上重新萌芽的树桩,是在高原的烈风中从容前行的驼铃,是蒸腾到天空化为彩虹的血液,是囚禁于地狱深处的人子的歌声"这样情感充沛洋溢的形容语句;以散点透视的方式去论述木心的诗集,在近乎平行的视野中论述木心的《我纷纷的情欲》《伪所罗门书——不期然而然的个人成长史》《西班牙三棵树》《云雀叫了一整天》《巴珑》和《诗经演》。其阐释方式同样是客观呈现的,从每一本诗集的基本出版情况出发,然后选择一个基于自我阅读兴趣的一个角度进行切入,比如对于《我纷纷的情欲》用的是"诗体"和"宁静之感"的意境来统摄选篇,然后就是该诗集代表性诗篇的呈现,这种思路看似平常,但惊奇之处在于,子张以摘录的方式让诗篇直接呈现在文章中,几乎不加评语,将个人的审美意趣潜隐文本的背后,如此写作着实和有着强烈"诉说癖"的洋洋长文迥然有别,如蜻蜓点水,浅尝辄止之处,亦能扰动波纹荡漾,很合木心诗歌的随意性情。这也似乎就是山东师范大学著名诗人、作家袁忠岳先生对子张诗论的评语,子张"生性沉静,甘于寂寞,喜欢用一种闲适的心情来做学问,采诗东篱下,悠然见南山"。

三

就阅读经验来说,直觉告诉我,子张不是先验的诗人,那种属于诗歌的过人天赋在这里并没有多少痕迹。能够成就其诗歌的,应该是丰富而多元的生活经验本身，与生活打交道，直接呈现思想本来的样子，不去刻意遵循诗歌概念的样子做修饰，或者说他的诗并没有受外界多少的影响。因此，子张的诗并没有苛求清晰的文体界限，既有自由体的所谓新诗，也有"新五言诗组"体现的旧诗声韵，还有《沐浴缤纷的落叶》这样的长诗尝试。这种看似驳杂的文体景观，统一在子张的创作中，恰恰映现了 20 世纪以来汉语诗歌不得不面对的一个尴尬景象：当新诗的革新者胡适们以对立的姿态，以新必然代替旧的进化论观念，试图用新诗取代旧诗成为汉语诗歌的主流样态。今天看来，这种相对忽略诗歌演变复杂性的做法只能是一厢情愿，新诗不仅没有获得旧诗曾经的荣光，同样也无法遮蔽旧体诗在抒发性情上，依然有存在的合理性。就目前来看，这种分野依然故我，虽然有些杂志比如《扬子江诗刊》《岁月》《北方文学》等开始尝试刊登旧体诗，但在诸如评奖、诗会等公共空间的诗歌行为中，旧体诗依然是局外人，新诗和旧诗依然没有超越形式上的分野，在诗性质素上寻求同一。在塑造诗性表达的过程，现代汉语为诗歌提供的表述可能性没有建立起统摄两种诗歌观念的核心质素，这不能不说是目前汉语诗歌创作和批评的一个遗憾。子张的写作在提醒着一个事实，如果抛弃掉抽象概念的束缚，直视内心和生活的诗意需求，那种来自生命本身的对善、美等伦理情感的涌动，应该是能超越文体技巧界限，并最终实现新旧诗相同一的一种可能性。无论是言志还是缘情，诗歌始终来源于生命内在的需求，"手之舞之，足之蹈之"，所谓"知人论诗"，读其书，颂其诗，然后知其人。"如今，写诗，于我而言，久已由一种喜好变成了积习，就如饮闲茶、翻旧书、享野趣一样。"和诗论一样，子张在诗集《此刻》序言中对诗的真诚融化到生命的深处，并不露痕迹地混同在日常生活里，诗如人生，人生自然如诗。《此刻》的出版，可以看作一种隐喻，此刻是诗，便处处是诗，并不刻意去期待远方和别处。

子张的诗,笔调是闲适的,题材是自由的。信马由缰处,可以在腊梅的清香中,偶得峰回路转的豁然开朗(《腊梅香》),亦可以在韭菜花的时空变幻中触摸年少情怀,"新鲜的韭菜花/也是十五岁那年/用白豆腐蘸着吃的/韭菜花呀"(《韭菜花》);可以让日常之见有哲思之美,"听说/他们还在下雪/纷纷地/纷纷地/而我的花/也还在花花地/开着//我注目于你的哲学白/而恋着我文学的花衣裳//你呢",叙述人称之间的转换,让日常的对话穿越于想象力的时空交错,雪的哲思与文学的感性交互相映,最终汇聚到疑问的轻情,恰如千叶拈花,举重若轻,于细微处见大世界。一般来说,闲适格调的养成,其凝视的焦点多元而包容的,无论宇宙之大、苍蝇之微,喝茶饮酒,都可入诗。思绪遍及之处,或者写现世的"噪音","传媒的高音,/拥挤的人群"(《噪音太多》),或者是蜜蜂与花的勤勉和希冀(《蜜蜂与花》),或者是仰天长问,"就算是长空缀满了星星/湖上漂满了珍珠/谁相信婴儿会停止哭泣/诗人便不再孤独?"(《天问》)如果说,"美的生活就是伦理上善的生活"(理查德·罗蒂),那么,子张诗里彰显出来的施与之爱,很好地诠释了人伦至善的境界。施与之爱是蓝色湖面上的静穆之美,"有耕种必定赢得丰稔,/通过施与获得恒久的生存:湖水宁静,心灵宁静,/还有远处的长堤、山峦和树林"(《天地之间的蓝色湖面上》)。如此,都能够在诗意的湖面上,荡起波纹。子张对世纪老人巴金的由衷敬意,"即使被人称颂的贤者/也难免最后归于虚静/惟有烛照他人的意志/才幽灵一般随风流转","在黄昏和清晨衔接的地带/手杖化生为一叶渡船……"很好地写出了作家之外的巴金,在中国现代知识分子群体中的"良心"的历史定评,"渡船"是为渡己更为渡人,手杖支撑的是更为广博的人伦天空(《手杖——题巴金近照》)。他所关注的冰心也是"文章和稿费都送给别人/苍老的时间也觉得羞愧/面对一颗没有皱纹的心/呵,智慧的和风思想的水晶/仁爱的彤云世纪的玫瑰"(《意志的风景——赠冰心先生》),从人格至善的角度,道出另一个冰心的面影,超越简单的童心和单纯的母爱之后的仁爱之美。他所寄寓的北岛,"一位孤独的旅人/漫步于黄昏的野渡","渡我/也渡那位疲惫的旅人"(《寄北岛》),以象征的方式,道出北岛的诗曾经对饱经时局沧桑的一代人的影响,寄寓生活上的期望、情感上的安慰和境遇上的谅解。这种善还体现在数量不菲的讥刺诗上,比如讽刺无耻文人,"每天是春天,/一切都逢迎,/骂别人无耻,/自己最无行"(《文人太骚》);嘲笑假诗情,"心情和表情/让媒体着迷/用诗歌赚取/生命的虚荣"(《诗情太假》)等等。对于诗来说,充沛的想象力是联系物象与心像,进而形成优秀诗篇的重要能力。自然,这注定让说理或者说警句远离诗歌,依靠丰富的象征意象之间的各种结构关系,在创作与阅读的不同时空里,呈现瞬时而复杂的意义系统。在诗意信息传达和接受的过程中,诗歌基于想象力所组成的召唤结构,让阅读的参与显得尤为重要,这也是小说、戏剧甚至是散文等文体所不具有的特质。这一点,甚至被康德界定为是否为美的关键环节,"为了分辨某物是美的还是不美的,我们不是把表象通过知性联系着客体来认识,而是通过想像力(也许是与知性结合着的)而与主体及其愉快或不愉快的情感相联系"(康德:《判断力批判》)。显然,子张的诗是有这种想象力的,能够捕捉到陌生意象之间的系接,生发新鲜的意义。比如将"光与论文"联系起来,从"上帝说要有光/于是也就有了光"的自然顺意人生,如何被职业谋生诉求的论文所打扰,"论文它还是来了/内心的光/就此有些暗淡了"(《光与论文》),写人生的异化与初衷的背离,终极生存与现实窘境的对照。写"鱼",通篇不见鱼,用划过秋水的流线轨迹来写时间悄无声息地流逝,鱼翔浅底,犹如鸟声唱响森林,在生存姿态上是一致的,"像森林的鸟声/古老又新鲜/在旋转的舞池外/怀抱自己的航船",而航船的臀喻又将这种从鱼到鸟的孤独感豁然显现,增益了诗篇的意义复杂性。在《I love you》中,用语词谐音的经验来写素朴的爱情,用"俺莱芜也有"的语音来释义"I love you"的意义所指,并进而从英文语境过渡到莱芜方言的情感表达方式,用日常生活中的姜、蒜来寄寓"暖心又暖胃"的从不"装蒜"的踏实爱情,诙谐、幽默。

是不是可以说,阅读子张的诗论与诗,可见真的人,并在城市文明病的焦虑中,重新反视生命与生活的意义,如他一样"诗意地栖居"?

——原刊《关东学刊》2017 年第 6 期

诗之现场

第一章　诗与远方
——关于深度、理想、宏大叙述的诗歌对话

陈爱中：你的这组诗中有一种磅礴气势，或者说是一种哲学的深刻散发出来的力量，比如《忘记坟》在"坟"和"墓"的简单对比中，蕴含着的却是城乡文明的丰富内涵，以及现代文明带来的精神创伤。我很喜欢这样有着思想深度而又不说教的诗歌。能说说这种诗歌理念的来源吗？和成长于 20 世纪 80 年代的"思想乌托邦"有关吗？

周庆荣：诗歌写作里的"哲学痕迹"，其实就是作者对外部存在的一种能动性思考。诗歌的直接力量应该是"感染"，情感的，比如一些优秀的抒情诗；比直接力量更为重要的是思想上的"永续性提醒"，一种人类生命哲理力量上的永恒适用性，比如"路漫漫其修远兮，吾将上下而求索"，比如我几年前在一首散文诗里写过的身处黑暗时所体现出的积极精神，"不是黑暗包围了我，而是我打进了黑暗的内部"。你说到的 20 世纪 80 年代的"思想乌托邦"，我的理解就是精神分析学里指的那种"精神固执"，偏重于精神理想建构的唯美化世界，这其中"乡愁"是最明显的精神固执，它绝非狭义上的单纯的"想家"，而是有更为深远的象征意义，当众人的故乡丢失在它们的发展变化里，我们初始记忆的那种

"黑白的影像"并未渺远,始终在规范着我们的行为。人们常说精神归乡,记住自己的根部是不能忽视的提醒,它是力量也是安慰。我的诗常常在日常场景中随意地导入哲学,这可能缘于早年丰沛的哲学阅读经验。读大学时,因为哲学系需要在外语系招一个研究外国哲学的留校生,借此我曾经系统地阅读过不少西方哲学著作,尽管后来主动放弃了这一选择,但这一阅读对我现在的写作产生大的影响,奠定了诗歌的基本走向。

陈爱中: 至今为止,你的诗作,无论是分行诗还是散文诗,都呈现为一种宏大叙述,比如《飞行》中的"一个认真的人必须/思考四面八方",比如《中国历史》中用具象而警醒的语句写另一种历史景象,无论是内容还是选材,都可以说是塑造"真、善、美"的正能量写作。在一个倾向于书写欲望横流、悲凉审丑的诗歌背景下,是什么让你能够不受时代风潮的影响,坚持这么写作? 要给社会、读者传达一种什么诗歌意念?

周庆荣: 你的这一问题非常有意义。几年前,我曾经读过帕维奇写的《哈扎尔辞典》,里面哈扎尔国王有一句话:"你看,因为我们正在渺小下去,所以世界出了问题。"生活需要理想,需要真善美的张扬,需要能带来积极奋斗的诗歌。我们身处不同场景,诸多现象或启发或困惑,在运用诗歌剔除掉导致"我们渺小"的因素时,我们把自己的"主观能动"赋予在写作要求中,时刻提醒自己不掉入"现象陷阱",不能被时代的大潮率性裹挟,不轻易被日常情绪左右,而训练自己的情怀意识,有所作为。每个人的生活已经非常不容易了,多种迷惘、苦痛甚至绝望无时不在压迫我们。尽管清楚人类在社会意义上有诸多无可奈何,但是我们依然要自觉地勉励自己面对一切真实的能力,通过自己内心坚定的训练,自信属于自己的那一份平静、善良和美好。

陈爱中：你的写作中，分行诗和散文诗都有涉猎，散文诗的成就在很大程度上可以说是代表性诗人，那么，你怎么看待分行诗和散文诗之间的分别？关键点在哪里？

周庆荣：对诗歌中的"分行"和不分行的散文诗，我从未把两者相隔离，我个人以为二者都是诗，是"大诗歌"。散文诗的叙述性和艺术的延展空间似乎更大，正因为更大，它需要写作者哪怕在手法的隐喻、模糊时，也要能把现象背后的本质性思考清楚，它不允许过分掩藏，而分行诗的魅力之一恰恰在于掩藏。我认为优秀的诗人，只要觉得叙述需要，在自由度、空间感或完整性需要进一步释放时，都会感受到思想性、叙述性和诗性真正结合后的美好。像昌耀后期的散文诗，现在许多以分行诗写作为主，但散文诗也极其优秀的诗人，如：胡弦、徐俊国、雷霆、王西平、宋晓杰、金铃子等。

陈爱中：大诗歌？哈，这是超越于具体诗歌文类之上的一种传统而又新鲜的说法，分行本来就是西方诗歌的，汉语古典诗歌本身就不分行，只不过是靠语气节奏来实现自然的断句。但对于读者来说，这种消失了外在形式的"大诗歌"，怎么来判定？又怎么来评价？谈谈这个概念吧。

周庆荣：如果硬要将诗歌细分，就目前常见的写作形式有分行诗、散文诗及旧体诗。"大诗歌"概念的提出，初衷是倡议不管是哪一种形式，只要能充分彰显诗性，表达诗歌精神，都应该受到大家的重视。因为散文诗自身内外的诗歌原理，以及其存在形态的相对不那么"分明"，虽然当下整个诗歌都似乎被边缘化，但散文诗这一文体更处于"边缘中的边缘"，而且这一现象似乎已经成为诗歌胸怀不宽广的人，浅表地以分行写作来实现自我优越的依据，这是没有从诗歌本身出发的结论，纯粹形式主义的诡诞，也是很可笑的。另一方面，"大诗歌"又是严肃的，它强调任何形式的写作都有责任去丰富诗歌的表现形式,关注内容。"大",不应该单纯是主题上的大,而主要是我们散文诗写作者要走出浅表抒情的圈子,对外部的诗性世界要有主动性发现,主动塑造,然后用历史的、哲学的方式强化文本的重量,丰富散文诗的特性。

陈爱中:就你的创作说,尤其是近些年来,形成了独特的风格,取得了丰硕的成绩,能说说大致脉络吗?

周庆荣:我上大学时是 20 世纪 80 年代初。那时,文学尤其是诗歌占据重要的生活空间,我对各种哲学及中西历史的兴趣也就是从那个时候开始的。主要的中外诗歌肯定是非读不可的,对我影响大的诗人是泰戈尔、纪伯伦、鲁迅、弗罗斯特等,当自己觉得有些话要说时,一下笔就是散文诗的模样。最初的诗歌风格主要表现为情感抒发,注重美与灵动。如今算来已经三十多年过去了,因为各种原因,中间有几年停顿,等到重新打算写点东西时,选择的依然是散文诗。对于这一文体,就像走路,起先是一段寻常路,突然有起伏有迂回,有让人触动的景致,于是这段路最有质量的风景便是诗。我不想从大处谈论诗歌写作的重要性,只是想说每当我心里积攒一些东西时,就想释放,一释放就与散文诗搞到一起。此后,主要的写作文体就只是散文诗和少量的分行新诗。文章无论长短,只要能触及心灵,引起思考,或平息或激活,都是为人的另一种精神愉悦。由于时间关系,我没有坚持多种文体的写作尝试,但阅读上还算广泛,都有涉猎。已经出的诗集有几本,从最早的《爱是一棵月亮树》开始,近几年出版了《周庆荣散文诗选》《有理想的人》《有远方的人》《预言》等,算是迎来了一个创作上的高潮。我的散文诗的叙述方式或含有内在抒情倾向的态度,这与日常生活的具体际遇有关联。相对于直抒情意,我则努力压低情绪,化之以情怀,小的与大的,古代的和今天的,这些想法酝酿久了,就得说出来,抒发出来,首先是自己觉得快乐。如果读者认为我没有说废话，或能从中得到一些启发，那当是意外的收获。当然，浅表的摹物状景或很容易的抒情是散文诗多年来让读者觉得不满足的主要原因，我努力避免。

陈爱中：在汉语新诗领域，至少就目前来看，散文诗属于小众的，你认为这属于常态还是散文诗本身有需要努力的地方？

周庆荣：散文诗看似描画着孤独的轨迹，但实际上，每个文体都有其优卓之处。相较于分行诗，在寻常文字里让人们感觉到诗歌的魅力，散文诗似乎更有优势。从理论上说，正规的关于散文诗的各种文论已经有许多，大多就内容说内容或追溯此文体的源头，创造性的发掘不多。这样的角度对于散文诗的提高与发展也许有些帮助，但散文诗的状况若想得到彻底改变，首先是我们写作者需要改变我们自己，创作出有影响的作品是重要的。其实，我们不必担心，散文诗理应是阳光下的正常事物，别的事物所享受的照耀，散文诗同样应该享有。走向人群，勤于学习和交流，然后，靠提高后对读者的贡献来使这一文体获得认同。自己内心的诗歌理念坚定，又何必介意所谓主流人士的评说？散文诗以往存在浅表抒情，过分青睐从外部写起，把最重要的事物内在本质或我们独有的发现给忘记了，以至于画出那么多的技术上的抛物线使读者距内核越来越远，读完，总觉得飘渺和若有所缺。近些年，我将散文诗的"思考系列"取名为"积微散论"，主要是强调散文诗写作之外需要的深厚学养，比如历史哲学的全局对我们所处场景的认识，呼唤每个个体的独到发现，从而使文章对别人能有启发。这样积累越多，优秀的创作就会蜂拥而出，散文诗的独立性也就越强。我曾有个比喻：麦子和玉米谁也不能鄙视谁，它们都是土地上的庄稼，要想让土地和人们有多种选择，自己首先要努力生长，谁茁壮了丰收了，谁对土地的贡献就越大。它的地位自然就会重要起来。当下的散文诗人，尤其这几年，能够写出大量的有力量有意义的作品，就是因为他们与我们处于同一时代，我们要么不愿意承认，要么就忽视了认真阅读。另外也要看到，一些专门的散文诗杂志多年来一直坚持，不仅起着园地作用，也向外界提醒着散文诗的存在。一些前辈，如耿林莽、邹岳汉等都在身体力行地继续推动散文诗的写作。我个人以为，除了在花园里种花，我们更要让鲜花开满大地。这些年，一些诗刊和综合性杂志都开始关注散文诗，如《诗刊》《诗潮》《诗林》《上海诗人》《中国诗人》《青年文学》《星星》《十月》《西部》《文艺报》《文学报》《伊犁晚报》等。据我所知，更多的刊物正在打算开设散文诗栏目。一些高校的诗歌研究也开始从整个诗歌视野下全面梳理散文诗。这无疑会促进散文诗的创作和研究。虽然，写作的目的并非仅为了有地方发表，但作品写出后不能仅自己看，有条件让更多的人读到，尤其是让好作品、探索性作品有传播条件，《星星·散文诗》创刊始发行量就突破一万二千份，说明读者对散文诗还是有需求的。不排除有一些主流刊物，依然高高在上，觉得把持着某些话语权就很有优越感。其实这不用担心，毕竟刊物的真正地位还是由读者说了算。显然，目前的散文诗远非繁荣，我个人的理解是要看轻所谓的繁荣、坚持，让文体本身证明自己的存在意义。对所有事物的明天我都抱有信心，更何况我一生拒绝悲观。这几年，散文诗的自觉意识和写作的主体意识在加强，立体的丰富性和探索的勇敢性在觉醒。至于对传统的继承，主要是站在传统的角度来说话。我们自己的存在就不是无中生有，任何进步和变化并非一定与传统相对立。事物要变化，它们本身亦有权利变化，所以，我们不必杞人忧天，散文诗的未来基于我们一定有未来。我们只要愿意超越自己的习惯，就可以走进我们劳动的结果。当然，我呼唤写作者能够打破自己爱好的局限，能为自己之外的拥有共同精神的同行者互相祝福。基于此，散文诗有未来是正常的，没有未来是悲哀的。

陈爱中：一般来说，散文诗从一开始就喜欢走"智性"的路子，以思想的深刻性取胜，从鲁迅的《野草》到你获得大奖的《想起堂·吉诃德》，一脉相承，深度写作是不是当代散文诗的必然样态？

周庆荣：这在一定程度上是的。老子说："道可道，非常道。"写作时能否让自己的文字免于常道？这就要求我们面对目标事物要有深处的认知，而实现这样的认知并且诗性地表达，确实需要我们调动大文化的诸多依托，需要哲学的、文化的各种知识的储备，并且不忽视对现实社会的直接感受。你的态度里要靠泊着情怀的高度和人文的质量。所以，要创作出让人有共鸣或者给人以思考的作品一定不是简单的写作。我自己从写作以来，一直没停止新的尝试，越来越觉得如履薄冰。任何事情，若想做好，都有难度。写作如同我们正常的对外交往，必要的修饰是重要的，这体现出对他人的尊重。如果修饰得太妖艳，太注重名牌效应，效果会适得其反。在诗性前提下，散文诗写作要完成对我们现实场景的折射，从折射的结果看，需要温度和重量。温度是人的温度，悲悯、热爱、希望等等。重量则表现在洞察力、批评性、启示力等。我建议多吸收国外作品的叙述角度，而语言上必须汉语化，要拒绝虽然文字是汉字，但读起来仿佛在读另一种外文的倾向。内心的坚定、从容，有利于我们把话朴素地说出来。当然，一些天才的语言表达，我也是非常喜欢的。

陈爱中：新诗自产生以来，很长一段时期居于社会文化的中心，比如大跃进时期，比如 20 世纪 80 年代，它曾经是一代人的热望，生命价值的寄托。20 世纪 90 年代以来，曾有一段时期，新诗寂寞了起来，那时候人们归结为消费时代的物欲，形而下的物化观。但是经济更为发达的今天，看起来又再回归到大众视野中，诗人增多，诗歌活动也在增多,诗歌刊物也在增多。你集成功的商人和诗人于一身,相对于诗歌圈子里的人,对新诗这种历史的波荡起伏的认识一定有独到的看法?

周庆荣:其实,就生命权利而言,任何单一体的繁荣是需要我们警惕的。社会场景丰富时,诗歌只是丰富的一个构成。我相信诗歌在一切场景里,是普遍性的,所以它会永恒。不能因为我们写诗,热爱诗,就偏执地用诗歌去专制其他的诸多存在。诗歌有时以非文字的方式作用于人类,只是能把它写出来的人属于极少数。诗意地生活又是诗歌可以走进人文理想的有力佐证,只是从社会学意义上显得奢侈。我从未觉得诗歌对写作者身份有什么特殊要求,因为谋生需要,我一不小心成为一名"小商人",离成功甚远,内心也无意在此领域成功的欲望。相反,我读书,写作,幸福及意义尽在此间。有时伤感的恰恰是因为与所谓的"资本"相连接,影响了诗歌写作的纯粹性,似乎给一些人有了诟病的理由。好在我本身就是一个实实在在的读书人,从不活在别人的态度里。我相信时间的淘洗和时间里公正的评定。

陈爱中:谈谈"我们"? 无论从诗人群还是作品上,都堪称可观。你怎么定位它?

周庆荣:"我们"散文诗群,发起于 2009 年初,最早源于五个人的动议,他们是:灵焚、亚楠、宓月、毛国聪及我。后来,委托灵焚起草《我们——北土城散文诗群的态度》,我不喜欢宣言,所以我们只能说我们的诗歌态度。后经周所同、洪烛、唐力等戮力合作,逐条商议,修订,形成更为完善的主张,并于 2009 年 4 月 17 日在我的博客上发布,算是正式的开端。需要强调的是,"我们"不是什么诗歌组织,更多的只是一种诗学理念上的呼吁,凡是认同"态度"的诗歌写作者都可以走进。我们倡导散文诗走出去,向其他文体学习,亦提倡更多的诗歌作者走向散文诗。另一方面,这也是"大诗歌"概念的缘起。"态度"里面一个重要的内容是倡导"意义化写作",这或许缘于我对当时散文诗写作状况的观察而生发的感想。《野草》的重量主要在于揭示、批评和思想,后来浅表抒情过分,修辞过度,极易与清浅灵动的美文联系在一起。"我们"散文诗群诞生后,对新时期散文诗的发展应该产生积极作用。诸多诗友比如灵焚、亚楠、萧风、爱斐儿、黄恩鹏、唐朝晖、徐俊国、语伞、陈劲松、李松璋等都是无私奉献的"义工",许多诗界同仁亦给予大力支持,批评界亦开始重视关注散文诗,对此,我心存感激。但写作,说到底是个人的事,一个好的文本只能由某个写作者完成,从这个意义上说,"我们"散文诗群的历史和现实意义或许只在于其提出了有针对性的态度及大家合力对散文诗传播及批评的推动。"我们"态度里提出,"我们"会在完成中"瓦解"自己,这意味着当散文诗自觉写作及其作为诗歌不可忽视的有机构成日益成熟之时,"我们"会主动宣布"瓦解",包括我在内的所有发起者、奉献者都会回归到普通的个体写作者身份。

陈爱中:这是一次愉快而有意义的诗歌对话,期待你更多的诗歌作品。

——原刊《扬子江诗刊》2016 年第 1 期

第二章　夜空下闪烁的忧郁月光
——对话冯晏

陈爱中：从一些回忆性文字中得知，你十几岁就开始写诗了，这是比较早的，哪些事件或事情对你的成长有影响？

冯　晏："文革"对我的影响很大，当时，家庭出身不好，祖父是地主兼资本家，父母亲又都是学工科的知识分子，支援大西北时，分别从天津和北京调动工作到包头。生活在包头的一个知识分子聚集的大院里。在那个特殊的年代，这些条件使我从小学到中学受到许多歧视，几乎每天都有令人抑郁的事情发生。九岁时，母亲和父亲因划清界限离婚，母亲远行，工作调回到哈尔滨我的外婆身边，与我一别六年。（当时我随父亲、祖父母留在包头，我是在冶金部派设的包头冶金设计院大院里长大的，1979 年，我被母亲把户口办到了哈尔滨，离开了父亲，父亲又因调动工作全家搬到了武汉。这些对我个人的性格成长都有很大影响，忧郁，内向，喜欢独立思考，不相信任何人，并养成了一切依靠自己的习惯。我是在祖父母的严格教育下长大的，祖父以前做药材生意，是个成功的商人，并且精通四书五经、古典诗学，在我成长上倾注了全部精力，希望我能继承他的智慧。据说我四岁之前在祖父的教育下能背诵的古诗以及认识的汉字数量远远超出同龄的孩子。6 岁到 9 岁期间,几乎每一天都要练习书法。我的写作其实是从给远方的母亲写信开始的。母亲离开的前几年,我几乎每周都给她写信。具体到诗歌创作,是从 19 岁开始的。我当时发现,写作是我找到的抒发压抑情绪的一种最佳方法,写诗伊始,创作数量就特别大。不过,当时特别渴望在刊物上获得发表。

22 岁时,几乎所有时间都用在读书和写作上,并陆续在各大刊物发表诗歌作品。读书使我对文学的理解更为深入,记得有一本爱不释手的书是《萨特研究》。20 世纪 80 年代初,西方思想刚刚被引入我国,一个文友向我介绍了这本书,一接触到萨特的思想我就陷入其中,从其中找到了许多共鸣。接着又读他的传记,他的存在主义哲学引导我开始对生命的内部现象感兴趣,并知道人的存在价值是个人微妙的感受而不是社会上的空洞概念。我写诗应该说是从研究自己的感觉开始的。从这本书我进入了西方哲学和文学经典的阅读时期,叔本华、尼采、克尔凯郭尔、别尔嘉耶夫、巴赫金、卡夫卡、加缪、库特、冯尼格、陀思妥耶夫斯基等等,当时都是我喜欢的作家。我读书相对广博,也涉猎西方的文学理论、美术理论,包括各种宗教书籍。当时还特别喜欢一位女评论家叫苏珊·朗格的,她写的《情感与形式》那本书。从那时开始到现在,我从没有停止过阅读,那时的刊物《外国文艺》《世界文学》我几乎每期都买。由于父母离婚,分居两地,我往来奔波于他们之间,居无定所,这影响到了我考大学,我并没有接受系统的大学教育,阅读的选择也都是凭着自己的鉴赏能力和阅读兴趣。

写诗,我认为可以更集中地体现一个人的创造能力,在词语中找到生活中缺失的亮点,以便照亮情绪中暗淡的色调。记得有位哲学家说过:忧郁是唯一可以给人类带来好处的疾病。具体到我的理解就是指艺术创作,许多艺术家创作的力量来源,都是为了点亮内心的忧郁。一位好的艺术家,面对这种越是难以点亮的积郁,越是积极地运用各种技巧和情感宣泄方式,将其在艺术创作中绽放出来,从而达到超越普通之光的炫目效果。对于我来说,我会一直写诗,我希望自己的天分、情感蕴藉和阅读资源能支撑写作进行下去,这也是生命的需要,事实上我也从未间断过写诗。

最早期写的诗歌,多参照雪莱、拜伦、莱蒙托夫等诗人的作品,这源于偶然从一个小朋友那里得到了有关他们的几本诗集。后来哲学书读多了,就一直希望能把哲学融汇在诗歌写作中,并为之不懈摸索。能够与诗学大家对话,能够在哲学或者诗歌感觉上相沟通,对我是件有意义的事情。比如我许多年前有一首诗歌,名叫《敏感的陷入》,这是写给德国诗人荷尔德林的,另一首《复杂的风景》则是写给维特根斯坦的。荷尔德林在忧郁和精神崩溃的边缘写诗,我平时围绕这方面的阅读比较多,所以容易把握到对话的核心,对荷尔德林的哲学思想和诗歌理念也有深刻的理解,给他写的这首诗,熟悉我的诗友都喜欢。维特根斯坦是我最喜欢的哲学家,他在这个世界上可以说是最清晰、最透彻的人,他的逻辑哲学对我的思维影响很大,他的思想方法补充了我作为一个女性先天的逻辑弱项。他的逻辑推理可以深入到最微小、常人容易忽视的部位,而这种方法,恰好指出了发现真理的更多可能性。我写他也是平时阅读和研究的真实感受。

陈爱中:一般来说,诗歌在传达体验的时候,多表现为记忆的重构,这种重构在你的诗歌中表现得还是较为特别,不只是单纯的情感留痕,而是如一滴水,晶莹剔透中映透着缤纷的思想之光。这种写作路向,是不是您诗歌创作的着意之处?

冯 晏:一个诗人在成长过程中养育出的兴趣点,决定了他语言风格的形成。在创作时表现情感所依附的语言谱系直接体现了他在阅读中所偏爱的内容。我一直比较喜欢思想类的书籍，或许，在写作中，在表现你提到的技艺重构时，就不自觉地表现出阅读经验的影响。近些年，我尝试写了一些长诗，发表后，大多都被不同版本的诗歌选集选入，比如《等下笔记》《云来自哪里》《吉米教育史》《复生与消隐》《被记录的细节》，等等。这些长诗的写作，夹带了许多记忆，我尽量以每一首都不尽相同的方法来尝试写作，设法变换着不同的形式和语感，以期实现相应的诗歌感觉。一段时间以来的对诗歌写作的积累都比较集中地运用在这些长诗的语言实验上了。

关于写作的创新，我认为只是依靠阅读作品的影响是表面的收益，而真正能获得创作指导的还是内在的诗学思想。技艺要靠思想来创造，而不是靠经验向前推进，经验只能是辅助，我是这样认为的。如果不读这些书，我不知道我的写作怎样延续下去。多年来我的阅读主要是以翻译过来的书籍为主，哲学、心理学、诗歌(世界上所有好诗人的作品，只要翻译过来的)，还有一些思想家、作家的传记类作品，只是小说读得越来越少，可能是时间越来越少吧。同时我一直有意寻找阅读有关神秘主义，还有自然科学和科幻类的书籍。只要有喜欢的就会买。有机会也在台湾、香港地区买内地没出版过的。读这么多年书，鉴赏力应该没有问题了，一眼就可以辨别什么是好东西。哲学还是在继续深读海德格尔、维特根斯坦等，并沿着他们的思想体系不断选择阅读了一些世界当代实力哲学家的作品。前一段，以赛亚·柏林的一套著作中的《现实感》《浪漫主义根源》等引起了我的注意，以其思想之宽阔、透彻，而且能同当下社会相结合。诗人深入时代问题的能力应该超过其他领域的探索者，艺术的生命力就扎根在当下你生活的土壤里，一个当代诗人如果不了解所处时代的核心，以及去发现这个时代存在的问题，诗歌的力量将从何而来？哲学家可以繁衍自己提出的概念，而诗人的思想则要靠意象来完成，如果一名诗人只用遥远而脱离当代生活的意象来结构一首诗作，那他就无法接近与当下有关的最有撞击力量的诗歌现实。

最近读了一本桑德尔的书《自由主义与正义的局限》，也非常喜欢。他谈到的精英统治也是我平时想的问题。

我的所有阅读都会回到我对诗歌写作的思考中，一个诗人如果视野打开得还不够宽阔，或者思维发现真理的能力不够强，在创作中实现语言的透彻、准确性就相对困难，其诗作的格局也会出现问题。对于那些鉴赏力十分宽阔的专业读者来说，词语的张力是把审美着带入其中的基础。狭窄就等于封闭了读者进入你作品的冲动。所以，一个专业诗人，在创作的路上需要解决的问题密集而又复杂，个人写作中存在的弱项，专业读者一看便知。我说的这些都是围绕写作而随想的。

陈爱中：20世纪90年代以来，汉语新诗在告别80年代的"单纯"抒情后，开始将情感归隐于知识、智性以及日常絮语，但每个人都知道，对于诗意而言，这些只是表述的媒介，而非终极。怎么处理诗意抒情与时代的要求？

冯　晏：在诗歌和时代的关系上，被诗歌带入当下的传统永远是精髓部分，犹如你离开故乡所挑选出带走的物品。你的诗歌创作所面临的，就是要离开一个又一个语言或语感的故乡，犹如科学不会再退回到中世纪，创作中，对语言节奏和结构的惯性审美也跟随着时代，每天都有调整。就像音乐，你在当代听摇滚乐，强力的节奏首先会让你想到这个时代，可是，你在当代听邓丽君时，你首先想到的是回忆旧感情。诗歌词语的强度或者说语言的重量，我认为也是当代诗人在创作技艺中可以体现出时代所暗示的审美。在一个信息嘈杂心灵被阻隔的时代,以往语言的轻柔已经无法让你抵达灵魂的深处。"艺术从不进步"。是的,诗歌是在变化创新中靠突破时代来存在的。节奏、结构和词语。时代对音乐节奏的要求越来越快,缓慢的音乐传统只是在一旁呼应着。结构的各种可能,已经被探索尝尽,站在巨人的肩膀上,渴望自己能够幸运地掉进一个空隙里。就像西方哲学家已经把人类的真理写尽一样。我们只是在发现空隙。当下的嘈杂对创造力进行着最大限度的干扰和损伤,而我们的宗旨是寻找机遇,超过以往的天才。或许,科学进步带来众多新的符号,可以区别开过去与这个时代,可以在创作中对传统偷梁换柱,博得创新点。一名诗人深入自己的时代寻找创新,往往不是形式所能给予的,应该是诗歌内容里的细节。而这些细节,由于是当代你生活中所熟悉的,反而更加适合诗人在写作时赋予词语和句子准确而真实的感情(诗歌与时代关系这部分引用了自己的一篇文章《不如偏见》里面的论述)。

陈爱中: 如何处理语词与经验之间的矛盾,一直是诗歌写作的难题。你的诗歌在处理这个难题时,总会有让人惊艳的表述,比如"有一朵浓重的云,被一个/专心致志的人,在上空/用文字的阳光刺穿"来描述诗歌写作的冲动与过程,在《感受虚无》中的句子,"你总是围绕黑暗,放飞着/词语蝴蝶,即使你热情在变凉/你迎向百合、咖啡,当你觉得沉重",将"虚无"体味得活色生香,有一语道破之感,怎么看待现代汉语?

冯　晏: 我所理解的写作空间也就相当于写作的格局,艺术创作的格局在我的经验中还是来自思想。如果创作进入了超现实主义,能够在宇宙的神秘空间内产生创作的回应,这种现象看似依靠天赋,事实上没有思想是无法达到的。理解神秘主义带来的是想象被扩大,在没有经验的路径上,一个诗人对经验以外语言准确性的把握所依靠的只有自身对世界的感悟和摸索。比如,你所提到的"虚无",很多人都容易在写作中运用这个哲学意义上的词，但是我所理解的虚无，是一个奢侈而至上的词语，它面对的是最高的存在感，是实现了精神或者物质存在之后万物化为乌有的感觉。应该说是对宇宙的倾诉，而不是对于生活的。这种感觉的准确理解是靠思想，可以说它的内涵深刻而复杂，一个没有深刻思维经验的诗人很难用好它。

诗人需要完成的是对语言内涵的扩展部分。如果你的创作只在经验中环绕，就很容易陷入更大范围的循规蹈矩。如果你敢于把探索放在看似空概念的宇宙中去释放思想，你会发现，超验有可能随时使你在感觉的某一点上获得意想不到的惊喜。比如，一个梦境给你带来的各种想象，未知的，潜能的，等等，这些信息都具有扩展词语原有内涵的可能，如果你尝试着把你对写作的探索引入进来。

在面对空间或者灵魂这个问题上，当代艺术家与远古哲人从没离开过这一永恒命题，即使答案没有新的进展，但是论证始终在科学中被推进着。因此，在创作中，有关诗人与当代的关系，科学与艺术之间看似间接，但是在需要超强的创造力之间应该是最强的对手。在我看，创造力思维决定着诗歌语言的进步，而诗歌语言的进步可以在科技进步的某一点上的得到启发。

潜意识对艺术作品的呈现力具有着更多意外的期待，我为此阅读许多心理学书籍，弗洛姆、荣格、拉康等等。但是我发现，自己在经验中真正能抓住的潜意识，许多不是心理学阅读所能提供的，这些复杂的感觉在此无法简单说清楚，但是至少阅读可以让我了解，你探索的哪条路在阅读中可以获得，而哪些问题需要另辟蹊径。有一次我听一个德国诗学专家说，保罗·策兰在写诗时，对每一个词的内涵和准确性，都会付出很多探索。而我所提到的阅读或者深入，也许在一首诗的写作中只能对个别词语起到一点作用，这种漫长的期待，如果一个诗人并没有致力于一生的计划,耐心也是有限的。在有关精神科技方面,先进国家的科研成果使生活在他们周围的艺术家成为在场者,或许,这在语言实验的准确性把握方面一定会感到更可靠。而我们由于某些领域落后,一些可以启发写作观念的新发现或许还没有及时获得。因此,我相信一个出色的诗人,无论写作使用的是汉语或者其他语种,只要他的思维足够尖锐,积累足够渊博,不同语种在诗歌创作中体现出的差异,并不会影响一个诗人最终的创作成果。

科学和艺术都在深挖未知,而未知之所以成为未知,始终围绕着生命体验和想象,我认为艺术探索到生命的未知部分,再用语言给出一份真谛,这些都是非常困难的进化过程,需要在思维开启的积累和持续性中完成。这份持续凝聚着经验的价值。所以里尔克提出:"诗是经验"这一现象学命题。他希望在精神主观性中达到与宇宙融合,再把人与自然还原在原初状态下,实现艺术创造的自觉性。或许,里尔克也是基于诗歌创作的格局问题而提出这样的命题呢。

人们所说的避免浮躁,我认为也不在于一个人看似表现了什么,而是一个诗人为诗歌写作都在思索些什么。一些在艺术创作中解决格局比较有效的元素你是否已经掌握。如果诗人对生命的哲学体验,深刻而准确,在写作中,他只剩下寻找意象和语感,那创作的未来应该不会令人担忧。我一直坚信世界上那些杰出的诗人,深刻的思想是他们艺术感觉的重要支撑,这些诗人中,许多都是学哲学的,在基础上就解决了思想能力的培训。比如艾略特、里尔克、博尔赫斯、帕斯捷尔纳克、曼德尔施塔姆、阿多尼斯、特朗斯特罗默等等,他们的语言准确、有力而深刻,你一想便知。当然他们中大多数也都是杰出的思想理论家,他们创作体现的大多是思维透彻优越于语言技巧。

陈爱中:深刻的思想而非感性的触摸为先,是很多人读你诗的感受,也就是理趣之美。你是否认可说,因此你的诗就缺乏女性诗人的"性别"特质?

冯　晏: 有关诗人的性别特质,许多评论家都在尽量避谈,我想可能是在回避性别歧视这一敏感问题。而优秀的女性诗人正常的表现应该是除了具有诗人应该具备的渊博、透彻、敏锐等基本素质之外,在对通俗事物以及传统观念等一些问题的提炼中,还要在经验之外具备一种去发现潜藏在生活中个性化词语的能力。帮助一些只围绕女性生活和感受而现身的词语在一首诗的技艺中获得了解救,女性的确存在着一些只有女性才具有的细密的精神内涵,甚至是以潜藏的方式存在着。比如胆怯所衍生出的妒忌,看似一种敌意,其实是一种特殊的敏感,这种敏感不仅体现在情感上,还有对自然以及万物的观察。那种极端和尖厉是诗歌中最需要的,只是这些元素尤其需要依靠宽阔的视野和深思在诗歌创作中得到体现,否则就会被一种狭窄所销毁。所以,女性诗人在创作中更加需要深刻的思想,以便让一种尖叫的特质在诗中适当发出声音。是的,只有在技术的成熟中,这种性别特质的表现才可以被称赞,因此,我认为"女性诗人"这个称呼一旦被提出,应该是一种对诗艺更高发现的特指,而不是弱化思想和力量的谈论。感性和理性是一首诗中都不能缺少的,这是诗人创作时必须放在一起的两种思维,思想的表达是诗歌的纵向之美,接着需要意象把承载思想的语言举向空中,帮助词语去实现一种姿态的魅力。当然,这两种思维在诗歌创作中也只是基础。女性诗人与男性诗人相比,在经验中应该具有更加广泛和细腻的精神呈现的可能,或者是关于生命的感知和潜能更加细密的元素携带者,由此寄予词语的尖锐性方面以更理想的期待。

陈爱中: 你心目中的理想诗歌是什么样的? 你的写作是否达到你心目中的好诗标准?

冯　晏：我希望在一首诗中能实现创意，节奏，潜意识，语言尖锐，透彻，有力量，思想和诗意相互缠绕，情感深入时代。就是那种让专业诗人看了过瘾的诗歌。这些只是理论的概念，具体的分寸还要看作品。大致说一下我喜欢的诗人，不同阶段喜欢的强度不同，布罗斯基、博尔赫斯、特拉克尔、荷尔德林、策兰、米沃什、阿什贝利、卡瓦菲斯、斯蒂文森、马克·斯特兰德等等，我偏重喜欢有思想强度的诗人，喜欢语言的力量和深刻。（这些回答都有些粗糙，只是轮廓吧，每个喜欢的诗人，我都有特喜欢的作品，也有不喜欢的），包括申博尔斯卡、特朗斯特罗默。创作影响对我来说在不同时期有不同的表现，但我始终是在按自己独创的风格写作，没有太多模仿。但是影响每时每刻都在发生，这些影响在我看还是一种教育，帮助一个诗人获得更多经验，激发写作的创意性，渊博只会让一个优秀的诗人在创作中更好地避开重复或者重叠的意象，在一片森林中接收到枝叶的缝隙透出的光。

每一个诗人心中都有自己希望达到的理想诗歌，有时总觉得近在咫尺，然而，鉴赏水平越高，达到心目中的理想创作就越艰难。我目前所期待的奇迹，还是回到了一个古老的概念——超现实主义创作状态，那种冲出自己，打破时空，能吸附到一些宇宙能量的思维寄予……我总是相信自己可以依靠思想在语言的创意上实现一种腾空的特效，因为阅读，那些经典的经验甚至使自己觉得无路可走，在创作中，当没有出现足够的力量时，甚至都不想落笔，我也知道其他诗人所面临的也会有这些困惑，继续阅读，连接世界和生命，为了想清楚自己的创作未来，我始终持续在这样的惯性中。

陈爱中：这样的话，能大致总结下自己的"独创的风格"吗？与前辈和同时代诗人相比，你自己有什么不同的诗学和显著风格？

冯　晏：一个诗人的创作风格，往往不是自己总结的，就像萨特的存在主义,也不是他自己命名的,风格是评论家因为需要而为之归类的。我甚至不喜欢一个诗人创作时清醒地沿用着自己已经形成的风格。变化或者不断打破自己的语言习惯,是一种写作能力,除非你一时无法在创作中上升到更好,或者就是你已经实现了自己心目中的高度。事实上,风格并不是形式决定的,在我看来,主要还是内容,词语创新所依靠的也是在内容上的发现和提取,在这里,我还是强调我的侧重——一个诗人的思想。在写作中,我的经验是思想决定了一切,从对内容的选择,对词语的创造,对抒情的把握,对音乐性以及语调的呈现,甚至对宇宙格局的引入。年轻时,一种简单的抒情就可以形成自己的风格,哪怕是对一个观念的描述。而现在,一个庞杂的思维体系,所面对的是一个中年诗人需要在这个世界上表现精神的力量,你面对的是魔幻现实主义、先锋精神、浪漫主义、超现实主义、神秘主义等等,当你创作一首诗的时候,有可能这些都在眼前,你还会想到世界各国的杰出诗人的经典作品。犹如哲学在世界上已经很难再找出新的体系,诗歌创作的风格也是如此,每一个优秀诗人,都希望自己能呈现出具有超越性的独创,哪怕只是从节奏上。我一直相信汉语现代诗的语感具有着更多探索的可能性,在字词和句子的节奏之间还有很多空白,比如与东西方现代音乐相融合的部分。

一个往前走的诗人都很难被人们概括出风格,因为大家都在研究突破自己和历史,但是所研究的方向以及围绕其方向所做的功课,决定了个人之后的一段写作类型,个人的语言谱系在积累中颠覆了以前,就等于跳出了你过去惯用的一些词语影像,但是这种现象都是循序渐进的,就是说,一个诗人对写作方向的观念探索决定了自己的创作形态。而我自己喜欢在未知世界、未知的自然环境、未知的科学领域进行接近和探索,想体验精神世界中主观与客观两方面的更多感受,这一切努力,给自己的诗歌创作最终带来的影响,我自己也不确定。

陈爱中:怎样看待诗歌流派? 有无参加过什么流派? 诗歌流派有无意义?

冯 晏:虽然写作是个人的事情,但好的艺术流派可以带动艺术创作快速向前发展,我认为非常有意义,但是流派的形成实在是太难了,他需要有人带领,首先找到超越现状的艺术创作方法,还要有一些具备实力的人响应,这里需要天才的主张,需要友情,需要放弃功利主义,在中国当代,想形成一个货真价实的学术流派,这些因素很难优化到一起,我没有这个能力,只能说是有过梦想。

我认为,中国当代诗歌流派的划分不太具备学术的清晰性,中间的混沌部分、重叠部分都没有得到特殊的学术分析和解决,诗歌理论的思想性力量还没有更好地发挥出来。

陈爱中:这个能详细谈下吗? 比如朦胧诗,比如第三代诗歌还是指知识分子写作甚或民间写作?

冯 晏:朦胧诗这个词本身是针对白话诗而诞生出来的,是我国现代诗歌艺术阶段性进步的一个标签。因为我的写作恰好见证那个阶段。那个时期,人们由于经历"文革"的重创,诗歌写作向着表现内心忧郁转变,那个时代在写作中说内心深处的真话需要一种隐蔽的表达,20世纪80年代初期,恰好西方思想开始引入我国,一种唤醒式的阅读在部分写作者中间展开,我认为朦胧诗的诞生就是基于这样环境下的写作。

我认为民间与知识分子写作不能概括成为两种不同的流派或者类型,因为这两个词,在我国当代的诗歌创作中所体现在一些诗人中间,并没有具有明显的个性化划分。在文本上也没有形成明显不同的流派或者类型。在诗歌的精神现象中,知识分子这个词本身就包含其中,而民间这个词对于当代写作来说,应该与体制内写作有一些区别。这是诗歌作为精神自由创作都需要的两个词语,不具有划分不同写作风格的代表性,比如电影的"新浪潮"、毕加索的"立体主义"等,这些标志着对艺术的技艺进行提升的概括,都是针对一个时代的艺术而树立的盾牌。

陈爱中: 你如何评价汉语新诗的起源? 如何看待当下的汉语新诗? 对你所亲历的(各个)诗歌发展阶段有哪些看法?

冯　晏: 汉语新诗的起源只是诞生出了一种观念,不能从艺术的成熟上论,只能从意义上去审视。其实这就是一个好的流派的效果,把艺术创作引向了一个新的时代,就像毕加索的立体主义、法国的新浪潮电影。

新诗一直是在向复杂化发展的,就像艾略特说的,艺术从不会进步,它是一种会变化的心灵,是一种发展,绝不会在路上抛弃什么,只是精练化和复杂化。我国的大部分诗人相互之间都认识或者了解其作品,我觉得写得越来越好的诗人,基本都是在思维复杂化和深刻辨析中实现超越的,是通过阅读、眼界和思想来寻找自己创作中新感觉的。在众多经验的平台之上,整体写作水平应该是越来越好。

陈爱中: 在这个意义上,您是否觉得汉语新诗的智性写作是一个理想的方向?

冯　晏: 我是一直认为汉语诗歌尤其需要从智性写作方面进一步加强,西方诗歌最突出的成就就是智性、创意和格局,而我们的诗歌创作在这些方面能同时体现出色的诗人不是很多。我认为在诗歌创作中,智性,来源于渊博;创意,来源于视野(包括生命内在的神秘性认知);而格局,则来源于思想。如果这些因素在一个诗人身上都不具备,就意味着他的创作无法实现力量的支撑。那么,这个诗人的创作就不会持续到中年以后,一个没有写作未来的诗人即便还在写作,他的行为在专业诗人的眼里也是没有意义的,因为失去对一个诗人前景的想像本身就是否定,在一个信息密集的时代,许多真理都在被重估,何况审美? 人类对艺术创作的审美已经从唯美时期越过去,抵达了目前一种对语言强力性的至上需求。

陈爱中: 你对阅读翻译诗歌有什么感受?

冯　晏: 诗歌翻译,我认为最容易流失的就是语感和节奏,尤其对一个没有国外生活经验的翻译者来说。我作为读者,如果从研究一位外国诗人的角度来阅读他的翻译作品,我希望文本的反映准确,尊重事实,尽量维护好原始的语感和节奏。我甚至希望译者能考虑一种合作互补的方法,更客观地来完成一篇作品中个人无法全面关照的问题。为了了解一部翻译作品的准确,我喜欢阅读诗人的传记来帮助自己判断,更好地把握一个诗人的个性。但事实上,诗歌翻译还有另一种。就像你提问的,"有一种翻译观念,认为翻译本身也是一种创作,是译者在母语系统中的新鲜创作,就诗歌的翻译来说,您认可这种观点吗?"

如果对于一名诗人译者来说,我想实现创作性翻译文本的可能性几率更高一些,我甚至会相信有一些翻译的诗句会比原有的诗句创作得还要好,所以我一直对比着买不同版本的诗集,喜欢的诗人和译者几乎是有一本买一本,这样,在自己阅读的时候也区别开是在欣赏还是在做学术,因为,每一个诗人面对这些不确定的问题时,都有自己的判断,这又回落到了思想,论据充分了,怎样判断要靠自己的思想来解决。

我作为诗人,阅读翻译作品,从中取得经验,在当下那么多从事这方面研究者的翻译著作中,我所要的借鉴已经足够了,有时,我可以凭着自己的认识和了解,纠正一些翻译不理想的部分,我也由衷地感谢把好的作品翻成汉语的诗人和翻译家,其中也有许多是我的朋友。

陈爱中：您是喜欢哈尔滨这座城市的，认为它适合写作和感受孤独，你怎么看待哈尔滨这座城市对您的影响？能谈谈您诗歌中的孤独吗？

冯　晏：哈尔滨是边陲城市，土地辽阔，人文思想方面的信息有些闭塞。而创作最需要的就是一个僻静的环境把一段时间的思索整理清晰。事实上，一名致力于精神创意的艺术家一生所面对的最大问题就是孤独，无论你在哪里，只要你的探索在前沿上，你就自然面临着无人沟通，孤独这个词对于诗人来说，与普通人的运用是不一样的，这里所指的是精神的，你的思维超越得越远，孤独感就越巨大，这个城市只是由于偏远而给了我感受孤独的一种借口，事实上，孤独不是地域性的，是诗人和艺术家在通往精神探索这条路上所必然遭遇的。哈尔滨处在北方辽阔地域的中心，辽阔本身对于诗人的创作是一种自然教育，犹如东西方文化或者思想对于诗人的教育一样重要。艺术创作，闭塞、狭窄都是艺术家面对的重大问题，虽然辽阔的环境下所打开的感情不是你解决这一问题的全部，但是，这可以说这也是一种潜移默化的营养。所以我喜欢这座城市。对于孤独感来说，它是精神中的魔鬼，你把它带到一个拥挤的环境，它会感到更大的折磨，而反过来把它放在辽阔的北方，它反倒释怀了，所以更适合体验创作中的孤独。当然，这是我个人的感受。

——原刊《雪莲》2015 年第 2 期

第三章 足迹:"诗在哈尔滨"

——一场新诗对话会

时间:2018 年 12 月 29 日下午

地点:露西亚西餐厅

为什么写诗: 2018 个人诗歌志

陈爱中:很高兴,我们能有这么一个机会,年终岁尾,总结一年来的诗歌创作。就我的了解,2018 年是大家的收获年,无论是数量还是质量都比较满意吧?

杨 勇:我简单说说今年的写作状态吧。今年以来,大概也就写出五六十首诗歌,折算一下,一千行左右吧,每年差不多都是这个数量。现在基本是利用手机上的备忘录直接写,外出时间、开会时间或空闲时间,都可以写。我感觉这种状态挺随意、挺自然的,这种方式契合了诗歌创作的偶发性,而且没有面对白纸和笔墨工具的那种仪式感,只是写就行,像发短信一样顺着脑子里的东西去写。但这种诗歌生发的状态是什么？对我来说可能是一个词汇，当我突遇一个词，像被闪电击中，会有遇到挑战的颤抖，我写过《毒蛇》一诗，就是从词汇层面上突如其来的一种写作状态。还有一种来自具体的场景，像今年到浙江洞头开诗歌笔会和看海，就顺势写了一组《像海浪一样推论自己》这一类旅途中的即兴诗歌，写得很顺，好像内心世界有个隐秘的空间被打开了。我以为这也是心灵有所准备和酝酿的结果，就像人吃过饭，身体有了能量会自然流出力量。还有一种写作状态，脑子里有许多挥之不去的记忆与印象，在现实之中突然有了一个对应物。比如雪乡，我去过几次，但是一直没写出来。这几天看雪，雪乡这个印象就勾出来了。我原来处理过雪乡的诗歌，就是纯粹的雪乡表象，总感觉缺东西，始终没写完，但后期，我把雪乡放在一个更大的社会背景中去考虑，《雪乡》诗就厚重多了。这类诗多是一种反思型的状态，是记忆与印象，从潜意识中复活，被存在激发而写作。

今年大体上围绕这几个状态去写了，感觉想法很多，诗歌写作中流露出的还是少。人随着年龄的变化，心态会不一样。古人说，五十而知天命。天命就是人究其一生能够何为而基本看清的意思。人的一生怕走错路，但自以为是对的人生道路也不一定是天命。我发现人到这个年龄，确实应该确定自己该做什么和不该做什么了。一生真正能做什么事情？这是我一直在找寻的。目前，我觉得写诗对我来说是最好的选择。但这种选择对不对？你没法确定。你觉得你一生应该写诗，但写诗也不一定是你来到这个世界上真正符合你人生状态的选择。所以对于写诗，我也很犹豫。我总感觉自己缺天分。天分这东西，是说不清的，它也许是诗歌的想像力，也许是对语言的敏感，也是对形式的控制，也许是诗技的独特呈现，也许是经验和观念独具的认知等等，它不是只靠勤奋就能够解决的。不管怎样，还是一点点写吧。对于诗歌写作，我要努力的方向是什么？就是希望在每一首诗歌中争取能够表达自己本然的状态,先确立自己,然后通过本然到达"他者"状态。我相信不断丰厚的境界会带来更多的东西,境界大了,诗人内蕴自然就可能会由我及他。

冯　晏: 近些年我的生活始终是围绕写作展开的。写作对于我来说难度之一是创造力部分。无论围绕的是生活体验还是阅读,如果有可能,我也都是侧重选择围绕能给我带来创作中所需要的思考以及素材的内容。关于写作,有价值的生活体验当然越多越好。创作跟随我这么多年,应该说无论是经验还是技艺,我都拥有了一定的有价值积累。但是,围绕写作所需要的视觉、听觉或者感觉方面的体验依然被我放在首位。用更新的事物和思考来覆盖那些随时变得轻车熟路的写作模式,作为诗人,这份自我突破的焦虑,我想永远会随时面临。阅读、旅行、写作,以及与思想者进行有效交流,我的生活能让我感觉拥有这些对于我来说就是梦想本身。这些年来,我总是觉得时间不够用,需要思考的事情越来越复杂,问题越来越尖锐。提取有效信息所需要的透彻也越来越超出经验范围。我尽量把时间都放在围绕写作所需的事物里去参与。2018 年,我出了一本黑龙江省作协的重点项目"野草莓"丛书诗集《碰到物体上的光》,还有一本"哈尔滨诗丛"个人诗集《小月亮》。我的写作速度相比之下应该算慢的,每一首诗从构思到完成需要的时间比较多,所以数量不多。有些人不喜欢难度写作,我能理解,需要更多的耐心。我 2017 年的《边界线》和 2018 年《小月亮》这样的薄诗集,我计划每年出一本。从某个角度上讲,我认为诗绝对不是到语言为止,而是止于词语,引出无限。词语在庞大的语言体系里,我甚至可以把它比作粒子,一个以自由状态存在的最小单位,具有着自身的对称性,有一个粒子,必存在一个反粒子。所以词语本身的自由性决定了所蕴藏的可创造力性是巨大的,在一首诗中,每一个词语使用的精确度对于诗人来说都会构成一种考验，一个词在一首诗中所具有的是一束火光，还是一个太阳，之间的能量差别，取决于使用它的诗人。

陈爱中：这是一种质的收获，诗的"化境"。包老师呢？

包临轩：我的想法就是这一年，似乎与往年比倒也没太多的不同，进步有限。但是按照题目，也要适当盘点一下。我想，这一年，从 2012 年恢复诗歌写作，到现在已过去五六年了，2018 年是以往年份的一个积累，在此意义上，过去的一年，对诗歌可能有一些新的感悟、新的体味，但总体上似乎与以往差别不大，我是否走得足够远？心里没底。

在诗歌写作的大致路数上，以我的粗略观察和感受，我觉得可以划分为三大类别：经验式写作，观念式（先验式）写作和体验式写作。这种划分不是绝对的，是为了讨论的方便。自然，任何一首诗都离不开观察、体验和观念，也基本上由这三类元素构成，但是诗人们的写作习惯和侧重点，毕竟还是有区别的，譬如冯晏的写作，我觉得更多的是观念式的，而杨勇的写作则缘于经验，虽然其中包含了大量先验的考量。而我本人，实际上更倾向于体验性写作，对我来说，体验在先，不触景生情，不来自于现实的某一契机的直接刺激，不从某个场景或意象开始，则诗歌之旅无法开启。所以我强化体验式写作对我的作用，是比较直接的。但是对别人不一定适用，但是对我来说是适用的，也是自觉的。所以在我的诗歌写作上，我主张给读者一个容易介入的低门槛，低门槛并非低就，也不意味着降低了难度。意象和场景来自第一现实，是我的优先选项。我一般不选择书本经验，不选择诗人个体的阅读经验，我避免在诗歌中谈论任何大师。大师是大师，但是他不是用来吓唬读者的，读者也不需要知道你多么博学。这是我一贯的想法，而且不打算改变，我认为体验性写作是从自己的绝对性出发的，这一绝对性是唯一性的，这样，才能更多地让你的经验与别人不重复，与历史经验不重复，与当下的时髦不重复。在此,我试着谈谈对经验、体验和先验这三种写作方式的个人理解。经验和体验分属两极,但二者都是名词,体验则介于二者之间,是动词,具有及物性。经验具有通约性,先验具有神秘性,一个似乎形而下,一个似乎形而上,而体验是二者的中介和桥梁。体验以其动词性,具有感受力和在场性,它将经验与超验统合为一个浑然的整体,它使经验获得对现实的超离,获得诗性;同时,它使先验转化为可感,在体验的叙述中获得血肉和生命。体验使得经验和超验,由最初的不相容关系转化为相容关系,进而形成完整的诗意的链条。我的写作,一个可能存在的问题就是它的跳跃性可能不够,它的张力可能不够,这些不是体验本身的问题,而恰恰是体验未达致化境才出现的问题,也是写作永无止境的一个表征。冯晏和杨勇的诗歌,内部张力,词语和词语之间,抽象和具像之间,历史和现实之间,宗教体验、宇宙体验与现实之间的张力都很大,值得我学习。我在诗歌的张力空间上还没有解决得很好,我在想这个问题,但是我解决的方式和途径,会和他们不一样。

冯　晏: 关键是它已经形成了。

包临轩: 我在 20 世纪九十年代提出一个概念,就是"生命感性",谈到生命感性对于文学、对于诗歌的重大意义,但后来一直没有坐下来进行更加系统化的研讨,但它是我写作过程中的一个艺术执念。我的创作,注重的是生命感性,后来学界和诗坛提出生命诗学,大家都认同,已成为一种普遍共识。从社会学到生命诗学,进入人的本体以后,生命诗学正在普遍展开,我自然也在这一潮流中,这个我是自觉的。注重生命感性,注重自觉经验,直接体验,这就是我要做的。我想用自己的方式,直接与生命感性打通,然后与读者打通,更大程度上实现诗歌作品的通约性。我有一个梦想,我希望诗歌的个人性和艺术接受的共同性达成某种默契,而不是说我要满足他人,放弃自我,或者我低就什么。

不是，一定要找到诗人的个性和文化的交接点，这也是艺术责任感的一个体现。接受美学认为，你最初创造的东西是放在那的，如果只停留在作者自己那里，便是未完成态，不是一种传播。当你拿出来给朋友看，便是一种传播，当你发表出来的时候，在传播过程当中，在传播主体和接受客体之间又形成了一种新的创作关系、创造关系，作品的效力，可能那是又一部超出作者动机和预期的崭新作品，不再为作者所私有。而这，正是文化生成和得以延续的一个内在机制。写作的时候，要有这种交流和开放的潜意识，它将使得你的作品更具大我精神。我也在不事声张地追求这个，虽然这远远并不是追求的全部。

所以这一年的创作，我在想这些东西。有诗人说我是为未来写作，或者是为自己写作，我不反对，但那肯定不是问题的全部。我也不是为某一个谁写作，也不是为他者写作，但是自我中有大我，你看超现实主义不是大我吗？它有的时候是大我，但有时候也真的不是什么大我，而是一团模糊不清的东西。

冯　晏： 创作的区域不一样。

包临轩： 对，我选择的区域，诗歌发生的区域可能来自于我自己的直觉和感受。尽量避免使用间接经验，如果它们没有经过体验这一关过滤的话。说是体验式的，是指一种主体消化能力，是诗人的精神结构对现实和观念的再处理，而不是所有的体验都是亲力亲为，就像不需要经历真的死亡，也能"设身处地"写出对死亡的体验，我是说，体验是一种真确的创作方法，就像诗坛中有人提出"伪叙述"方式，意在强调仿真，"仿真"比"真"本身更真。能写出体验性，但是没有一首诗的创作是完全因为外在景物的直接激发而产生的，是诗歌精神与外部现实的一次遇合。事实是，脑子里面蹦出一句话、一个句子、一个词，然后它就衍生为一首诗了，有可能这个词汇，在诗歌作品当中呈现的是第一句，也可以呈现的是最后一句,或者呈现的是中间的某一个词,你无法看到它原始的状态,但是从它的发生学角度来说,它是来自于那样一个词的,这时候说诗是语言。诗是语言,但是我为什么要谈到 21 世纪的诗歌呢？我对 20 世纪的好多诗歌理论是不赞成的,比方说诗到语言为止,比如说民间立场,我认为都是一种不确切的表述,那些强调民间立场的诗人,其实都是伪民间,真正的民间跟诗歌有什么直接的相关性？第二个是口语,所谓口语化诗歌,最后沦落为口水诗歌,任何诗歌语言,其实从来不存在口语和非口语的区别,只有它是不是诗的语言的问题。

冯　晏：成不成立的问题。

包临轩：对。诗的语言是一种被诗发现、被诗创造的语言,是被诗歌重新定义了的语言,所以它不再是普通的语言和言语,它可以是口语的,也可以是非口语的,甚至是书面语的。现在诗界常常谈先锋性,那么什么叫先锋？先锋的确切含义是什么？先锋仅仅是为了反主流而反主流吗？

冯　晏：对于口语诗歌我认为是在争论一个常识问题。诗人最好是别在常识问题上浪费时间,这种浪费的过程本身是非常识的。

包临轩：不是为先锋而先锋,为先锋而先锋那就是姿态而已,所以我看到的更多的是姿态和宣言,而不是诗歌作品本身。所以 2018 年,我的创作,希望你们能看到我的写作是质朴的,这种质朴,我的创作本意也是这样,如能大巧若拙,该多好。但是质朴与先锋是个什么关系？我一直在写作中思考着这个问题,这不是个小问题,涉及诗歌写作的目的、宗旨和诗坛风尚。这个留待以后的写作来验证。我觉得爱中的诗歌创作始终难以用某种理论来概括,文本也是独成一格。你开始写作的时间并不长,即将过去的一年,有什么感觉？

陈爱中：好吧,谢谢包老师,我简单说说。我开始写诗比较早,但基本是随意而为的行为艺术，并不当回事，主要是为新诗研究服务，保持一种语言的新鲜感。有意识地将写作当作一件事情做，应该是这两三年。2018年写了五十几首，平均一周一首，和杨勇差不多。我一直有个观点，汉语新诗依然行走在路上，无论是语言形式还是内在节奏，都处在可能性写作当中，任何人的写作也都是实验性写作，或者按照我们大家喜欢的说法，就是先锋写作。我赞成先锋被泛化的观点。现在谈先锋实际上是一种焦虑的体现，并不是有多么惊人的发现在诗歌里的呈现。没有定则，每个人也都是探路者，所以汉语新诗领域才有那么多的分歧，而且往往是很尖锐的冲突，也耗费了大家很多不该耗费的精力，甚至是常识性的辩解，比如口语诗。有了这种认识，所以我的写作就定义为实验性写作。我比较尊重诗意来临时的语言直觉，某一种情绪或者外在物象的刺激，在某一刻激发了写作灵感，语句会自动冒出来，就可以掏出手机，随时记录，完成后，并不刻意用理性去梳理，呈现出来的状态应该就是直觉映现。另一方面，我觉得在意象选择上，给大家的感觉是有意避开大家惯用的意义指向或者是连接方式，这是我写诗过程中，相对无意识的表现，这可能会带来晦涩的危险，但诗就是那样，也没办法。在这个意义上，我是不赞成那种日常絮语，所谓的客观描述的，因为那是散文的语言样态，这个早在黑格尔的时代就已经获得解决，今天再来讨论，着实无趣。除非考虑出现的时代背景，比如第三代诗。否则单纯谈论口语诗，是伪命题。任何一首诗必须有语言的自觉，才能有区别于小说或戏剧的存在意义，也才能配得上诗是预言或者创造者的古老身份。第三要说的是，现代诗在很大意义上是小众的，这个与现代文明的专业化和界限化有关，因为诗歌写作呈现为一种专业化的面孔，在一定意义上具有特殊性，无论实验性还是先锋性，或者是语言的自觉，诗歌发展的历史也证明，诗歌创作萌生的年代必然不具有普泛性,杜甫的诗的繁盛是宋代,海子的诗的轰动效应是在其自杀性的事件之后,而穆旦的勃兴也是在其去世十几年之后的 20 世纪 90 年代,在一定意义上说,当代诗人是幸运的,因为传播技术的发达,相对容易"出名",但能否被历史"淘走",也还是未知数。相对于至今人们仍然将是否分行、是否押韵等农耕文明诗歌的标志作为判断现代诗的标准来说,现代诗的经典化过程仍然漫长。基于此,我的写作,并不去迎合读者,只是追求呈现。今年出版的诗集《行走的瓦片》中的大部分诗是这种状态,但出乎意料的是,反响却很好,有三四篇诗评发出来。在《北方文学》《扬子江》《诗林》《石油文学》等文学杂志发表了几十首,还比较满意。

晚境写作:诗歌现实之一种

陈爱中:就现代诗而言,我比较推崇晚境写作,或者说是现代诗普遍呈现的晚期状态。一般来说,"手之舞之,足之蹈之"的外发型抒情诗属于农耕文明,而以技术和理性为特征的现代文明孕育出的现代诗是以"智性"或者说"知性"为前提的。相对于直抒胸臆的诗歌样态,优秀的现代诗都是充满情感上的节制和表现意义上的张力的。实际上,优秀的现代诗只可诵读或者默读或者说失去外在的音乐性,很大程度上是由这种诗歌内质决定的。而相对于一般理解意义上的青春的激情勃发和经验上的苍白来说,人只有阅历丰富而又充满人生历练的时候,也才能有足够的智慧驾驭语言技巧和赋予诗性意义,从这个意义上说,我们就可以解释为什么现代诗人的代表性作品往往出现在晚年,形成"暮年写作"的景象。上世纪 80 年代校园诗的繁荣可以看作是最后的农耕抒情诗。90 年代以后,渐趋消亡,也是现代诗这种智性质素决定的结果。

另外的一个事情是，诗歌是最依靠想象力和非凡的虚构的。年轻的时候，经验不足够丰富，认识力也弱，对复杂关系的处理能力也是不足。现实景象和诗歌景象往往是一致的，语言是工具，并不具有自觉性，比如说失恋了或者忧伤了，就会直接把它表达出来，也就是一个简单的抒情达意，并不具有复杂性和综合性。人到中年之后，现实经验经过想象和虚构上升为诗歌艺术审美之后，我们开始用诗歌的方式来勾画我们想象中的应然状态或者其他的认同方式，在探究真实和处理因果逻辑的过程中，可以直面各种局限性和可能性，开始质疑线性发展的合理性和单纯因果的现实性，等等。诗歌的表现力和承载力被重视，这也是诗歌意义上的晚期写作的存在现实。从这个意义上，我倒觉得，年龄上的晚期对于新诗来说，实际上是一次"青春出发"，以理想的语言表现力和从容的写作姿态，富有创造性和完成性地出场。

杨　勇：是啊，"晚期写作"，这个跟年龄多大不一定有关系，但确实是应该考虑的一个问题。我觉得写作者越到晚年时候，诗歌中越应有愤怒的状态，也就是说，晚期写作应该是一个勃起的状态。像歌德写的《浮士德》，我总觉得浮士德博士就是他自己。浮士德研究了一辈子的纸上知识，在现实中没有用，他突然在老年时愤怒起来，他幻想自己变成了一个年轻的浮士德，然后恋爱，旅游，不断在世间冒险和犯错误，最后，他发现真正属于他愤怒的东西就是创造，就是在社会和大自然中创造和贡献。所以，最终他摆脱了魔鬼靡菲斯特，被上帝拯救了。实际上是他自己拯救了他，创造就是人生最美好的事情。歌德是依靠愤怒的《浮士德》，依靠这部长诗，在写作里愤怒和勃起，成就了他晚期的创作。诗歌就是一种创造，晚期写作更应该葆有活力，尼采也提到酒神狄欧尼索斯的冲撞力，那是一种打破和创造的强力。我觉得诗人老了以后,越写越好的人一定是一个很敏感和开阔的人,富于愤怒精神和破坏规距的人,而不是越来越"耳顺"和"心顺"的人。如果越写越顺从,那就完了。写作与年龄还是有关联的。一般写作者的状态,大体上可分为三个阶段:幻想阶段、真实呈现阶段和记忆或印象阶段。它们正好对应着人生的三个大阶段:青年时期写作、中年时期写作和老年时期写作。它们同时也分别可对应浪漫主义方式、批判现实主义方式和超现实主义方式(笔力随心,超验、大自在)。

我目前是基于现实主义状态来写作的,这一点不是刻意,来得挺自然。而歌德的《浮士德》,是印象和记忆的智慧化状态,是晚年智慧的折射,也是超现实主义的状态,也就是大自在的状态。如果我的写作继续延续,可能也会步入记忆与印象状态了。谈年龄和时间段中的写作,这里面其实挺复杂,但是大体上可以这么归一个类。像我们要谈什么是超现实主义,其实那个概念和实际操作是很复杂的,没有那么简单。

冯　晏:方才杨勇和爱中说的晚境写作也好,或者成熟以后的写作也好,我觉得作为诗人,当自我教育达到一名诗人应该具备的全部素养时,晚境写作高峰才会出现。对于中年以后写作的诗人来说,衡量其作品质量比对年轻人要求应该苛刻得多。这句话没有主语,原因是我对自己就是这样认为的。作为一线诗人,喜欢你的读者或者朋友已经不能原谅你在这个年纪还出现应付之作,或者是没有太多亮点的创作状态,或者是在作品里表现出没有深刻思考的大脑。的确,只要你有足够超前的观念、足够深刻的思想、足够丰富的生活经验,面对继续写作时,你的心里就足够踏实。最糟糕的状态就是感觉自己很空,而事实上关于写作的储备也并不充分。另外还有鉴赏力的问题,我认为一个诗人的鉴赏力水准决定了他个人写作的水准。一名艺术鉴赏者在优秀作品中所无法看懂的部分,或许就是鉴赏者艺术修养中所缺失的内容。

诗歌翻译也有着同样的问题。

　　我一直对具备先锋元素的所有经典艺术作品都感兴趣。我也认为创作杰出的作品跟年龄没有关系。如果说有关系,我认为真正伟大的作品要产生于大师成熟的年龄之后。因为,这要求创作者所具有的不仅是天才那么简单。当然,你的智慧在年轻时就已经完成了一个智者一生才能完成的丰厚,那只是例外。

　　方才谈到的超现实主义,我认为超现实的写作就是以精神分析为源头,让意象来自于你的精神现象深处。超现实主义创作所表现的是诗人潜意识里的语言,让无形在诗句里付型,这个真的很难。可以说近年来我一直偏爱对这种写作类型的研究。在这里我经常独自质疑里尔克那句名言"诗是经验"。常常在这种创作类型中推演着这句话。当然这句话概括得足够高度,即使在超经验的语言使用中也很难越出这个概括,这就是真理的力量吧。但是我说的是超现实主义写作中那些没有经验可循的精神现象。语言表现具有太多神秘主义中那份意外的天赐感觉。对这份感觉的把握,我认为所需要的是个人的思想经验,主要是逻辑思维经验。意象来源是非经验的,其中甚至有预言存在,能在艺术观念中处理好神秘主义部分,除了思想,科学也不行。

　　超现实主义创作更适合所说的那种晚境写作。它表面看适合年轻人,而持续下去需要一种真正的透彻,年轻人很难驾驭。比如叶芝、米沃什等大诗人都是到了晚年的创作才出现更多的涉及。超现实主义对于有些诗人是常年独守的风格。比如勃莱、赖特、马克·斯特兰德等。他们的探索方向非常明确,主张追求从潜意识中找出"深层意象",甚至认为只有潜意识才能认知真理。

　　我自己的创作暂时也不想尝试侧重超现实主义,尽管我非常感兴趣并且也写了一些。我还希望把这种意识放在不同写作风格的句子与词语之间片段性地融入。事实上，很多大诗人的经典作品，其中都穿插着非常精彩的超现实主义创作方法。也就是说还有一种超现实主义创作的表现是：并不是有意沿着超现实主义的创作风格写作，而是自然带入。自生观念和沿着别人的观念这两种方法都不影响超越。一个艺术家的思考由内到外是一点点被打通的。同时你也期待与具有同等思考的同行交流，这种交流所解决的疑问往往收获会很大。许多不确定的思考也许瞬间就会被确定下来。我始终觉得与有共同研究方向的同行之间的交流特别重要，至少可以获得写作者个人探索经验的一种被确定的信息、态度和补充。而且这个交流在公众的理论探讨中是不能讲的。事实上，这里也有一个个人经验无法讲清楚的因素。我认为写作主要也是依靠不能讲出来的那部分感觉和感知。因为发现只是超越的开始，这种高级的认知里除非是特别好的朋友反复交流才能逐渐通透起来，把话题深入下去。依靠这种交流在国外许多文人、诗人和思想家之间，都留下了传奇的历史。

作为诗人，细胞深处和宇宙的无限之间有一种对接甚至对话的关系在等着你。那种所说的生命二重性和两种意识的融合需要越来越清晰。探索的维度决定一个诗人语言中的精神含量、高度和范围。写作，就是从自我意识出发，走向一群人，朝向一个城市、一个国家、一个世界、一个地球，甚至外星空，神秘的不可知领域穿越，再返回，不断完成……诗句从来不拒绝玄幻，只要诗人把持住意象精准，逻辑严谨。

杨　勇：关于晚期或者晚景写作，我想用另外一个词：晚境。晚境是一个人晚年的境界，是年轻时候修炼成的。

冯　晏：晚境，境界的境。

杨　勇：晚年的境界达到多大的一个范围和修为很重要。我觉得不用晚期，用晚境更好，它适用于年轻时候所有为此准备的修为，到了老年以后，水到渠成的境界。

修　磊：从个体上来说我不太认可晚境写作。而且我也不太认可冯老师自己说的她就是先锋写作，我觉得先锋写作是一种纯粹精英的精神，可以用精英来形容。我们为什么说是精英？必须是不断的提高的，要超越那种口语化的，包括现在，它的精神状态始终没有上去，没有达到形而上的那种程度，它始终是在它的那个小圈子里，它看不到外面的世界，也不知道用一个很宽广的这种叙述的眼光来体验。

陈爱中：那你们这个要求她做不到。

修　磊：是的，所以这个不在我的研究范围之内，为什么我对冯老师的诗非常感兴趣？首先，因为我是研究了很长时间女性的东西，我做女性 20 世纪 90 年代诗歌，研究一些女性的文艺理论，我觉得冯老师对女性诗歌提出了一个很好的超越的方式。

包临轩：这个超女性，真的，她这个诗歌超女性。

修　磊：20 世纪 90 年代女性诗歌如果说提炼一个关键词的话，那是飞翔，这是我自己感觉的，她总说自己如何飞翔，她好像就是要逃离一个现在的生命的状态，她要找一个更高的，但是实际上她找寻的方式反而不是飞翔的，她不是指向内心，她是指向外在的具像，比如说她总说欲望，总说现在女性生活如何的艰难，她不去想如何改善女性自身，就是内在的东西。经过时间的沉淀之后能够留存下来的好诗往往都是指向内心的，不可能以那种。

诗的持存：呈现现实的多种方法

陈爱中：可以总结得出，刚才大家的谈话里，基本都包含一个重要但也是一个老生常谈的基本诗学命题,就是诗歌怎么处理现实的问题。我们一直强调一个东西,介入或者说干预现实,是诗歌的存在状态当中的一种,甚至诗歌可以重构出现实的诗歌样态。包老师的诗强调的就是从接受美学意义上的创作理念。通过诗人创作和语词文体所提供的召唤结构,为读者的阅读提供各种阐释的可能性,从意象到语词或者是诗歌结构上提供接入阅读的各种切入口,并通过阅读最终实现诗歌作品,这是诗歌创作非常理想的状态。

冯老师的创作在某种程度上讲,她不太愿意去强调介入的问题,而是思考更多关于诗歌自我存在的问题,是一种自在自为的状态,读者愿意读就读,不读的话也无所谓,而且一般读者的阅读往往还是无效的,走不到诗歌创作的内心世界里面来,所以从很大程度来讲它的介入可能就是少数的介入,而这种少数的介入可能形成另外一个世界的写作方式,这是一种存在方式。

杨勇的写作,尽管用的是传统批判现实主义的路子,但在具体创作的过程往往让现实直接介入,形成一个兼具现实呈现和文本想象的文本,在文学现实和社会现实之间寻找平衡,并试图用诗歌技法来重构一种超越现实细节的深度写作。

就我的写作而言,我一直认为诗歌是个人体验介入到现实存在的最为自由也是最为高级的方式,相对于文学的其他文体,诗歌对现实的再创作几乎是原创性的。写作的理想就是用语言呈现世界存在的某一种状态,并在这种状态中重新阐释事物存在的各种关系,比如生死、爱情、瞬间的体悟,或者是无奈与感伤,等等。从认识论的角度看,就是为现实提供诗歌的方法,并进而影响到读者对现实的认知,尽管我至今怀疑这种影响的真实有效性。

好,这是我的总结,不知道大家同不同意?但你们觉得现在采用的这种诗歌介入现实的方式具不具有完成性？在这个过程当中有没有难以克服的困境？

冯　晏：创作和现实之间的关系对所有的诗人都是一个非常重要的问题。近年来我的创作构思大多都是从对现实的思考开始，更多时候是在考虑怎么介入到创作。作品的个人风格不仅存在于写作时深入事物的角度，还存在于一场语感。语感在每一首诗中都是创造力重要的组成部分之一。语感直接影响到一首诗与所涉及的写作元素的融合。一首诗带入现实需要经验，间接与直接完全可以相互转化，而意象在一首诗的创作中，我愿意把它比作为思想的行为艺术。事实上，在行为艺术里，行为部分就是现实。我的诗作除了一些以冥想类型为主，侧重超现实主义写作类型的，需要有意考虑与现实生活的相互衬托外，那些以叙事和陈述为主的写作，基本上都是对现实生活的完全介入。我认为叙事诗在艺术处理上难度比较大，最突出的是现实部分在语言艺术中如何摆脱平庸感的问题。叙事侧重以真理为基础，虽然思想在诗歌创作中有很多人不赞成这种提法，但是我始终认为思想在诗歌以及所有艺术领域里都是一个常识性的必需品。尤其当诗人在社会中遇见复杂问题，思考的目标唯有真理，而选择的词语意象也是为了向真理接近。一个诗人向内思考就是幻想、幻想、超现实，而向外思考就是现实主义、批判现实主义、魔幻现实主义。总之都是介入现实。而作品对现实介入得到底有多深，取决于一个诗人对社会的那份责任感。匆匆想到这些，也许不够准确。

包临轩：谈与现实的关系，首先要思考的，可能是自我的问题，然后才能谈到怎么处理现实。诗歌的自我问题我想的倒不是太多，就跟大家谈的诗歌也不能脱离自我的问题一样，实际上和你说的真理那个词有关系，在我这里理解，我觉得诗歌的自我最好的是要做一个揭示者,我认为诗歌是,当然小说也是。

冯　晏: 揭示,就是我要提出的那个问题。

包临轩: 我说的自我是一个揭示者,揭示你自己的内心,把你自己的内心打开,也揭示自我和自然的关系,自我和他者之间的关系的揭示,以及对自我奥秘的探索。现在我认为你就是你的诗歌成功的因素,刚才你说的真理性因素我是特别赞成的,当然诗歌的真理性和思想性是一致的,那么我要把你的说法具体化,你说的自我是什么? 自我就是真理的揭示者和发现者,这是发现者和揭示者,一定要尽可能地在你的诗中说出和以前不一样的东西,这是和从前的自己比。第二,要说出别人没说过的东西。第三,如果别人说了,你换一种方式,那也是一种发现。有时候在一首诗歌当中追求某一个目的的时候,语言的手段是非常多样化的,也正因为揭示手段的不同,才呈现了不同诗人之间的不同风格和面貌,所以我想还要追求一个手段的自觉,刚才说到我们三个的创作路数不同,这都是自然形成的,不是谁要和谁对立,也不是要对垒,而是一种并置关系。这种差别的核心问题,其实很可能是手段的不同,揭示真理的手段不同,揭示的着眼点不太一样,但应该都属于揭示。

冯　晏: 侧重的角度不一样。

包临轩: 所以对我来说,2018 年,我问我自己的是,这首诗你揭示出了什么东西没有。诗是体验,我是用体验式手段来创作而不是用先验创作,也不是用经验写作。

杨　勇: 我就冯晏谈到的关于诗歌和与现实的观点接着说。我以为,诗人和现实的关系有几种方式:一种像《西游记》式的,通过想象来表达真正的现实;另外一种就是直击现实,这一点我和包老师比较相似,就是通过生命的体验,或者说直接体验现实来写作。再一种是源于现实向度却对未来有预期的写作,这也是一个创造的现实,应该可以称为超现实吧。对于文学作品，大家都承认它的虚构性，但为什么读到最后，判断它又不是虚构的呢？因为它最终反映和确定的是人类存在的某种现实处境和真相。文学的任务就是把现实变成超现实吧，事实上文学有能力通过描摹表象，把人类的经验归类升华，达到一种更高的存在真相之境。但是不管怎么说，一个人有一个生存的空间，有一个生存背景，有一个精神文化的依赖地，其实这个精神的文化背景和你的物质时空都是一体的，都是现实的东西。所以，语言和现实也分不开，从大的角度说，诗歌和现实的关系事实上是不可分的，像意识和物质的关系一样，都是一体两面。

冯　晏：在语言里面是间接的。

杨　勇：这就要看你的兴奋点在哪，但都是一个表达的需要。像你可能对幻想中的现实和隐喻的现实感兴趣，我和包老师可能更多对物体的具体存在和直接书写现实感兴趣。对于诗歌所反映的现实，我用一个"及物性写作"来概括。不管怎么说，超现实的写作也好，《百年孤独》里的魔幻现实主义也好，我觉得都是及物性写作，看写作者把它落到哪个位置上，喜欢用什么样的方式去写。我之所以比较喜欢直击现实的东西，可能跟我的性格气质有关系，我喜欢写我每天看到的，无论大还是小，只要是能触动我的人和事。在书写现实中，我情感中有悲悯的一方面，另外还有激愤的一方面，这就是我的现实、我诗歌的现实，或者说我的及物性写作状态。萨特说，本质存在于一切现象之中。只要你在现实中有足够的观察力，你就有可能在任何一个微小的事物之中看到一个事物的本体，就像老子讲的"不出户，知天下；不窥牖，见天道"，就像一叶知秋，都是这一类。一个人通过一个现象，无论大小，都试图触及到它背后的本质，这是更真实的现实观。关于如何触及现实，我个人还喜欢几个词汇，第一个是"直觉"。我觉得"直觉"这个功能更加微小细化。比如,当一个人把手放到火上的时候,你会立刻抽回来,这个时候是直觉告诉你,是潜意识告诉你,而不是理念起作用。所以,直觉和感性在写作过程中非常关键,它是诗人独特天分的一个辨识度,我比较注重诗人这方面的能力。另外一个就像包老师说的"生命体验"。"生命体验"与王阳明说的"格物致知"是一个道理。其实我们很多时候可能是理论先到了,但是在实践过程中真的没有把很高的东西落实到实处。比如别人告诉你牙疼了,可疼是什么情形? 你没有体验,是不能感受到那种状态的,只有你真正体验到了以后自已才能彻底明白。我感觉人就是这样的,人要面对生老病死,你把人间所有的生老病死体验过一遍之后,你才可能是一个明白的完人,才可能真正书写那种生命的状态。如果人生只有永恒的欢乐和永恒的痛苦,这都不算是真正经历了人生和体验人生,如果只是从书本上得到知识和判断事物,不能算是真正领悟了现实的丰厚性。

冯　晏: 诗人写作也是在发力,在很多事物方面。

杨　勇: 是的。近年来因为拍照,我接触底层(社会)比较多,所以我批判现实的倾向性比较强烈一些。但是批判现实不是口号式的,而是要艺术性的,就是文本上你怎么呈现? 因为诗歌本身还有诗歌本身的自律性。

另外,面对生活和现实,我强调保持"诗意"或者"诗意地栖居"。有人说,奥德维辛之后,写诗是不道德的。我的理解是,人类经历了两次残酷的世界大战后,面对人类社会这么一个残酷的状态,再写一些风花雪月、不痛不痒所谓美好的东西,才是可耻的和不道德的。真正的诗和文学作品从来都是介入性的,在改变你的观点,在抗争和思考这个世界。

冯　晏: 现在再写这种不痛不痒的东西真是很可笑,历史叠加了这么多东西。

杨　勇：所以，我说人要保有一份诗意。这种诗意是什么样的？不管你写不写诗，你要对生活保持一份比较敏感的心，这样除了物质生活外，你更多的精神生活会让你又多出一个生命状态。再回到写诗上，一个写诗的人肯定对语言敏感，而对语言敏感的不满足会产生一种叛逆的心理，起码在语言上要求新和奇。那么，这个叛逆心理放到诗歌上，你就会发现你的诗歌不自觉地会呈现出一种批评性的精神，不管是批评自我也好还是批评他人也好，他永远有这样一种打量性的东西。你看历史上的很多思想启蒙、很多革命都是诗歌革命引起的，像我们中国的朦胧诗产生也是一样，它引发了一系列的变革。一个人有诗意的状态，我觉得在直面现实时是不成问题的，这个绝对不成问题，无论是生命体验和幻想体验写作，都不会有问题。

冯　晏：体验一种慢慢兑现的透彻，对事物的判断越来越准确。

包临轩：我接着杨勇的话谈谈对诗歌表达的美的观念的理解，我自己正在考虑如何突破自己。为什么浪漫主义没有市场了？就是它理想主义地处理现实，以个体心愿美化了现实，因为它是用理想主义去做的，现代主义实际上正好是对浪漫主义的反叛，它大胆审丑，从尤利西斯开始，审丑和审美形成了我说的对立，在此意义上，浪漫主义和现代派的区分在于一个是主张美的，直接表现美的，一个是审丑，现代主义的贡献在于把美的概念内涵扩大了，美并不就是优美或美好，现代主义是直接告诉你丑。但是为什么后现代主义又往前发展了？到了现代主义说丑的时候，我们在文学中得不到任何安慰，你发现除了收获异己力量，你收获的都是痛苦和焦虑。

冯　晏：事实上审丑也不准，美这个词已经不准了。

包临轩：也可以，这是我们探讨的问题。那么在后现代，我认为就美丑不分了,我要说的是这个,到了后现代之后,出现了美丑不分的时代,各美其美,各丑其丑,所以带来一个什么好处? 就是文学诗歌表现领域的边疆大大扩大了,深度大大地延伸了。

冯　晏:最后归结的就是语言,语言的就是创新。

包临轩:我说的是超语言,这个问题是叫超语言,在这个意义上诗歌是语言,画家用的是画笔,音乐用的是音符,它肯定是超语言。

杨　勇:这个从审美角度是扩大化。

包临轩:对,所以我们对审美的把握,就是写诗的时候,前天我写了一首,我在诗中说天下雪了,我们曾经多么盼望雪,但是雪下的时候我马上就听到人们的抱怨,高速公路堵,封闭高速公路和堵车,我只看见一个孩子去打雪仗,然后他妈在后面追打,把他揪住,我狠狠摔下车门,向那对母子走去,试图表达那个愤怒。后来我想想这个愤怒只是我个人的,我又加了一句,走了一半我又犹豫着停了下来,不往前走了。

杨　勇:就最后一句话很棒。

包临轩:我没完,我走了一半,我又在犹豫中停了下来,这就是现代人的心理困境。

杨　勇:你里面就有三个主义了,一看下雪那么美好是浪漫主义,那些人撞了以后是现实主义,后期就属于后现代了。

包临轩:对,并置。就是一个愤怒的人,在现实中或许要成一个疯子,但是要抑制这个,你看这个孩子要玩雪,他妈就不让玩,就特别恼火,我就要去理论一番,但是你想你能去那么揪住谁骂吗? 这就是迟疑不决的现代人,对吧? 我就捕捉这么个细节。

包临轩:也不是超现实,没那么大的现实。

杨　勇:这就属于后现代的超现实状态。

包临轩:我想想我冲上去,别人说你冲上去干吗,打架吗? 当然是要打架,但是能解决问题吗? 不能,我停下来。

杨　勇: 你要上去的话还是批评现实主义。

包临轩: 但是你想想,说句题外话,美也好,丑也好,美丑并置也好,最终作为诗人,我们的根本性追求,其实还是对于美和理想不能割舍。

冯　晏: 我觉得这就是艾略特说的那句话,我老用,就是"艺术从不进步,它只是越来越复杂"。

包临轩: 对,行,我说完了。

杨　勇: 我再说一点,美和丑都可能是艺术的。像艺术家杜尚,他把小便池摆在画廊里,无形当中就把艺术的边界打开了,也可以说是把美的边界打开了,他这个观念很好,这里有一个东方禅文化基因在里面,去掉了分别心。金斯伯格的诗歌受禅宗的影响也很大,他打破了很多界限,很多东西也能入诗。其实,"美"这个词还可以细细地划分,美还有雄浑美、清秀美、粗犷美、婉约美等等。

冯　晏: 我发现现代社会,不光是中国说话批评现实主义,世界上都是这样,面临的环境、面临的地球被破坏,这种东西都是一样的。

杨　勇: 这个在古代田园牧歌时代是不可能产生批评现实主义的,批判现实主义的产生是现代社会和现代人的情况越来越复杂、问题越来越多的结果,批判现实主义能应对上。

杨　勇: 这个应该谈,看你怎么落实在诗歌里面。

陈爱中: 下面请修磊博士做发言。

修　磊: 我们这个谈话信息量太大,包老师就一段话至少有三层的含义,有批评的距离问题,有诗歌的创作问题,还有指向的问题,我就觉得诗歌创作和现实的关系应该是始终保持着它的视野是向外的,但是诗中的精神是应该指向内心的,如果没有内心的向外就是纯粹的表现一个现实,如果你没有这种体悟,没有这种领会,始终是不能够打动读者,因为毕竟我不是诗人,我好像离开诗歌评论已经八年了。

陈爱中:但是你编辑很好的诗歌文章,是一个诗歌的在场人。

修　磊:边缘人。我觉得如果你读不懂诗,如果你不会创作诗,你就没有这个资格来评价诗,但是我从 2016 年开始通过做黑龙江的诗歌评论,我觉得原来我们黑龙江也有这么多好的诗人,然后我就下定决心要跟大家接触,我争取一年写一个诗歌评论。

所以我觉得这个不是诗歌前进的一个方向,所以必须一个是回到生活,一个我觉得是回到内心,再一个是回到一个平等的状态,不要突出女性,也不要突出你是如何打动了人群,我觉得这不是一个好的处理。再一个是我一会儿想提出的一个问题,因为我们写的是黑龙江蓝皮书,我觉得地域性的诗人我有点不太认可,难道黑龙江就一定是一个黑龙江诗歌吗?

包临轩:我们只是一个地域的东西。

修　磊:诗歌中可能有一些意向,由于意向是带有地域性的,但不能说诗人就带有地域性,但是现在诗坛好像很多是以地域性来判断。

包临轩:你在这个地方,但是有一个问题,你可以有一个建议,地域写作无法回避这个问题,但是它可能是在你的评论体系当中是一个低端的概念。然后在这个地域写作的过程当中,比方说我们必然写到哈尔滨,冬天和哈尔滨有关的东西特别多,我也不在热带生活,我也没法去写,这是客观形成的,但是这块土地,它是载体,不是目的。你要有一部分篇幅谈到,他们确确实实对黑龙江,对地域文化的推广,就是这种品牌和文化的贡献是存在的,是有的。迟子建一直在写大兴安岭,我很敬佩,我说你都写多少年了,你啥时候写完? 她说永远写不完,故事太多了。刚才冯晏也如是说。这个就是超地域语言,不可能完全摆脱地域,在你论述写文章的时候,我认为第一段肯定要谈到这些人对地域的贡献,他们恰好生活在这些区域,对地域本身客观上是有效果的,但是他们的艺术,因为艺术是超地域的,所有东西归结于地域,一定是为了论述的方便而不是目的。

修　磊:好。

包临轩:就是词汇放这里。

杨　勇:这样我就有意见,因为我老了就没意见,那区域划分我也有意见,因为这都是不利因素。这是自然的差异性,不是说人本身写诗的差异性。

修　磊:比如说女诗人这个概念,你如果要在一个男诗人群里谈女诗人是有一种歧视的东西,但是要在世界的眼光里说她是女诗人,那她一定是超越了男诗人,就是站在男诗人的基础上她又有不同于男诗人的东西,你这个时候就是去掉了那个优越。你也可以说,她是个女诗人,她这么厉害,但是她是个女诗人,女诗人你就觉得她在女诗人里面已经超越了,或者你说她从女诗人的角度阐述了比男诗人更多的东西。

包临轩:但黑龙江年度不能不说这个事。他肯定要聊到这个问题。我也是有这方面的问题,20 世纪 90 年代,当时评冯晏的时候,《文艺评论》主编给我的任务,就是你去评黑龙江诗,你的评论对象就只能是黑龙江诗人,我大概写了二十多个人,这是给我规定的任务,那些人其实也不都是具有代表性的,但是后来我发现有一个好处,不是说你写的这个人不成功,这个诗人就一定影响了你这个评论的成就,不是,你的评论对象本身应该是有案例意义的。

杨　勇:你像地域差异性导致人的思维方式不一样,写诗歌的方式也不一样,像南方的诗歌和北方的诗歌就有差异。

冯　晏:应该怎么提? 你比如说地域性了,不以这些诗人为地域性为定格,就是说以这个诗人都具备地域性的优势,你比方说北方的优势和南方的优势就不同,就格局大,就黑龙江整个这块大土地给你的视野的成长是不一样的,你北方的东西就是跟南方的不一样,格局大。

包临轩:就像金庸小说写的中原,《笑傲江湖》也提了,确实是不一样的,《射雕英雄传》那是大致的比喻了,区域是不一样的,不同的格局与气质。

丰富与深度:2019 的诗歌预言

陈爱中:这些问题聊得都很深入,细致。大家都说没准备,实际上都准备得很好,还有什么想法?尤其是对将来的写作?展望一下吧。

包临轩:我 10 分钟后就走,我得开会。

冯　晏:你先来。

包临轩:我没想,我是深一脚、浅一脚。2019 年对我来说,你总得有个节点,确实是有这个问题,也得这样,但实际上是说不出来,但是我朦胧中有一个方向,无法用清晰的语言把它表述清楚。就是杨勇刚才说了,已经进入了 21 世纪以后,中国诗歌进入了全新的阶段,优秀的高手和写作特别多。创作本身,我的目标是要通过自己的创作,增加我们21 世纪中国诗歌写作格局的丰富性,能够有幸成为其中的一分子,藉此表达我这么一个诗意的主体,对这个世界的所谓发现和揭示、解释,在这个大合唱声中有一点我微弱的声音。

陈爱中:一定程度上还是因为诗歌本身的兼容性的问题,就是综合各种因素的问题。

杨　勇:我觉得那次你提这个问题的时候可能也提了一下,我就说了一下，大概就是新时代的发展这一块，我感觉中国的文化和经济很多时候都是被动的，从鸦片战争开始。我在这里大体梳理下新诗的发生和成长脉落吧，可能也是老生常谈。首先我们得承认，白话文写作在现代的出现是必然趋势，它就是一个文化革命。中国新诗近百年的发展，大体上可以比喻成一个出生就没有奶吃而自己寻找食物来源来不断养活自己和壮大自己的状态。这里就涉及向中国古典诗歌和传统文化寻找食源及向西方诗歌和西方文化寻找食源两种途径。所以新诗是不幸的，但也是幸运的，因为它的时代机遇，它遇到了东西方丰富的诗歌和文化传统，至于偏重谁，如何运用并糅进诗歌，是需要时代环境和诗人们共谋才能完成的。中国新诗的发展，摆脱不了时代（意识形态）的桎梏，说白了背后也是中国几千年文化传统的包袱滞重所致。新诗发韧到上世纪四十年代前已有了一定的接轨成果，中国古典诗歌传统与西方浪漫主义、象征主义一度关系密切，后来的状态因中国的历史和政治因素一度沉寂和封闭。20世纪80年代初的朦胧诗是新意象派的崛起，但更多是出于政治的道德感所采取的形式抵抗。第三代才回到诗歌语言本身建设，甚至韩东说诗到语言为止。20世纪80年代中后期各种流派云涌，乱花迷眼。其实是雷声大雨点小，多数是诗人各持一西方流派或者以某诗人为圣本，这也是学习阶段。当时小说先锋派受拉美的影响很大，诗歌则是受美国和英国影响。90年代出现民间写作和学院派写作（知识分子写作）之争，这是诗歌进一步成熟的表现。双方表现为诗艺的精密和高贵，表现为诗艺的平实、自然和平民化，都在各执一端。深处的原由其实是诗人在自觉地纠偏，兴冲冲的诗人停下来审视自己和写作的过程。90年代末诗界平静下来，其实是二者的互相渗透过程。到了新世纪，我觉得无论是诗艺本身还是诗歌的功能上，都在更深层次地梳理和前进。诗歌在传统和西方资源上渐渐吸收之后,已经呈现很健壮的姿态了。也可以说,诗歌写作表现出新汉语的多种可能性和深厚性,也出现了一批有实力的诗人,他们都有自己的思想体系。在黑龙江也有很多诗人是这样的,这个写作状态,我觉得是一个特别好的状态,

从个人角度来讲,2019 年其实我也没有更多想法,只想在每一首诗中具体解决一下每一首诗的问题,就是如何表达等一些细节的问题。因为谈到很多大问题、大思考,也都要靠语言去具体表现,去具体处理。我觉得最终还是要解决语言和诗歌本身的问题,从语言开始,从诗中每一个最小可能性上去完善它,然后再不断地去完善自己,这就是我的想法。还有,明年想针对某一个主题做一个系列诗歌的小挑战,从不同的角度去写一个主题,来审视自己的可能性,这是我想尝试的。

陈爱中:这种步步为营、谨小慎微的写作方法确实有效而且"及物"。冯老师呢?

冯　晏:2019 年啊。写作这么多年,越来越感到自己对写作有一份敬畏。我始终相信我完成的每一首诗中的每一个词语的到来都存在神灵恩惠,那些给我带来意外惊喜的精神礼物,我获得时总是充满感激。我确信每一个真正的诗人的内心深处都有一个与神秘主义的区域相接通的路径,一首理想的诗作给写作者本人带来的欣喜不可言说,只能体会。我总在想,等我的搜集达到更加丰富的时候,我会把写作时间调整到大于生活体验上来。而我对自己的写作计划,可以说不只计划了一年,我想写的、目前已经计划的大概五年内也写不完。随着写作年龄的增长,我对生活、对社会、对文本的感受也越来越系,我自己目前的感觉是,只要静下来想写,就有太多东西可写,无论是沿着阅读,或者生活的回忆,随时都可以遇到被启发出来的那个点位。无论是读国内诗人的作品,还是国外诗人的作品,或者是阅读思想类的书籍,听一首

乐曲,看一幅画作,都可以。生活中的意境也给了我太多留恋。多年来所储存的可以用来写作的事物以及感悟到的问题的确非常多。

这些年,我一直围绕着想写的内容选择旅行,我认为这对我来说也都算是素材积累部分。有些题材在我头脑中的构思时间很长,有时资料细节不够充分我就不会动笔。重要内容我会担心写作时达不到理想,所以会很慎重。我不喜欢在文字中随意挥霍每一个有感受的细节,但这并不影响我在有条件的时候去构思另外的创作内容。我也很珍惜旅行给我带来的观察各种不同事物的机会。

陈爱中:很羡慕能够旅行,这种和大自然直接接触的经验对写作非常有效,我今年因为各种原因很少出门,创作上受困不少,争取2019年多出去采风。说下我的想法吧,之所以提出来让大家展望下新年的写作,很大程度上是一种期盼、一种希望吧,人活着常常需要这个。2019年能够继续保持今年的创作状态,那就最好了。能够在映现生活状态和个人灵魂的基础上,想着创作个对话系列的诗,在读书的过程中,与各种文学文本或者文学人物进行对话,增加诗歌文本的跨时空经验的同时,能够更为细致地营构出更为深入的现实景象,不敢也不想贪多,能够有那么几首自己满意的作品,就很开心了。

感谢大家的畅所欲言,这个冰雪迟来的冬天的下午,诗歌在犒劳我们,也将会让这座城市拥有异样的光彩,我们期待下一年的年终岁尾,我们依然能够畅所欲言。

——原刊《黑龙江社会科学》2019年第3期

图书在版编目(CIP)数据

新时期汉语新诗研究/陈爱中著.—上海:上海三联书店,
2021.1
ISBN 978-7-5426-7238-4

Ⅰ.①新… Ⅱ.①陈… Ⅲ.①诗歌评论一中国一当代一文集
Ⅳ.①I207.22-53

中国版本图书馆 CIP 数据核字(2020)第 207799 号

新时期汉语新诗研究

著　　者/陈爱中

责任编辑/黄　韬
装帧设计/徐　徐
监　　制/姚　军
责任校对/张大伟　王凌霄

出版发行/上海三联书店
　　　　　(200030)中国上海市漕溪北路331号A座6楼
邮购电话/021-22895540
印　　刷/上海惠敦印务科技有限公司

版　　次/2021年1月第1版
印　　次/2021年1月第1次印刷
开　　本/890×1240　1/32
字　　数/220千字
印　　张/9
书　　号/ISBN 978-7-5426-7238-4/I·1669
定　　价/48.00元

敬启读者,如发现本书有印装质量问题,请与印刷厂联系 021-63779028